한·중 한국전쟁 소설의
인물형상화 비교연구

한·중 한국전쟁 소설의 인물형상화 비교연구

서동

보고사
BOGOSA

　본서는 한국전쟁 후 한·중 양국에서 한국전쟁을 주제로 한 소설작
품을 중심으로 한·중 소설의 형상화 양상을 분석하였다. 1950년 발발
한 한국전쟁은 동북아 국제정치의 변화에 큰 영향을 미쳤으며 전쟁에
참전했던 국가·국민들의 사상과 정서에도 깊은 영향을 미친 것은 누
구나 알고 있는 사실이다. 특히 한·중 양국에서는 전쟁 후 한국전쟁에
관한 문학 창작활동이 활발히 일어났으며 1992년 한·중 수교 후 예
술, 문화와 관련된 다양한 교류가 활발히 진행되고 있다. 하지만 한국
과 중국은 이데올로기, 사회제도의 차이로 말미암아 한국전쟁에 대한
이해와 평가에는 큰 차이점을 보여준다. 따라서 한국전쟁에 대한 예
술화는 한·중 양국에서 서로 다른 관점으로 나타난다. 아울러 중국은
지난 1978년 개혁개방정책을 통해 자본주의 시장경제를 부분적으로
받아들였으며 사회주의 사상과 결합시켜 새로운 사회주의 시장경제
체제를 완성하고자 한다. 이러한 변화에 발맞추어 중국 내 학술적 논
의는 과거에 비해 상당부분 자유로워졌다. 한국 또한 문민정부 탄생
이후 과거 군사정권 시절에 비해서 학술표현이 자유로워졌다. 중국은
미국에 대항하고 조선을 원조한다는 항미원조라는 명분으로 한국전
쟁에 참전하였다. 따라서 중국은 한국전쟁을 항미원조전쟁이라고 부
르며 한국 전쟁문학을 항미원조 문학이라고 부른다. 중국의 항미원조

문학은 신 중국 건설 이후 대규모 문학창작 활동으로 이어졌으며 중국 현대문학에서 중요한 위치를 차지하고 있다. 하지만 창작 활동에 비해 중국 학계에선 한국과 달리 항미원조 문학에 대한 연구는 체계적으로 진행되지 않고 있다. 관련 연구 논문, 신문 보도, 잡지, 서적에 산재된 항미원조전쟁에 관한 작품들이 아직 정리되지 않고 있으며 많은 자료들이 소실되거나 일반인에게 공개되지 않고 있다. 사실 중국 당대 문단에서는 항미원조 전쟁이 끝난 후 몇 십 년 동안 관련 문학창작 활동이 지속적으로 진행되어 왔다. 뿐만 아니라 문학을 통해 항미원조전쟁을 바라보는 시각이 더욱 주관적으로 나타나고 있다.

한국전쟁을 배경으로 한 한국의 전쟁문학은 전쟁이 끝난 후 상당기간 꾸준히 창작활동이 진행되어 왔으며 한국현대문학에서 주도적인 위치를 차지하고 있다. 한국의 전쟁문학은 제2차 세계대전을 경험한 서구국가의 전쟁문학과 비교해 볼 수 있다. 한국의 전쟁문학이 한국 현대문학에서 중요한 위치를 차지하게 된 것은 전쟁문학이 당시 한국의 역사를 사실적으로 반영하였을 뿐만 아니라 작품이 가지고 있는 예술적 가치도 높게 평가받기 때문이다. 중요한 사실은 당시의 작품들이 오늘날의 한국문학에서도 주도적인 위치를 차지하고 있다는 점이다. 결국 한국전쟁 문학에 대한 이해는 한국의 근대문학을 이해하는데 큰 역할을 하고 있는 것이다.

한·중 양국은 서로 다른 이념과 사상으로 한국전쟁을 경험하였지만 서로 밀접한 관련이 있다. 따라서 한국전쟁을 역사적 관점에서 해석한다면 소설의 사실주의에 입각하여 작품을 해석할 필요가 있다. 본서에서는 한국과 중국의 다양한 문학작품을 비교연구하면서 넓은 시야에서 역사적 진실을 밝히고 전쟁에 대한 기억과 평가를 서로 다른 관점에서 살펴보고자 했다.

본서는 한국전쟁 경험에 대한 한국 작가와 중국 작가의 시각과 태도를 토대로 작품을 선정하여 전쟁경험의 형상과 과정을 논하였다. 제2장에서는 한국전쟁소설의 휴머니즘에 대해 열거하였으며 한국작품들의 휴머니즘 서사방식과 구현양상을 세 가지로 나누어 분석하였다. 제2장 제2절에서는 한국의 전쟁문학소설 이범선의『오발탄』과 최인훈의『광장』을 선정하여 작품의 특성 및 인물 형상화 방식을 분석하였다. 제3장에서는 한국전쟁에 대한 중국 작가들의 시각에 대해 논하였다. 현재 중국내 항미원조 문학작품에 대한 현황을 중국 내 문헌자료를 통해 조사하였고, 항미원조전쟁에 대한 중국내 역사인식의 변화에 대해 서술하였다. 앞서 설명한 것과 같이 중국 근대사에서는 신중국 탄생과 개혁개방이 큰 역사적 패러다임의 변화로 볼 수 있다. 따라서 본서는 이러한 역사적 변화에 발맞추어 두 시대 작품들을 근거로 항미원조전쟁에 대한 역사인식의 변화를 조사하였다. 또한 제3장 제2절에서는 중국의 대표적인 항미원조 문학작품 웨이웨이(魏巍)의 『동방(東方)』과 바진(巴金)의「단원(團圓)」을 통해 중국 항미원조 문학작품의 특징을 분석하고 더 나아가 각 작품들의 인물 형상화 양상을 분석하였다. 제4장에서는 한국전쟁 문학의 형상화와 서사를 좀 더 구체적으로 제시하였다. 한·중 한국전쟁 문학작품에는 여러 인물들이 등장한다. 한국군, 중국군, 미군, 연합군, 남한주민, 북한주민 등 제4장 1절에서는 한·중 전쟁소설 작품 중 미군에 대한 형상화를 비교하여 분석하였다. 일반적인 시각에서는 한국 작품에 등장하는 미군은 긍정적 이미지로 형상화되고 중국 작품에 등장하는 미군은 부정적 이지미로 형상화될 것이라고 생각하지만 실제로 한·중 작품을 비교하여 분석한 결과 의외의 결과가 도출되었다. 이러한 사실은 우리가 알지 못했던 역사적 사실을 휴머니즘과 이데올로기적 서사의 방식으로 표현되었다. 많은 독자들은 작품을 통해 당시 우리가 생각하지 못했던 역사적 사실들을 간접적으로 체험할 수 있게 되었다. 제4장 2절에서는 미군의 형상화와 이미지를 이데올로기, 영웅주의, 휴머니즘 서사의 방식으로 분석하였으며 결과적으로 한·중 작품들의 형상화 양상의 차이점을 도출하였다. 마지막 제5장은 본서의 결론 부분으로 2장부터 4장까지의 내용을 종합하여 서술하였다.

2021년 7월

서 동

목차

제1장

서 론

1. 기존 연구 검토

한국전쟁기 소설에 관한 연구는 1987년 유학영의 「1950년대 한국 소설 연구」[1]를 통해 본격적으로 논의되기 시작하였다. 논문 주제에서 알 수 있듯이 연구 범위를 1950년대 발간된 소설로 한정하여 한국전쟁 당시 전쟁에 참전하였거나 전쟁을 직·간접적으로 경험했던 인물들을 통해 전쟁 체험의 관점에서 당시의 소설을 분석하였다. 한국전쟁의 급박했던 상황, 이데올로기 및 사상의 충돌로 당시 혼란스러웠던 한국 사회의 단면을 문학적 시각에서 심도 있게 다루었다. 아울러 전쟁의 상황과 정전협정 후 한국 사회의 또 다른 혼란을 연속선상에서 파악하는 문학적 관점을 대중들에게 제시하기도 하였다.

조남현은 1987년 『한국 현대소설 연구』를 통해 해방 이후의 소설을 평가하면서 한국전쟁 기간 출판된 작품에 대해서 서술하였으며, 특히 소설의 문학사적 의의를 강조함과 동시에 한국 현대소설 연구에서 한국, 현대, 소설, 연구 등의 각 항목을 최소한 두 가지의 이질적인

---

[1] 유학영, 「1950년대 한국 소설 연구」, 성균관대학교 박사논문, 1987.

요소로 구성하고 정리하였다. 조남현은 한국 현대소설 연구자들은 해방 이후의 남한소설을 중심으로 북한소설에 대해서도 심도 있는 연구를 할 필요성을 느끼고 있는 중이라고 주장하였다. 한국 현대소설 연구라고 했을 때 '한국'의 중심은 남한에 있고 북한소설은 부차적인 연구대상이라고 주장하였다. 다시 말해 남한소설은 필수적인 연구대상이지만 북한소설은 선택의 대상이라는 것이다.[2]

신영덕은 한국전쟁기 종군작가 연구를 통해 한국전쟁 기간 종군작가들의 활동과 치열했던 전쟁에 참여하여 경험했던 활동상을 정리했다.[3] 아울러 엄미옥은 한국전쟁기 여성 종군작가 소설 연구를 통해 한국전쟁 당시 여성 종군작가들이 어떠한 이유에서 전쟁에 동원되었고 어떤 의식을 가지고 활동했는지 정리하였다. 특히 여성을 소설의 주 초점자로 하여 피난민의 소외된 삶을 그림으로써 전쟁기간 여성의 예속된 삶과 개인의 기억을 서사화하였다고 평가하며 전쟁체험의 개인적인 편차와 위치를 드러내어, 반공국가주의에 의해 균질화된 국민으로 수렴되지 않는 지점을 작품을 통해 상세히 보여주고 있다는 점에 주목한다.[4]

반면 한국전쟁기 문학에 대해 큰 관심을 보이고 있는 한국과 달리 중국은 아직까지 한국전쟁 시기의 소설에 대한 본격적인 연구가 활발하지는 못하다. 이 시기를 다룬 논문들의 대부분은 한국전쟁을 문학적인 관점에서 바라보고 있는 것이 아니라 이념, 체제, 사상을 주된 연구대상으로 삼고 있기 때문인 것으로 분석된다. 또한 중국은 근대

2　조남현, 『한국 현대소설 연구』, 민음사, 1987.

3　신영덕, 『한국전쟁기 종군작가 연구』, 국학자료원, 1998.

4　엄미옥, 「한국전쟁기 여성 종군작가 소설 연구」, 『한국근대문연구』, 2010.

문학을 식민지 기간부터 중화인민공화국 탄생 시기로 한정하여 분석
하고 있는데 중화인민공화국 탄생이후 대부분의 문학 작품들이 중국
공산당 체제의 당위성을 설명하였고 이는 공산당의 우월성을 묘사하
는 작품들이 대부분인 것으로 분석된다. 그러던 중 1992년 한·중 수
교를 계기로 다양한 문화교류를 통해 한국전쟁 기간 문학 작품에 대해
양국의 학자들이 심도 있게 논의했다. 2000년 초를 시작으로 이러한
움직임이 중국 국내에서 발간된 서적 또는 논문을 통해 조금씩 보이기
시작하고 있다. 궈룽쥔(郭龍俊)[5], 앤리나(閆麗娜)[6], 쉐위치(薛玉琪)[7], 리
쭝강(李宗剛)[8], 쑨쇼얜(孫曉燕)[9], 리웨이광(李偉光)[10], 장얜슈(姜艷秀)[11], 레
이얜링(雷岩岭), 황레이(黃蕾)[12] 등은 항미원조 작품을 각각 다른 관점
에서 비교하여 정리하였다. 특히 레이얜링은 항미원조 문학 중 웨이
웨이(魏巍), 루링(路翎)의 작품을 선정하여 항미원조 문학에 묘사된 여
성 형상을 분석하였다. 또한 궈룽쥔은 항미원조 문학에 대해 당시 대
부분의 소설들은 인물의 영웅화, 우상화를 통해 전쟁의 승리를 자축하
고 미국의 침략을 물리쳤다는 내용이 대분이었다고 주장하고 있다.

5   郭龍俊, 「抗美援朝小說研究」, 貴州師範大學 석사논문, 2014.

6   閆麗娜, 「抗美援朝文學研究-以1950年代"解放軍文藝"爲個案」, 河北大學 석사논문,
     2011.

7   薛玉琪, 「抗美援朝文學英雄敍事研究-「以誰是最可愛的人」, 『遠東: 朝鮮戰爭』等個案
     爲例」, 河北大學 석사논문, 2012.

8   李宗剛, 「巴金五十年代英雄敍事再解讀」, 『東方論壇』 1, 2005.

9   孫曉燕, 「論路翎50年代的浪漫悲情戰爭小說」, 『當代文壇』 4, 2011.

10   李偉光, 「論楊朔抗美援朝文學作品中的朝鮮形象」, 延邊大學 석사논문, 2009.

11   姜艷秀, 「論魏巍抗美援朝作品中的朝鮮形象」, 延邊大學 석사논문, 2009.

12   雷巖嶺·黃蕾, 「溫柔的光影: 抗美援朝文學中的女性形象解析」, 『名作欣賞』 3, 2013.

2. 연구의 목적과 의의

한국전쟁이 일어나기 전 한·중 양국은 세계열강들의 침략에 맞서 싸우며 독립운동을 통해 민족의 역사와 전통을 보전하기 위해 끊임없이 노력하였다. 또한 한·중 양국은 지정학적 밀접성으로 인해 공통의 근대사 경험을 가지고 있는 양국의 문학 작품을 통해 한국전쟁을 관한 작품들이 형상화되기도 하였다. 조국과 민족을 세계열강들로부터 지키기 위해 양국의 지식인들은 그들의 작품으로 국가와 민족의 운명에 대한 고통 및 제국주의에 대한 저항의지를 보여준 것이다. 그러나 이러한 국제적, 사회적 공통된 배경과 경험에 비해 근대사의 상당기간 동안 한·중 양국의 문학적 교류는 활발하지 못했으며 당대의 문학은 각각의 궤적에 따라 평행적으로 발전하였다.

그러던 중 1992년 한·중 수교 이후 경제교류와 동시에 문화교류가 활발하게 진행되기 시작하였다. 그 결과 현재까지 지속적인 발전이 이루어지고 있다. 하지만 지금까지 한·중 문학 작품에 대한 비교 연구는 초입에 들어선 정도이다. 특히 한·중 양국이 모두 경험한 한국전쟁을 다룬 문학작품, 특히 소설에 대한 비교연구는 매우 소략하다고 할 수 있다.

1950년에 발발한 한국전쟁[13]은 한반도 전역에서 20여 개국이 참전하여 벌인 이념 대립의 최악의 충돌 중 하나로 기록된 냉전시대의

---

[13] 한국의 포털사이트 《네이버 지식백과》에는 한국전쟁을 1950년 6월 25일 새벽에 북위 38°선 전역에 걸쳐 북한군이 불법 남침함으로써 일어난 한반도 전쟁으로 정의하고 있다. 아울러 중국의 포털사이트 《바이두》에서는 한국전쟁을 1950년 6월 한반도에서 발발한 군사충돌로 정의하고 있다.

비극적인 유산이다. 따라서 부르는 호칭도 사회주의 혹은 자본주의 이념 지향의 차이에 따라 한국전쟁·6.25전쟁·6.25사변(대한민국), 조국해방전쟁(북한), 조선전쟁·항미원조전쟁(중국) 등 제각각이다. 중국에서는 한국전쟁을 조선전쟁, 혹은 항미원조라고 부르는데 이 두 용어는 차이가 있다. 조선전쟁은 1950년 6월 25일, 한국전쟁이 발발부터 1953년 7월 27일, 휴전협정 체결까지를 가리킨다. 항미원조(抗美援朝)는 항미원조전쟁(抗美援朝戰爭)과 항미원조운동(抗美援朝運動)의 통칭이다. 항미원조전쟁은 중국인민해방군(中國人民解放軍)이 한국전에 참전하여 첫 전투를 치른 1950년 10월 25일부터 휴전협정을 체결한 1953년 7월 27일까지 2년 9개월간의 전쟁 기간을 가리키며, 항미원조운동은 1950년 7월 10일, '중국 인민 미국침략 반대에 대한 조선운동위원회(中國人民反對美國侵略臺灣朝鮮運動委員會)'가 북경에서 설립된 시기로부터 1958년 10월 북한에서의 중국인민해방군의 전면적 철군까지를 가리킨다.

전쟁의 발발로 인해 한국과 중국의 문단은 곧바로 전시 체제에 들어갔다. 한·중 양국의 작가들은 전쟁 시기에 애국심 및 전의를 고취하는 임무나 전쟁의 상황을 후방의 국민들에게 전달하는 역할을 주로 담당하였다. 이러한 역할에 따라 한국에서는 50명이 넘는 종군 작가단(作家團)이 구성되고 중국 또한 1950년 10월 '항미원조 보가위국(抗美援朝 保家爲國)'의 구호를 내걸고 대규모의 지원단을 한반도에 파견한다. 작가, 화가, 음악가 등 예술인들로 구성된 위문단은 북한 전선에 여러 차례 파견되어 다양하고 활발한 창작활동을 전개한다. 하지만 당시 이러한 종군 예술단의 작품에 대한 문학적 평가는 그리 높지 않았다. 주된 이유는 당시의 작품들은 주로 선전에만 이용되었고 문학적 깊이 및 이데올로기를 표현하는 데 한계를 보여주고 있기 때문이다.

그럼에도 불구하고 소설은 시대성을 재현함과 동시에 시대의 종합체라고 할 수 있다. 한국전쟁 당시 소설에는 전쟁의 현실에 대처하는 작가의 삶과 가치관 및 전쟁을 바라보는 인식이 깊게 녹아 있다. 아울러 전쟁 당시의 상황을 증언해주는 역할을 하기도 한다. 따라서 현존하는 한국전쟁 기간 동안 집필된 소설이 가진 성격과 가치를 재조명함과 동시에 이를 통해 한·중 양국의 문학사에서 한국전쟁 종군소설의 위상을 재고할 필요가 있다.

최근 몇 년 간 한국전쟁에 관한 비교 연구가 일정한 성과를 거두었다. 김일산[14]은 한국전쟁기 한국 종군소설을 비교했으며, 성동민[15]은 남북한 전시 소설을 비교 분석했다. 아울러 신영덕[16]은 한국전쟁기 남북한 소설에 나타난 미군 및 중국군의 형상화 특성을 비교했으며, 윤의섭[17]은 남북한과 중국 조선족이 바라보는 한국전쟁을 비교 연구하였다. 하지만 선행 연구 대부분은 이미지 및 이데올로기보다는 소설에 등장하는 인물의 행동에 중점을 두어 비교분석한 한계를 보이고 있다.

따라서 본 연구는 한·중 양국의 한국 전쟁소설을 통해 나타난 당대 지식인들의 이미지와 이데올로기를 비교함과 동시에 이러한 전쟁소설이 한국과 중국의 현대문학에 어떠한 영향을 미쳤는지 분석하고자 한다.

---

14   김일산, 「한국전쟁기 한·중 종군소설 비교연구」, 청주대학교 박사논문, 2013.

15   성동민, 「남북한 전시소설 연구」, 동국대학교 박사논문, 2003.

16   신영덕, 「한국전쟁기 남북한 소설과 미군, 중국군의 형상화 양상」, 『한중인문학연구』, 2003.

17   윤의섭, 「한국과 중국 조선족의 한국전쟁시 비교」, 한중인문학회 국제학술대회, 2007.

3. 연구방법

본 연구는 한국전쟁에 대한 한·중 소설을 분석하며 특히 세 가지 특징을 중점적으로 비교하고자 한다.

첫째, 한국전쟁에 대한 한·중 작가의 인식. 작가의 인식은 작가의 경험적 세계에서 비롯되며 작가에게 필요한 자양분임과 동시에 고통을 주는 방식이기도 하다. 경험과 체험이 작가의 창작 및 작품의 구성 및 내용에 절대적으로 기여하는 것은 이미 기존의 연구를 통해 밝혀진 사실이지만 반대로 이러한 작가의 경험 및 체험이 없어도 훌륭한 작품이 태동할 수 있는 가능성은 언제든지 열려있다. 그러나 작가가 인식하는 현실적 모순 즉, 한국전쟁을 민족 분단의 비극으로 바라볼 것인지, 아니면 열강시대 강대국들의 패권다툼으로 바라볼 것인지에 대한 인식은 반드시 일치하지 않는다. 다시 말해 작가가 바라보는 현실적 근원이 문제점을 정확히 묘사하여 극적 장치로 해결한다고 해도 현실과 작품과의 현실적 교차점은 결코 일어나기 힘들기 때문이다. 즉 본 연구는 이러한 시각에서 한국전쟁에 대한 한·중 작가의 인식 비교를 통해 한국전쟁을 바라보는 그들의 시각과 경험, 체험을 분석하고자 한다.

둘째, 한국전쟁에 대한 인물 형상화 비교이다. 형상화(形象化)란 형체로는 분명히 나타나 있지 않은 것을 어떤 방법이나 매체를 통하여 구체적이고 명확한 형상으로 나타내는 것을 말한다. 특히 어떤 소재를 예술적으로 재창조하는 것을 이른다.[18] 한·중 양국에서 발표된 한국전

---

18 네이버사전(http://krdic.naver.com/detail.nhn?docid=42529300), 검색: 2018.5.
    10. : 국립국어원 표준국어대사전(http://stdweb2.korean.go.kr/main.jsp), 검색: 2018.
    5.10. : 국립국어원(http://www.korean.go.kr/), 검색: 2018.5.10.

쟁 소설에는 군인, 여성, 미군이 공통적으로 자주 등장한다. 본 연구에서는 이러한 인물들의 등장 배경 및 작품 속 인물을 둘러싼 환경의 비교를 통해 각 인물이 소설 속에서 어떠한 의미를 지니는 존재인가를 분석한다. 또한 작품의 내용이 진행되는데 있어서 각 인물이 어떠한 역할을 하는지, 어떤 행위를 하는 인물인가를 중점 분석한다.

셋째, 한국전쟁의 배경에 대한 비교이다. 한국전쟁을 묘사한 소설에는 다양한 환경이 등장한다. 앞서 설명한 것과 같이 이러한 환경적 배경은 작가의 경험과 체험에서 비롯되며 한·중 양국 작가들의 세계관과 밀접한 관련이 있다. 본 연구는 이러한 배경 하에 전쟁이라는 공통된 사실에 입각하여 양국 작품들에 묘사된 전쟁의 이미지와 광경을 비교 분석할 것이다.

결론적으로 이러한 세 가지 유형의 공통점과 차이점 분석을 통해 한·중 양국의 사회적 정치적 환경과 작품 형상화 문제를 연관 지어 살펴보고자 한다. 한·중 한국전쟁 소설은 모두 양국 정부의 계획적인 주도 아래 이루어진 목적성이 강한 문학으로 사회적, 정치적 영향을 많은 받았다는 점은 공공연한 사실이다. 따라서 한국전쟁 소설의 여러 가지 주제 유형을 탐색함에 있어서 문학 작품과 사회, 현실의 조응 관계 속에서 살펴보는 것 또한 중요한 과제가 될 것이다.

제2장

한국전쟁 경험에 대한 한국 작가의 시각과 태도

1. 전쟁의 폭력에 대한 휴머니즘

1) 휴머니즘의 개념

휴머니즘의 어원은 라틴어 'humanitas'로서 인간의 본성, 인류, 예절, 교양 등의 의미로 해석되고 있다. 1808년 독일의 철학자 니트하머(F.J.Niethammer)는 휴머니즘이라는 용어를 인간의 가치와 존엄성을 인식하고 인간성을 다른 어떤 것보다 앞세우는 개념으로 처음 사용하였다. 서동수[19]는 보편적인 의미에서 휴머니즘의 개념들을 "인간성, 인류성 또는 인간미라는 뜻으로 해석했으며 일반적으로 인간성의 존중 또는 인본주의(人本主義), 인간주의, 인도주의"로 정의하였다. 다시 말해 인간성은 바로 휴머니즘의 중심개념이라고 할 수 있으며 인간성이란 인간을 인간답게 만드는 본질을 말한다고 할 수 있다. 안병욱[20]은 휴머니즘이 인간주의, 인문주의, 인본주의, 인류주의 인간중심 등 다

---

19   서동수, 「1950년대 소설에 나타난 죽음 의식 연구」, 건국대학교 박사논문, 2004.
20   안병욱, 『휴머니즘의 개념』, 민중서관, 1973, 12~21쪽.

의적으로 번역되는 이유를 두 가지라고 분석하고 있다. 첫째, 역사적 발전 속에서 성장했기 때문이며, 둘째, 휴머니즘의 중심 요소인 휴머니티(humanity-人間性) 때문이다. 안병욱은 르네상스의 휴머니즘이 고전적 교양을, 근대는 인간성의 조화적 발전을 강조하는 교양적 인문주의를, 현대는 인도주의적·행동적 휴머니즘이 특색이라고 보았다. 또한 김영민[21]은 휴머니즘이 지닌 의미의 해석이 방대하고, 다의적인 까닭도 있지만, 문학사에서 목적주의 문학의 배타적 개념으로 사용되어진 이후에는 순수문학, 어용문학이라는 다소 왜곡되는 의미로 사용된 부분도 있다고 설명하고 있다.

산업혁명과 전쟁을 경험한 20세기 현대의 휴머니즘은 자본주의와 과학에서 비롯된 인간 소외와 물신주의로 인간의 존엄성이 훼손되자 인간성 회복을 위해서 과거의 다른 이론의 휴머니즘이 등장한다. 특히 전쟁을 경험한 현대사회는 인류라는 개념을 떠나서 휴머니즘을 생각할 수 없게 되었고 인류 공동체라는 새로운 휴머니즘의 개념이 생겨나게 되었다. 여기에서 의미하는 인류란 개인으로서의 인간성을 말한다. 그리고 공동체란 현실 사회를 살아가는 인간과 인간의 관계를 일컫는 집단 즉 가족 공동체, 지역 공동체, 국가 공동체 등을 의미한다. 다시 말해 인류 공동체란 개인의 휴머니즘을 더욱 확장시킨 의미에서 사용된 것이라는 것을 알 수 있다. 한국 문단에서의 휴머니즘론은 1930년대 처음 등장하며, 1940년대 '순수-세대 논쟁'을 거쳐 해방 후에는 순수문학론의 이론으로 확립된다.[22] 이처럼 휴머니즘은

---

21   김영민, 『한국문학비평논쟁사』, 한길사, 1992, 472~473쪽.
22   구장률, 「휴머니즘 론의 사적(史的) 전개 과정 연구」, 연세대학교 석사논문, 2001, 45~47쪽.

시간과 장소에 따라 그 의미를 달리하며 발전해 왔다. 따라서 본 연구
에서는 휴머니즘의 개념을 다음과 같이 정의하고자 한다. 휴머니즘은
인간 해방과 인간 존중의 사상이다. 아울러 진정한 휴머니스트는 인
간 삶의 문제 혹은 위기의식을 극복하기 위해서 인간다움의 태도를
발현하는 인간성을 유지해야 한다. 동시에 인간을 억압하고 왜곡하는
세력이 있으면 적극적으로 저항하는 자세를 갖춰야한다. 본 논문에서
는 휴머니즘의 개념을 인간의 본성에 기초하여 인간의 가치와 존엄성,
더 나아가 인본주의, 인간주의, 인도주의로 정의하고자 한다. 따라서
한국전쟁 소설에는 묘사된 등장인물의 행동 및 가치관, 세계관을 포
함한다. 따라서 작품 속에 묘사된 등장인물의 형상화 분석을 통해 개
인 및 전체집단의 서로 다른 휴머니즘을 분석하고자 한다.

2) 한국전쟁 소설의 휴머니즘 서사

한국에서 휴머니즘에 대한 논의는 1930년대 처음 등장하였고 '인
간묘사론'으로 연구되어 발전하였다. 따라서 휴머니즘을 연구하려면
인간묘사를 통해 그 목표가 이루어질 수 있다고 보고 있다. 인간묘사
는 주로 인간의 외모묘사, 심리활동, 행위 등을 포함한다. 따라서 연구
방법론으로써 휴머니즘은 작품에 등장하는 인물의 심리활동, 대화,
독백, 행위, 외모묘사 등과 인물 성격 '이미지'를 분석해서 인간의 본
질, 인간의 존재, 인간성, 삶 등에 접근한다. 특히 한국전쟁 소설은
등장인물의 특징 및 형상을 분석하여 인물의 사상세계와 가치관을
밝히고 작가의식을 뚜렷이 보여준다. 물론 작가마다 휴머니즘에 대한
표현방식과 시각은 차이를 보인다. 어떤 작가들은 긍정적인 측면으로

인간성을 밝히고 어떤 작가들은 부정적인 측면으로 인간성을 밝힌다. 한국전쟁 소설의 휴머니즘은 다음과 같이 세 가지 특징으로 요약할 수 있다.

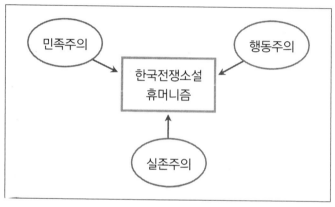

〈그림1〉 한국전쟁 소설 휴머니즘의 특징

　　민족주의 휴머니즘은 주로 '인정'의 세계를 순수문학에 형상화했으며, 전시상황에서는 공산주의에 투쟁하는 행동주의 휴머니즘이, 전후에는 인간의 실존에 관심을 갖고 비인간적인 폭력에 대항하는 실존주의 휴머니즘이 전개된다. 홍정완[23]은 앞서 상술한 것과 같이 다양하게 전개된 휴머니즘 론은 국가재건과 맞물린 이승만 정권의 수립을 견고하게 하는 반공주의와 자유민주주의 이데올로기를 내포한 것이라는 인상을 지울 수 없다고 평가하고 있다. 또는 도덕과 윤리 등의 용어를 혼용하여 개인(민족)의 윤리의식을 고양한 순수 서정문학론, 전쟁을 고취하는 애국문학론, 한민족 구성원을 민족 단위에서 상상하

---

[23] 홍정완, 「전후 재건과 지식인층의 '道義' 담론」, 『역사비평』, 2008, 43~84쪽.

게 했던 지점에서, 개별자 혹은 능동적인 주체성을 탐색하는 실존문
학론으로 해석할 수도 있다.

3) 휴머니즘의 구현 양상

휴머니즘의 경향은 그 시대의 발전과 변화에 의하여 서로 다른 양상
으로 변한다. 이러한 경향은 주로 전후소설에 뚜렷이 나타난다. 아울
러 종군작가들의 작품에서도 전쟁이 끝난 후 다가오는 새로운 시대에
대한 기대감과 걱정이 작품을 통해 드러난다. 특히 휴머니즘을 중심으
로 한 전후시대의 상황은 전후소설에 명백히 드러난다. 전후의 전체적
인 상황과 긴밀한 관계를 가지고 있는 전후소설은 전쟁 이후 시대의
재현과 동시에 전쟁이 끝난 후 변화된 인간의 삶, 환경, 가치관등 인간
성을 다시 구하기 위하여 새롭고 창조적인 관점을 표현하고자 한다.
한국전쟁은 모든 사람들에게 현대 전쟁의 잔혹성과 파괴성을 보여
주었다. 전쟁문학 서사에서 영웅주의를 추구하는 동시에 휴머니즘이
라는 인류의 공통적인 주제에 대해서도 적극적인 관심을 가졌다. 휴머
니즘에 대한 관심은 특히 한국전쟁문학 서사에서 뚜렷하게 나타났다.
영웅주의 서사와 비교하면 휴머니즘 서사는 한국전쟁을 배경으로 한
한국의 전쟁문학에 쉽게 찾아볼 수 있다. 하지만 중국의 한국전쟁 문학
작품에서는 당시 정치적 환경과 국외 작전 등 객관적인 현실로 인하여
몇몇 작가를 제외하고는 대부분 휴머니즘 서사를 기피하였다. 본 장에
서는 한국전쟁 소설에 나타난 휴머니즘의 경향을 전쟁의 폭력, 여성의
고통, 민족통일 지향 등 세 가지로 나누어 분석해 보고자 한다.

가. 전쟁의 폭력성

한국전쟁은 북한이 소련과 연합하여 무력을 통해 서울을 긴급 점령하고 통일정부 수립을 꾀한 전쟁으로 자주세력과 외세 의존세력, 민중세력과 반민중세력 간의 내전으로 시작하여 전면전과 국제전으로 심화된 전쟁이다. 한국전쟁의 험난한 소용돌이 속에서도 종군 작가들은 지속적으로 작품 활동을 이어갔으며 1950년 12월에 발행된《문예》잡지를 비롯하여 1953년 7월 휴전의 국면으로 전개되는 상황까지 각종 신문, 기관지 및 개인 소설집 등을 통해 꾸준한 문학 활동을 전개하였다. 이 무렵에 발표된 대부분의 작품들은 주로 한국전쟁을 피부로 체감하였던 시기였던 만큼 전쟁 소설이 주류를 이루고 있다. 하지만 전쟁 문학을 규정하는 개념 및 특징에 대해서는 학자들마다 다양한 견해를 주장했는데 보편석으로 전쟁 수행과정을 화소(motif)로 다룬다는 것이 종군작가들의 작품과 전후작가들의 작품의 공통점이라고 할 수 있다.

본 장에서는 한국전쟁을 소재로 한 소설 중 종군작가의 작품과 한국전쟁 이후 발표된 전후 소설을 중심으로 전쟁의 폭력성에 대한 휴머니즘을 분석하고자 한다.

한국전쟁을 소재로 한 작품에 묘사된 인물 양상은 일반적으로 비극적이고 비참하며 작품의 결과도 비극으로 끝나는 경우가 대부분이다. 전쟁이 인간에게 가져다 준 것은 고통과 죽음밖에 없다. 따라서 황폐하고 분열된 인간성이 표출되는 것은 누구나 다 알고 있듯이 전쟁소설의 한 특징으로 보편화되어 있다. 대표적인 작품으로는 김성한의 「바비도」(1956), 유주현의 「태양의 유산」(1957), 「언덕을 향하여」(1958), 송병수의 「쏘리 킴」(1957), 이범선의 「피해자」(1968) 등을 들 수 있다. 한국전쟁을 배경으로 한 작품 가운데 등장된 인물들은 대부분 무기력한 인물로 묘사된다. 작가는 작품에서 전쟁의 파괴로 인한 비참한 생활상을 드러내기 위해서 '비극적이고 무기력한 인물'을 전면에 내세우고 있다. 이러한 비극적인 시대에 등장하는 인물들은 모두 비참하고 비극적 운명을 갖고 있다. 전쟁이 왜 일어나야 하고 우리가 왜 전쟁으로 고통을 겪어야 하는지에 대한 분노를 가지고 있기 때문에 소설에 등장하는 인물들은 어려운 생활상과 비참한 운명을 통하여 전쟁의 참혹성과 고통을 직간접적으로 고발하게 된다. 특히 어렵고 불쌍한 인물들을 작품에 등장시켜 한국전쟁으로 고통 받는 서민들의 삶을 적나라하게 드러낸다. 유학영과 이정숙의 주장을 인용하면 다음과 같다.

> 작가들은 작품 속에 '제대군인', '상이군인', '전쟁고아', '전쟁미망인', '양공주', '혼혈아' 등의 전쟁 피해자들을 작중 인물로 설정한다. 그들이 사회 속에서 적절히 적응하지 못하고 파행적 삶을 걷게 되는 모습을 보여 주면서 전쟁이 끝난 후에도 그 후유증이 얼마나 지속적으로 이어지고 있는지를 사회와의 관계 속에서 보여주고 있다.[24]

> 전쟁 중에 생활의 어려움과 돈만 아는 각박한 사회에 대한 불신, 그리고 남편의 부재로 인해 어렵게 살아가야 하는 여성들은 험난한 과정을 겪으면서 자신에 대한 회의, 자기반성을 거쳐 새롭게 삶에 대한 용기를 다짐하기도 하지만, 이와 다르게 절박한 삶을 이겨 내기 위한 방안으로 여성들의 성이 생활의 수단이 되는 소설들이 상당수 있다.[25]

---

24 유학영, 『1950년대 한국 전쟁·전후소설 연구』, 대한교과서, 2004, 73쪽.

위의 인용문에서 보여주듯이 전쟁으로 인해 사회에 적응하지 못하고 전쟁 후유증으로 평생을 살아가는 모습을 작품 속에서 보여주고 있다. 첫 번째 인용문의 마지막의 말대로 전쟁은 끝났지만 사람에게 후유증을 남긴다. 전쟁을 경험했던 사람에게 전쟁은 영원한 존재이다. 왜냐하면 전쟁은 그들의 마음속에서 지울 수 없는 고통을 의미하기 때문이다. 그래서 작가들은 이러한 불쌍한 인물 역할을 통하여 전쟁의 후유증을 나타낸다.

나. 여성의 고통

전쟁은 많은 사람들에게 고통과 아픔을 주었지만 특히 여성들의 삶에 큰 영향을 주었다. 많은 작품을 통해 전쟁 당시 사회의 소외세층으로서 생계나 삶을 위해서 어쩔 수 없이 매춘을 할 수 밖에 없는 길을 선택한 양상은 전쟁의 잔인성을 적나라하게 고발하고 비판한다. 다시 말해 전쟁에 있어서 여성 양상의 비극성은 어쩔 수 없는 선택이었다.

〈표1〉에서 보는 바와 같이 홍성원의 소설『남과 북』에는 전쟁으로 인해 운명적으로 받아들여야 하는 여성의 비극적이고 처절한 삶을 엿볼 수 있다. 아울러 강원용과 김송의 작품에 묘사된 여성을 통해 전쟁이 오랜 시간 절대적으로 여겨져 왔던 많은 것들이 목숨이라는 절명의 과제 앞에서 얼마나 손쉽게 무너졌는지 미루어 짐작할 수 있다. 결국 전쟁 중 여성들은 사회의 약한 계층으로서 살아남기 위해서 어쩔 수 없이 매춘을 선택할 수밖에 없다.

---

25 이정숙, 『한국 현대소설 이주와 상처의 미학』, 푸른사상, 2012, 231쪽.

<표1> 한국전쟁에 묘사된 여성의 삶

소설	인용문
남과 북	"오직 몸뚱이밖에 팔 것이 없어서 입술에 새빨갛게 루주를 칠하고 외국 병사들에게 서툰 영어로 말을 건네는 젊은 여인들."[26]
빈들에서: 나 현대사의 소용돌이	"불과 쌀 한 말 값 정도면 식성과 구미대로 어떤 여인이든 골라잡을 수 있다."[27]
영원히 사는 것	전 애정에 살아보려는 여자였어요. 그래서 서울에 있는 우승진을 배반하고 형칠씨를 진정으로 사랑했지요. 그러나 형칠씨에게 나미란 영원의 여성이 엄연히 있지 않아요. 일테면 애정에 있어선 제가 패배한 셈이지요. 그런데 지금 저는 이상한 생활을 하고 있어요. 세상 사람이 우수운 존재로 여기는 양갈보의 생활을 하고 있어요.[28]

또한 어떤 여성들은 그냥 살아가기만을 위해서 인간성을 버리고 청년이 되고, 어떤 여성들은 자신을 위해서가 아니라 가족을 위해 자기를 희생하게 된다. 다른 한편으로 사회 속 여성의 역할 변화가 나타나는 것도 볼 수 있다. 전쟁으로 인해 가족의 구조가 크게 변화하게 되고 여성의 역할도 변화를 겪어야 하는 현실에 직면한다. 좀 더 사실적으로 말하면 전쟁의 피해자로서 여성의 역할이 차츰 변화하고 있다는 말이다. 기존 남성 중심의 사회에서 여성들은 삶과 가족의 생계를 위해서 경제적인 이유로 사회활동에 참여하게 된다. 이로 인해 여성의 사회 진출이 증가하고 이는 전통적인 가부장권적 체제를 약화시키기도 한다. 그 전에 한국 사회에는 핵가족이 아닌 대가족중심이었고, 공동체 중심이 아닌 가부장 중심이었고 또 여성은 집안에만 있어야 하는 남편에게 종속된 존재였다.

---

26 홍성원, 『남과 북』, 문학과 지성사, 2000, 379쪽.
27 강원용, 『빈들에서: 나의 삶, 한국 현대사의 소용돌이』(1), 열린문화, 1993, 319쪽.
28 김송, 『永遠히 사는 것』, 민중서관, 1959, 120쪽.

다. 민족통일의 지향

한국전쟁은 양대 이데올로기의 대립과 충돌로 인한 전쟁이었다고 할 수 있다. 그래서 한국전쟁을 배경으로 한 소설 중에는 공산주의를 비판한 소설이 아주 많다. 그러나 작가들이 정작 공산주의 비판을 통해 말하고자 한 것은 특정 이데올로기를 비판하는데 그치는 것이 아니라 민족통일을 지향하는 데 있었다. 오상원의 「유예」는 이런 대표적인 작품이라 할 수 있다. 이 소설은 한국전쟁을 배경으로 하여 인민군에게 포로로 잡힌 한 군인의 비극적인 운명을 다룸으로써, 인간 생명의 존귀함과 전쟁의 비극을 형상화하고 있다. 전쟁과 죽음 앞에서 인간의 생명은 무의미하고 나약한 것임을 보여주며 이를 통해 인간의 생명과 휴머니즘을 옹호하고자 했다. 전쟁이 일어났던 1950년대 한반도는 동족상잔의 전쟁이 휩쓸고 지나갔던 격동의 시대였다. 그러나 동족상잔은 한국 사람뿐만 아니라 전쟁에 참전했던 중국, 미국을 포함한 연합군에게도 큰 의미로 남게 된다. 전쟁으로 인한 가장 무서운 비극은 이별이다. 원래 살고 있었던 아름답고 따뜻한 고향은 급작스러운 사변으로 분열이 되고 낯설게 빚어진 상황은 대부분 사람들에게 견뎌 낼 수 없는 충격이자 이별과 시련의 아픔으로 다가온다. 또 남과 북이 분단된 후 가족 간의 이별, 사람들은 다시는 결코 고향에 돌아갈 수 없다는 현실에 직면하게 된다. 그리고 작가들은 이런 고통의 경험을 통해 민족통일에 대한 이상향을 동경하게 된 것이다.

앞서 상술한 것과 같이 한국전쟁을 배경으로 한 소설에서 민족통일을 중심으로 휴머니즘과 인간성을 옹호한 경우는 적지 않다. 어떤 면에서 민족통일은 인간성의 추구 사이 긴밀한 관계가 있기 때문이다. 김동리의 소설 「흥남철수」 작품에서 종군에 나선 시인 박철은 점령지

역 흥남에서 국가의 기획에 동참하고 민족의 구원에 나선다는 숭고한
사명감으로 선무활동의 전면에 나선다. 그는 후퇴작전 속에 월남을
열망하는 피난민을 보고 운명공공체로서의 민족을 떠올리며 전쟁 속
휴머니즘을 몸소 실행에 옮기고 있다. 그런 점에서 박철은 전쟁을 배
경 삼아 전쟁에 대한 소문과 전황을 단순하게 기록하고 전파하는 역할
이상의 함의를 갖는다. 적어도 그의 시선은 민족을 대변하는 대주체
인 곧 근대국가와 동궤를 이룬다. 음악회에 나선 시정의 공연으로 위
안의 밤이 성공적으로 끝난 것을 자축하는 장면에서 이와 같은 점이
잘 드러난다.

> "오오, 시정이 앉어! 오늘은 수고했어! 대성공이었어!"
> 정식은 시정의 앞에 손을 내밀며 이렇게 감격적인 인사를 연발했다.
> (중략)
> "공부를 특별히 한 것도 없소, 올해 제가 여학교 사학년인데, 작년
> 에 첨으로 학생 음악회에 나갔어요."
> "그럼 여기서도 음악 대회 같은 것은 가끔 이었나?"
> "있기는 있었어도 모다 꼭 같은 김일성 노래뿐이고 정말 음악다운
> 음악은 있쟁이오."
> "음악대회에서 일등을 했나?"
> "예"
> "일등이고 이등이고 그런 건 상관없어, 시정이 그렇잖아? 문제는
> 예술에 있어, 예술이 되면 그만이야, 예술에 무슨 놈의 등수가 있느냐
> 말이야, 그렇잖아 시정이……?"
> 정식이 또 기염을 토하기 시작하였다.

(중략)

"이번에 남북이 통일 되거든 시정이도 우리와 함께 서울로 올라가
요. 서울 가서 공부하게⋯⋯?"
철은 막연한 희망을 품고 이렇게 말했다.[29]

수복지구의 동포들을 안심시켜 일상으로 복귀시킨 뒤 시정에게 남
쪽에서 재능을 꽃피우도록 권유하는 종군문화단 일원들의 과장된 행
동은, 덕담의 내용만큼이나 하나 된 민족의 통일을 열망하는 서민들
의 마음이 휴머니즘을 통해 표현되고 있다.

2. 전쟁 경험의 형상화 과정

소설은 서술자를 통해 일련의 사건을 차례로 전개시켜 나가면서
독자들에게 소설의 주제를 인식시키고 심화시킨다. 아울러 작품의 주
제 및 등장인물의 형상화는 독자들에게 삶에 대한 새로운 해석과 사회
에 대한 철저한 인식, 역사에 대한 냉철한 비판, 진실에 대한 지향적
도전, 인간 존재에 대한 부단한 해명 등을 다양한 각도를 통해 탐구하
게 한다. 이와 같이 소설의 서술자는 인간 경험에 상응하는 것을 주제
로 형상화 하는데 그것은 어떤 경험을 기억하도록 해줄 수 있는 것이
면 모두 다 해당될 수 있다.[30]

---

29   김동리, 「'흥남철수' 주변 이야기」, 『김동리 문학전집』(8), 민음사, 262~263쪽.
30   박덕은, 『현대소설의 이론』, 박영사, 1987, 32~35쪽.

가령 많은 소설들이 사랑, 슬픔, 공포, 성숙, 믿음의 발견, 자기 자신 혹은 남에 대한 비판, 환멸, 노령 등과 같은 보편적인 인간의 사건이나 감정을 묘사하고 분석하는 것도 소설 속의 주제가 가지는 통일성의 기능으로 볼 수 있다. 또한 이러한 소설의 주제를 좀 더 명확하게 독자들에게 각인시키고자 소설에 등장하는 배경 및 개인, 집단을 독자적으로 형상화하여 의미를 심화시킨다. 따라서 소설 속 인물, 배경의 형상화는 작품에 묘사된 사건에 객관성과 통일성을 제공해 주며, 작가들은 그들의 경험에 의미를 부여했던 것을 무엇이든 주제로 만들며, 주제를 명확히 하기 위해 객관적인 방법으로 소설 속 등장인물들의 형상화를 통해 재현한다고 볼 수 있다.

이러한 점에서 형상화란 작가가 파악한 현실의 총체적 인식을 작품에 좀 더 구체적으로 나타내어 자신의 경험을 독자들에게 반추시키는 것이라고 할 수 있으며 그 방법들은 여러 가지로 나타날 수 있는 것이다. 아울러 형상화는 작가의 주관적인 판단과 작품 속 사실 관계로 등장하는 인물들에 대한 형상화라고 할 수 있다.

한국전쟁 소설은 한국전쟁이라는 통일된 내용의 사건을 서로 다른 방식의 내용 전개와 주제를 바탕으로 서술하고 있다. 전쟁을 통해 말하고자 하는 주제들을 당대에 활동한 작가 및 전쟁을 경험한 작가들과 전후 작가들에 의해 일정한 형태로 유형화되고 있는 과정으로 이해할 수 있다. 한국전쟁이 안겨준 동족상잔의 비극을 체험하면서 전쟁의 상흔과 허무의식 및 전후 사회의 외적 현실에 대한 관심 등이 다양하게 표출되고 있는 것이다. 그러므로 한국전쟁 소설을 분석할 때 작가의 당대 현실인식의 태도와 직결되는 인물 형상화 방법들이 작품 속에서 어떻게 재현되고 있는지를 유형별로 면밀하게 살펴볼 필요가 있다.

1) 이범선 『오발탄』 인물 분석

가. 작품의 선행 연구

한국 전후 소설 연구에 빠지지 않고 등장하는 소설이 바로 이범선의 『오발탄』이다. 전후시대 대표적인 휴머니즘 작품으로 전쟁의 사실적 묘사보다는 당시 전쟁으로 인한 고통을 겪는 서민들의 모습을 자세히 묘사하고 있어서 문학사적으로 가치가 있는 작품이다. 2018년 10월 한국교육학술정보원(KERIS) 웹사이트(http://www.riss.kr/index.do)를 검색한 결과 19편의 학위 논문과 13편의 학술지 논문이 이범선의 작품 『오발탄』에 대해 분석하였다. 학위논문 중에서 배경미는 작품 『오발탄』에 나타난 가족 의식을 통해 한국의 가장(家長) 의식을 연구하였다.[31] 이정인[32], 서죽청[33]은 한국 전후 소설의 휴머니즘을 연구하면서 『오발탄』을 분석하였다. 학술지 논문은 연구 범위가 비교적 광범위했다. 학위 논문이 주로 작가 인식, 인물, 상징성에 치우쳤다면 학술지 연구는 주로 해외 전후 문학을 비교하면서 『오발탄』과 해외 전후 소설의 공통점과 차이점을 분석하였다. 사순옥은 한국과 독일의 전후 문학을 비교하면서 역사적 인식과 작가 인식이 전후 작품에 어떠한 영향을 미쳤는지 분석하였다.[34] 또한 변화영은 『오발탄』에 나타난 월남인에 대해 분석하였다.[35]

---

31 배경미, 「이범선의 〈오발탄〉에 나타난 가족의식 연구: 가장(家長)의식을 중심으로」, 경남대학교 교육대학원 석사논문, 2007.

32 이정인, 「이범선 전후소설 연구」, 연세대학교 석사논문, 2005.

33 서죽청, 「한국 전후소설의 휴머니즘 연구 - 손창섭 "비 오는 날", 이범선 "오발탄"을 중심으로」, 한국교통대학교 석사논문, 2015.

34 사순옥, 「독일과 한국의 전후문학 연구: 하인리히 뵐과 이범선의 소설을 중심으로」, 『독일어문학』 8, 1998, 273~303쪽.

『오발탄』에 관한 기존 선행 연구를 정리하면 다음과 같다. 첫째, 작가 인식 및 시대상 분석, 둘째, 전후 소설의 휴머니즘 분석, 셋째, 주인공 철호가 처한 양심과의 대립에 대한 내용이다. 다시 말해 전쟁으로 가난한 삶을 살아가는 철호와 철호의 가족이 희망 없이 점점 삶의 기본권마저 상실해 가는 과정을 통해 인간이 현실과 타협하는 것이 과연 올바른 것인지에 대해 많은 학자들이 연구하였다.

나. 작품의 주요 내용 및 시점

작품 『오발탄』의 함축적 의미를 살펴보면 "잘못 발사된 탄환"으로 성실하게 일하지만 아이의 신발 하나 마음대로 못 사주는 가장, 젊은 시절의 아름다운 꿈을 잃고 가난에 시달리던 끝에 죽어 가는 아내, 생존을 위하여 강도 행각을 벌이는 남동생, 양공주로 전락해 버린 여동생의 모습을 통해 한 가족 구성원 각각이 한국전쟁이 남겨 놓은 상흔으로 겪게 되는 삶의 고통과 비애를 형상화 한 소설이다. '오발탄' 이야말로 이들 인생에 대한 비유인 것이다. 1950년 한국전쟁 피난민 중, 북에서 피난 온 사람들은 남산 밑의 해방촌(광복 후 형성, 지금의 남산 중턱, 용산동 2가의 대부분과 후암동 일대)에 정착하여 살았었다. 소설의 주인공 '철호'의 가족도 6.25 전쟁 때 북에서 내려온 피난민이었다. 작품의 공간적 배경이 되는 해방촌에 정착하였고, 그곳에서 가족들과 가난하게 살아가고 있었다. 계리사 사무실 서기가 직업인 주인공 철호는 돈벌이가 적어 생활비를 아껴서라도 가장으로서 가족들을 먹여

---

35 변화영, 「이범선의 〈오발탄〉에 나타난 월남인 연구」, 『건지인문학』 1, 2009, 123~ 143쪽.

살리려고 노력한다. 그에겐 늙은 어머니와 동생 영호, 여동생 명숙, 그리고 만삭인 아내와 다섯 살 난 딸이 있었다. 그의 어머니는 북쪽의 고향에 대한 그리움과 전쟁의 충격으로 인해 정신이상자가 되어 "가자"라는 말밖에 못하게 되었고, 동생 영호는 군대 제대 후 특별한 직업이 없는 상태였다. 형인 철호가 돈은 비록 많이 못 벌지만 양심과 도덕 등을 지키면서 살아가려고 하고 있는 한편, 동생 영호는 반대로 크게 돈을 모을 수 있다면 양심과 법률, 도덕 등은 버려도 된다는 인식을 갖고 있다. 여동생인 명숙은 미군에게 몸을 파는 양공주였고, 만삭인 그의 아내는 힘없고 초췌한 모습으로 늘 방 한구석에 앉아 있다. 이러한 환경 속에서 주인공 철호는 남편, 아들, 아버지, 사무실 서기, 형 노릇 등 해야 할 역할이 많은 채로 살아간다.

작품은 소극적, 내성적인 '철호'라는 인물을 중심으로 잡고 그의 회상과 심리적 추이를 중심으로 구성되고 서술된다. 철호의 고뇌와 의식적 방황을 통해 간접적으로 드러나는 현실의 모순과 암울함, 이에 대한 역설적 비판이 이루어지는 것이다. 만약 상대적으로 철호에 비해 적극적, 활동적인 인물인, 영호를 중심으로 영호의 은행 강도 사건을 부각시켰다면 사건이 일어나기까지 실향민 가족이 겪은 역정을 좀 더 실감나게 그려낼 수 있고 사회현실을 날카롭게 조명할 수 있었을 것이다. 하지만 작품에서는 구체적인 사건을 표출시키지 않는다. 이유는 소설이 창작되었던 1950년대 후반, 한국은 아직까지 자유당 독재정권의 아래에 있었기 때문에 노골적으로 사회를 비판하기 어려웠을 것으로 보인다.

그럼에도 불구하고 작품은 한국전쟁 직후의 비참하고 불행한 면을 그리는 데 그치는 것이 아니라, 절망적 상황 속에서도 인간의 양심은

어떻게 지켜질 수 있는가를 모색하고 있다. 이를 통해 당시의 사회적
현실과 구조가 인간의 기본적인 가치와 충돌할 수밖에 없었던 현실을
적나라게 보여준다. 이미 타락해 버린 현실과 화해하지 못하는 인간
의 자의식, 양심이라는 '가시'를 빼어 버리지 못하고 가족들의 비극적
인 삶을 바라보게 되는 주인공 철호를 통해 전후 현실에서 양심을
가진 인간의 나아갈 방향을 묻고 있는 것이다. 다만 작품에서는 형상
화된 현실 모순의 문제에 대해 명시적인 해답을 내놓지 않는다. 대신
방향감각을 잃어버린 철호의 모습이 결말에 자리 잡고 있을 뿐이다.

다. 등장인물의 종합적 분석

이범선의 『오발탄』에는 총 5명의 주요인물이 등장하여 당시 사회
상을 적나라게 묘사하고 있다. 철호, 영호, 어머니, 명숙, 아내등
주요 등장인물을 특성을 아래 〈표2〉와 같이 분석해 보았다.

〈표2〉 오발탄 등장인물 분석

등장인물	인용문
철호	계리사 사무실 서기로 근무하면서 열악한 환경 속에서도 성실히 살아가려고 애씀. 양심을 지키려는 것과 비례해서 다가오는 삶의 무게를 감당하지 못하는 선량한 인간.
영호	사회적 모순에 반발하여 한탕주의로 살아가려는 인물.
어머니	북녘 고향을 그리워하다 미쳐 버림.
명숙	몸을 파는 양공주 생활을 함.
아내	명문 여대 음악과 출신, 가난과 난산으로 죽음.

한 시대를 아프게 살아가는 주인공 철호는 한국전쟁 이후 가난과
역경 속에 한 번도 제대로 된 삶을 누리지 못한다. 또한 전쟁의 충격으

로 정신이 나가 버린 어머니를 모시고 살아가야 하는 철호는 경제적 궁핍 속에서 장남으로서 삶의 무게를 감당하지 못하고 괴로워한다. 마음으로는 한없이 잘해 주고 싶은 사랑하는 가족들이지만 철호의 현실은 냉정했다. 자기의 마음을 한 번도 시원하게 표현하지도 못하고 많은 식구를 거느리기에는 턱없이 부족한 월급, 성실했지만 돈이 따라 주지 않는 현실 앞에서 몸보다 마음이 더 먼저 피폐해버린 철호는 한국전쟁의 가장 큰 피해자로 무기력하게 현실 앞에 무릎을 꿇는다.

철호의 동생 영호는 어머니의 원수를 갚겠다고 군대에 자원하여 한국전쟁을 몸으로 막아낸 씩씩한 사나이이지만 대학 3학년을 마치고도 일자리가 없어 실업자로서의 길을 걷다가 현실의 냉엄함 속에 좌절한다. 종국에는 양심, 윤리, 도덕, 법까지도 무시하고 남의 것을 빼앗아 편히 살려다 끝내 경찰서 유치장에 갇히는 신세가 되어 버린다. 대학 출신의 엘리트 의식이 강해 험한 일을 하며 돈을 버는 것을 포기하고 끝내 사람으로서 해서는 안 될 일을 저지르고 만 것이다.

북쪽이 고향인 철호의 어머니는 전쟁이 일어나기 전 그곳에서 지주로서 마을의 안주인 역할을 하며 살았었다. 그러나 전쟁이라는 현실 앞에 모든 것을 고향에 남겨 둔 채 간신히 몸만 남하하게 되었고 생소한 가난과 마주하게 된다. 그리고 해방촌이라는 이름이 무색하게 어렵게 살던 중 용산 폭격이 눈앞에서 벌어져 끝내 정신을 잃어버리고 만다. 그래서 아들과 며느리 등 전 가족의 무거운 짐이 되어 버려 그야말로 전쟁의 가장 큰 정신적 피해자로 인생을 살아간다. 마치 시체처럼. 전쟁 전 남보다 풍족하게 살던 사람이 눈앞의 현실을 극복하지 못하고 쓰러지고 만 것이다.

온기 없는 집에서 가난을 견뎌야 했던 철호의 여동생 "명숙"은 결국

엔 몸을 파는 양공주가 되어 길거리의 여자가 된다. 식구들과 사회의
차가운 눈초리 속에 냉대 받는 신세지만 그녀의 마음속엔 누구보다도
따뜻한 인정의 피가 흐르고 있다. 어머니를 향한 안타까움의 마음을
누가 볼까봐 흐느껴 울음으로써 풀고 무기력한 큰오빠 철호의 심정을
알아주어 그녀로서는 힘들게 번 돈을 요긴하게 쓰도록 내밀곤 한다.

예쁘고 발랄했던 E여자 대학 음악 대학 출신인 철호의 아내 역시
가난이라는 현실 앞에 무기력하게 시들다 결국 출산의 고통으로 세상
을 뜨고 만다. 온실 속의 화초처럼 현실의 어려움을 극복하지 못하고
가엾게 죽는다. 남편인 철호에게 순종하고 할 말도 제대로 못하고 말
없이 어려운 살림을 이끈다. 딸에게는 자애로운 어머니로서 가냘픈
수선화 같았던 철호의 아내는 한국전쟁이라는 현실이 가족에게 내린
한없는 비극이며 주인공이 되었던 것이다.

『오발탄』의 인물이나 사건에 실제 모델이 있었던 것은 아니다. 그
러면서도 공감을 줄 수 있었던 것은 보편화된 당시 서민의 생활을
함축했기 때문이다. 한국전쟁 직후의 사회상, 즉 입을 것, 먹을 것은
절대적으로 부족하고 상이군인, 양공주가 거리를 누비며 살인, 강도
사건이 아이들의 장난처럼 여겨지고, 전후의 혼란을 틈타 부패와 부
정이 활개 치는, 그런 양상이 작품 속에 압축되어 있는 것이다.

라. 송철호를 중심으로 한 세부 인물 분석

작품의 주인공 송철호(宋哲浩)는 생활고로 아픈 이도 뺄 수 없고,
나일론 양말을 사면 오래 신을 수 있다는 것을 알면서도 싼 목양말을
살 수 밖에 없는 계리사 사무실의 서기다.

계리사 사무실 서기 송철호는 여섯 시가 넘도록 사무실 한구석 자기 자리에 멍청하니 앉아 있었다. 무슨 미진한 사무가 있는 것도 아니었다. 장부는 벌써 집어치운지 오래고 그야말로 멍청하니 그저 앉아 있는 것이었다. 딴 친구들은 눈으로 시계바늘을 밀어 올리다시피 다섯 시를 기다려 후다닥 나가 버렸다. 그런데 점심을 못 먹은 철호는 허기가 나서만이 아니라 갈 데도 없었다.[36]

송철호는 양심을 지켜 성실하게 살아야 그것이 진정한 삶이라고 믿었던 보수적이고 고지식한 인물로서 당시 한국사회에서 한가정의 가장이 어떠한 모습을 살았는지를 작품 속에서 단적으로 보여주고 있다. 이렇게 사는 한 가정의 가장으로서 철호는 어느 날 가야 할 인생의 방향을 알지 못하고 방황하게 된다. 살아가긴 가야 하는데, 지금도 가고 있긴 한데, 정작 자기가 가고 있는 방향은 모르고 있는 것이다.

보통 직장인인 주인공 송철호는 꾸려가야 할 많은 일들을 놓고 매달 받는 박봉으로는 감당이 안 된다. 몇 푼 되지 않는 월급을 받자 치과를 찾아 우선 앓던 이를 빼고 아이의 고무신을 산 뒤 만취가 되도록 술을 마신다. 그리고는 택시를 탔지만, 어디를 가야 할지 몰라 무작정 달리기만 한다. 아이를 낳다 숨진 아내의 영안실에도 가야하고, 늙은 어머니와 어린 딸이 기다리는 집, 동생이 갇힌 교도소, 양공주 생활에 지친 누이에게도 가야 하지만 어디부터 가야 할지 알 수 없다. 그에게 남은 것은 혼돈과 방황 그리고 암울한 현실뿐이다. 이러한 현실은 전쟁으로 인한 가난 그리고 가장으로서 가족을 책임지지 못한다

---

36   이범선, 『오발탄』, 명현출판사, 2010, 4쪽.

는 현실적 자괴감으로 나타난다. 또한 현실을 도피하고 싶지만 그렇게 할 수 없었던 본인의 처지를 한탄하기 시작한다.

두 달 전까지만 해도 철호는 저녁때 일터에서 돌아오면 어머니야 알아듣건 말건 그래도 '어머니 지금 돌아왔습니다.' 하고 인사를 하곤 하였었다. 그러나 요즈음은 그것마저 안하게 되었다. 그저 한참 물끄러미 굽어보고 섰다가 그대로 윗방으로 올라와 버리는 것이었다. 컴컴한 구석에 앉아 있던 철호의 아내가 슬그머니 일어섰다. 담요 바지 무릎을 한쪽은 꺼멍, 또 한쪽은 회색으로 기웠다. 만삭이 되어 꼭 바가지를 엎어 놓은 것 같은 배를 안은 아내는 몽유병자처럼 철호의 앞을 지나 나갔다. 부엌으로 나가는 것이었다. 분명 벙어리는 아닌데 아내는 말이 없었다.

"아버지"

철호는 누가 꼭대기를 쿡 쥐어박기나 한 것처럼 흠칠했다. 바로 옆에 다섯 살 난 딸애가 눈을 동그랗게 뜨고 철호를 쳐다보고 있었다는 어린것에게로 얼굴을 돌렸다. 웃어 보이려는 철호의 얼굴이 도리어 흉하게 이지러졌다.

"나아, 삼촌이 나이롱 치마 사준댔다."

"응"

"그리고 구두두 사준댔다."

"응"

"그러면 나 엄마하고 화신 구경간다."

"……"

철호는 그저 어린것의 노랗게 뜬 얼굴을 바라보고 있을 뿐이었다.

철호의 헌 셔츠 허리통을 잘라서 위에 끈을 꿰어 스커트로 입은 딸애는 짝짝이 양말 목달이에다 어디서 주운 것인지 가는 고무줄을 끼었다.[37]

소설에 나오는 인물들은 주인공 송철호를 포함해 하나같이 불행하고 뒤틀린 삶을 살아간다. 전쟁으로 자기 고향을 잃었기 때문이며, 전쟁이 가져다 준 가난과 가치관의 혼란 때문이다. 가려고 해도 갈 수 없는 고향, 양심을 지키며 살고자 하지만, 생활은 가난에 찌들고, 온갖 불행이 밀려온다. 이런 절박한 상황 속에서 주인공 송철호는 어디로 가야 할지 모르는 '오발탄' 같은 삶을 사는 것이다. 직장에서는 고지식하면서 양심을 지키려는 회사원이지만 집에 들어오면 정신병에 걸린 어머니와 점점 건강이 악화되고 있는 아내를 보며 어떻게 사는 것이 정답인지에 대해 깊은 고민에 빠진다.

"가자! 가자!"
아랫방에서 또 어머니의 그 저주 같은 소리가 들여왔다. 벌써 칠년을 두고 들어와도 전연 모를 그 어떤 딴 사람의 목소리. 철호는 또 눈을 감았다. 머릿 속의 넛줄이 팽팽히 헤어졌다. 두 주먹으로 무엇이건 꽉 때려 부수고 싶은 충동에 철ㅅ호는 어금니를 바스러져라 맞씹었다.

(중략)

"가자!"
아랫방 아랫목에서 몸을 뒤채는 어머니가 잠꼬대를 했다. 어머니

---

37   앞의 책, 9쪽.

는 이제 꿈속에서마저 생활을 잃어버린 모양이었다. 아주 낮은 그
소리는 한숨처럼 느리게 아래 윗방에 가득 차 흘러 사라졌다. 여전히
아무도 말이 없었다. 철호는 꽁초를 손 끝에 꼬집어 쥔 채 넋빠진
사람 모양 가물거리는 등잔불을 지켜보고 있었고, 동생 영호는 비스
듬히 벽에 기대어 앉은 채 철호의 아내는 잠든 딸애의 머리맡에 가지
런히 놓인 빨간 신발을 요리조리 매만지고 있었다.

"가자"

또 한 번 어머니의 소리가 저 땅 밑에서 새어나오듯이 들려왔다.[38]

전쟁이 끝난 후 절망적인 상황을 절실하게 느끼도록 하는 것은 가
난한 삶이나 비뚤어진 가치관만은 아니다. "가자"고 외치는 어머니의
대사는 작품 전체에 어둡고 무거운 분위기를 보여주면서 송철호의
힘겨운 삶을 암시하고 있다. 작품에서 "가자"는 송철호의 어머니가
자신들의 삶이 파괴당하지 않았던 시절로, 다시 말해 고향으로 가자
는 것이다. 그러나 전쟁이 끝난 후 분단된 조국에서 이제 돌아갈 고향
은 없다. 38선이 막혀 이젠 더 이상 갈 수 없는 곳이다. 갈 수 없는
곳을 가자고 외치는 것처럼, 어떻게든 살아 보려는 피난민 일가족의
삶은 절망으로 끝나고야 만다. 마지막 부분에서 철호가 집으로도, 병
원으로도, 경찰서로도 가지 못하고 길거리에서 방황하는 장면은 어머
니의 "가자"는 외침과 마찬가지로 절망적인 현실을 보여준다.

철호는 던져지듯이 털썩 택시 안에 쓰러졌다.

"어디로 가시죠?"

---

38 앞의 책, 18쪽.

택시는 벌써 구르고 있었다.

"해방촌"

자동차는 스스로 속력을 늦추었다. 해방촌으로 가자면 차를 돌려야 하는 까닭이었다. 운전사는 줄지어 달려오는 자동차의 사이가 생기기를 노리고 있었다. 저만치 자동차의 행렬이 좀 끊겼다. 운전사는 핸들을 잔뜩 비틀어 쥐었다. 운전사가 몸을 한편으로 기울이며 마악 핸들을 틀려는 때였다. 뒷자리에서 철호가 소리를 질렀다.

"아니야. S병원으로 가."

철호는 갑자기 아내의 죽음을 생각했던 것이었다. 운전사는 다시 획 핸들을 이쪽으로 틀었다. 운전사 옆에 앉아 있는 조수 애가 한번 철호를 돌아보았다. 철호는 뒷자리 한구석에 가서 몸을 틀어 박은 채 고개를 뒤로 젖히고 눈을 감고 있었다. 차는 한국은행 앞 로터리를 돌고 있었다. 그때에 또 뒤에서 철호가 소리를 질렀다.

"아니야. X경찰서로 가."

눈을 감고 있는 철호는 생각하는 것이었다. 아내는 이미 죽었는데 하고. 이번에는 다행히 차의 방향을 바꿀 필요가 없었다. 그냥 달렸다.

"X경찰서 앞입니다."

철호는 눈을 떴다. 상반신을 번쩍 일으켰다. 그러나 곧 또 털썩 뒤로 기대로 쓰러져버렸다.

"아니야. 가."

"X경찰서입니다. 손님."

조수 애가 뒤로 목을 틀어돌리고 말했다.

"가자."

철호는 여전히 눈을 감고 있었다.

"어디로 갑니까."

"글세 가."

"허 참 딱한 아저씨네."

"……"

"취했나?"

운전사는 힐끔 조수 애를 쳐다보았다.

"그런가 봐요."

"어쩌다 오발탄 같은 소년이 걸렸어. 자기 갈 곳도 모르게."

운전사는 기어를 넣으며 중얼거렸다.[39]

허무주의를 바탕으로 작품의 시대적 배경을 통해 전후(戰後)의 암담한 현실을 주인공 송철호 주위에서 일어나는 가족들의 사건을 통해 그가 혼란에 빠지는 과정을 그리고 있다. 즉, 고향을 떠난 월남 피난민 가족의 비참한 삶의 단면을 보여주는 작품으로 뿌리 뽑힌 자들의 가난과 고통, 그리고 편안한 삶을 방해하는 비정한 현실을 심도 깊게 묘사하고 있다. 이러한 가족들의 비극적인 삶이 결국 주인공 철호를 방향 감각을 잃은 오발탄과 같은 존재로 만들고 있다.

그렇다면 송철호가 무능력자가 된 이유는 무엇인가? 작품 속에서 영호는 그것을 '철호'의 바보 같은 양심 때문이라고 꼬집어 말한다.

밤낮 쑤시는 충치 하나 처치 못하시고 이가 쑤시면 치과에 가서 치료를 하거나 빼어버리거나 해야 할 거 아니야요. 그런데 형님은 그것을 참고 있어요. 낯을 잔뜩 찌푸리고는 참는단 말입니다. 물론

---

39   앞의 책, 47쪽.

치료비가 없으니까 그러는 수밖에 없겠지요. 그겁니다. 바로 그겁니다. 그 돈을 어떻게든가 구해야죠. 이가 쑤시는데 그럼 어떻게 해요. 그걸 형님처럼 마치 이 쓰시는 것을 참고 견디는 그것이 돈을 - 치료비를 버는 것이기나 한 것처럼 생각하는 것. 안 쓰는 것을 혹 버는 셈이라고는 할 수 도 있을 거야요. 그렇지만 꼭 써야 할 데 못 쓰는 것이 버는 셈이라고는 할 수 없지 않아요. 세상에는 이런 세 층의 사람들이 있다고 봅니다. 즉 돈을 모르기 위해서 만으로 필요 이상의 돈을 버는 사람과, 필요하니까 그 필요하니 만치의 돈을 버는 사람과 또 하나는 이건 꼭 필요한 돈도 채 못 벌고서 그 대신 생활을 졸이는 사람들. 신발에다 발들 맞추는 격으로 형님은 아마 그 맨 끝의 층에 속하겠지요. 필요한 돈도 미처 벌지 못하는 사람, 깨끗이 살자니까 그럴 수밖에 없다고 하시겠지요, 그래요. 그것은 깨끗하기는 할지 모르죠. 그렇지만 그저 그것뿐이지요. 언제까지나 충치가 쏘아 부은 볼을 싸쥐고 울사일 수밖에 없지요, 그렇지 않습니까? 그야 형님![40]

양심만 빼어 버리면 남들처럼 잘 살 수 있는데도 철호는 얼마 되지도 않는 월급을 위하여 몇 십 리의 길을 매일매일 걸어서 출퇴근을 한다. 아픈 충치를 뽑을 돈이 없어서 매일 고통스럽게 참고 견디다가도, 시장한 창자를 보리차로 달래곤 하면서도 '손끝의 가시'를 뽑지 못한다. 다시 말해 철호는 이미 양심도 도덕도 사라진 지 오래인 현실 상황과 타협하지 못하는 것이다.

---

40 앞의 책, 25쪽.

점심을 못 먹은 배는 오후 두 시에서 세 시 사이가 제일 견디기
힘들었다. 철호는 펜을 장부 위에 놓았다. 저쪽 구석에 돌아앉은 사환
애를 바라보았다, 보리차라도 한 잔 더 마시고 싶었다.[41]

철호는 작품 속에서 항상 양심과 대립하여 싸운다. 또한 현실과 화
해하지 못하고 양심이라는 '가시'를 빼어 버리지 못한 채 가족들의
비극적인 삶을 바라보게 된다, 이는 전후(戰後) 현실에서 양심을 가진
인간의 나아갈 바를 묻고 있다.

"너 설마 무슨 엉뚱한 계획을 세우고 있는 것은 아니겠지."
철호는 약간 긴장한 얼굴을 하고 영호를 바라보면 꿀꺽하고 침을
삼켰다.
"아니요. 엉뚱하신 뭐가 엉뚱해요. 그저 우리가 남처럼 다 벗어
던지고 홀가분한 몸차림으로 달려보자는 것이죠 뭐."
"벗어 던지고?"
"네, 벗어던지고 양심이고, 윤리고, 관습이고, 법률이고 다 벗어
던지고 말입니다."
영호는 큰 두 눈이 유난히 빛나는가 하자 철호의 눈을 정면으로
밀고 들었다.
"양심이고, 윤리고, 관습이고, 법률이고?"
"……"
"너는, 너는……."
"……"

---

41 앞의 책, 36쪽.

영호는 안무 대답도 하지 않았다. 그러나 눈만은 똑바로 형 철호를 쳐다보고 있었다.

"그렇게 살자면 이 형도 벌써 잘 살 수 있었다."

철호의 목소리는 떨리고 있었다.

"그렇게 나라니요?"

"양심을 버리고, 윤리와 관습을 무시하고, 법률까지도 범하고!"

(중략)

"저도 형님을 존경하고 있어요, 고생하시는 형님을, 용케 이 고생을 참고 견디는 형님을. 그렇지만 형님은 약한 사람이야요. 용기가 없는 거지요. 너무 양심이 강해요. 아니 어쩌면 사람이 약하면 약한 만치 그만치 양심이란 가시는 여물고 굳어지는 것이지도 모르죠."

"양심이란 가시?"

네. 가시지요. 양심이란 손끝의 가십니다. 빼어버리면 아무렇지도 않은데 공연히 그냥 두고 건드릴 때마다 깜짝깜짝 놀라는 거야요. 윤리요? 그건 나이롱 빤쯔 같이 것이죠. 입으나마나 불알이 덜렁 비쳐 보이기는 매한가지죠. 관습이요? 그건 소녀의 머리 위에 달린 리본이라고나 할까요? 있으면 예쁠 수도 있어요. 그러나 없대서 뭐 별일도 없어요. 법률? 그건 마치 허수아비 같은 것입니다. 허수아비. 덜 굳은 바가지에다 되는대로 눈과 코를 그리고 수염만 크게 그린 허수아비. 누더기를 걸치고 팔을 쩍 벌리고 서 있는 허수아비. 참새들을 향해서는 그것이 제법 공갈이 되지요. 그러나 까마귀쯤만 돼도 벌서 무서워하지 않아요. 아니 무서워하기는커녕 그놈이 상투 끝에 턱 올라 앉아서 썩은 흙을 쑤시던 더러운 주둥이를 쓱쓱 문질러도 별일 없거든요. 흥."

영호는 코웃음을 쳤다.[42]

『오발탄』은 전쟁 뒤 고향을 떠난 월남 피난민 가족의 비참한 삶의 단면을 보여주는 작품이다. 뿌리 뽑힌 자들의 가난과 고통, 그리고 편안한 삶을 방해하는 비정한 현실을 심도 깊게 묘사하고 있다. 특히 철호 일가의 삶을 통해서 전후의 비참하고 혼란된 상황을 그리고 있다. 주인공 '철호'는 정상적으로 건강하게 살아가고자 하지만, 세상은 그가 그렇게 살 수 있도록 놓아두지 않는다. 가족의 비극적인 삶은 결국 철호의 정신을 혼란으로 몰아넣으며 방향 감각을 잃은 '오발탄'과 같은 존재로 만들고 만다. 이렇게 일가의 비극을 통해서 전후(戰後) 상황의 부적응상황과 혼란을 그리고 있다는 점에 이 작품의 일차적인 의미가 있다.

그러나 이 작품의 참뜻은 전후(戰後)의 비참하고 불행한 면을 제시했다는 점보다는, 그처럼 비참하고 불행한 상황 속에서 인간의 양심은 어떻게 지켜질 수 있는가를 모색했다는 점에서 의미가 있다.

2) 최인훈 『광장』 인물 분석

가. 작품의 선행 연구

그동안 최인훈 소설에 대한 연구는 작품 『광장』을 중심으로 다양하게 이루어져 왔다. 본서에서는 『광장』의 인물분석에 앞서 기존 선행 연구를 심도 있게 분석해 보고자 한다.

42　앞의 책, 21~22쪽.

이재선은 소설 광장을 당시 시대상과 연관지여 분석하였다. 1950
년대 당시는 전쟁과 체험 그리고 전후 의식에 휩싸여 현실에 대한
합리적 인식이 불가능한 시대였다. 따라서 소설의 상상력도 전쟁의
파괴성과 그로 인한 피해를 묘사하거나 휴머니티와 평화주의를 고양
하는 경향이 두드러지게 나타난다.[43]

하정일은 한국전쟁 후 1960대에 들어서면서부터 전쟁에 대한 거리
를 유지하는 것이 가능해짐과 동시에 이승만 정권의 모순이 심화되면
서 반독재 민주화 운동과 시민운동이 본격화되었고, 원조경제가 차관
경제로 바뀌면서 경제위기가 심각해진 사회적 배경을 설명하면서 이
러한 정치·경제적 상황이 1950년대 문학의 한계를 극복할 수 있는
외적 조건을 마련해 주었다고 설명했다.[44] 이러한 내부적인 환경의 변
화는 한국사회의 갈등과 모순에 대한 비판적 성찰을 하게 된 계기를
제공하였다.

김윤식는 작품 『광장』이 전후소설의 극복이라는 측면과 4·19체험
으로 인한 혁명정신의 사회·역사적 확장이라는 측면에서 '자유'와 '평
등'의 문제를 제기하고 이데올로기의 벽 속에 폐쇄되었던 전후소설의
발판을 마련했다고 주장하고 있다.[45]

『광장』은 발표당시 단순히 이데올로기를 비판하는 소설로 인식되
었다. 작품 속 '광장'과 '밀실'이라는 대립적이 공간이 나오고 이러한
배경은 예술적인 측면보다 시대적인 상황을 그린 작품으로 나타났다.
그러나 50여년이 지난 오늘날에는 작품 『광장』을 이데올로기를 다룬

---

43   이재선, 『전쟁체험과 50년대 소설』, 현대문학사, 1997, 333쪽.
44   하정일, 『분단 자본주의 시대의 민족문학사론』, 소명출판, 2012, 38쪽.
45   김윤식·정호웅, 『한국소설사』, 문학동네, 2000, 383~389쪽.

소설이 아닌 좀 더 객관적이고 비판적인 관점에서 새롭게 접근하려는
시도가 이루어지고 있다. 향후 『광장』에 대한 평가는 〈표3〉과 같이
다양하게 이루어지게 된다.

〈표3〉 『광장』 소설에 대한 평가

연구자	주요평가내용
이철범(1988)	역사의 광장과 관념의 밀실의 거리를 현실적으로 메꾸지 못한 채 중립국으로 가는 길에서 자살한 한 젊은이의 이야기[46]
신철하(2000)	개인의 실존적 자유를 억압한 분단 이데올로기에 대한 전면적인 도전[47]
김영화(1992)	분단시대를 살고 있는 한국 지식인의 고뇌를 지적인 접근으로 살핀 소설[48]
김윤식(1981)	두 이데올로기의 차원을 또 다른 관점으로 그린 소설[49]

개작에 대한 논의도 다양하게 나타나고 있다. 지덕상은 초간본에서
는 객체로서의 '갈매기'가 주체의 의식 속에 들어와 여인들로 표현되
는데, 개정본에서는 주체의식 속에 있던 '그림자'가 객체인 '갈매기'
쪽으로 나가서 '갈매기'를 상징화 한다고 주장했다.[50] 김인호는 "초간
본에서는 자살을 결행하는 근대적 자아의 모습이 비교적 뚜렷하게
제시된다면, 그 이후로는 환영이나 무의식의 현실에서 타자와 갈등하
거나 어우러진 주체의 모습을 보여준다고 분석하였다.[51]

이외에도 많은 연구논문, 연구 자료를 본서에서는 다음 세 가지로

---

46 이철범, 『선택할 수 없는 민족적 생의 비극-최인훈의 「광장」』, 종로서적, 1988.
47 신철하, 「문학·이데올로기·형식: 「광장」에 접근하는 한 방식」, 『한국학논집』 34, 2000.
48 김영화, 『광장과 밀실의 상실』, 국학자료원, 1992.
49 김윤식, 『관념의 한계-崔仁勳論』, 일지사, 1981.
50 지덕상, 「「광장」의 개작에 나타난 작가 의식」, 고려대학교 석사논문, 1982, 50쪽.
51 김인호, 『「광장"의 개작에 나타난 변화의 양상들』, 문학과지성사, 2004, 136쪽.

정리해 보고자 한다. 작품을 분석한 많은 연구자들은 첫째, 이명준의
행동을 통해 작품의 특성을 발견하고자 한다. 둘째, 현실에 대한 작가
의식을 살펴보고 이명준의 죽음에 대해 고찰한다. 셋째, 특정상징물
에 관한 연구이다. 최근 10년 동안에는 과거 작품위주의 등장인물과
특정상징물, 시대적 배경을 분석하는 것에서 벗어나 다양한 관점에서
작품이 연구되고 분석되어지고 있다. 김상수는 최인훈『광장』의 불교
정서적 상징과 구상의 연관성에 대해 논하였고[52], 홍순애는 최인훈
『광장』의 법의식과 시민적 윤리에 대해 분석하였다.[53] 또한 학위논문
에서는 송수경이 페미니즘 관점에서 최인훈의 『광장』을 분석하였
고[54], 차미숙은 모성회기본능을 중심으로 최인훈의 『광장』을 논하였
다.[55] 따라서 향후 다양한 관점에서 이색적인 연구가 지속적으로 이루
어 질 것으로 전망한다.

나. 작품의 주요 내용

소설 광장은 1960년 잡지《새벽》을 통해 대중들에게 모습을 드러
낸다. 처음 총 600매 중편 분량의 형태로 소개된 이후 신구문화사판,
민음사판, 전집판 광장 등 총 다섯 번의 개작을 통해 현재 문학과 지성
사에서 출간한 전집으로 출판되었다. 5~6회 개작이 이루어지는 동안

52　김상수, 「최인훈 「광장」의 불교 정서적 상징과 구성」, 『동아시아불교문화』 13, 2013, 211
　　~230쪽.
53　홍순애, 「최인훈 「광장」의 법의식과 시민적 윤리」, 『현대소설연구』 67, 2017, 489
　　~523쪽.
54　송수경, 「페미니즘 관점에서 본 최인훈의 「광장」 연구」, 세종대학교 석사논문, 2004.
55　차미숙, 「최인훈의 「광장」 연구: 모성회귀본능을 중심으로」, 원광대학교 석사논문,
　　2012.

많은 분량이 덧붙여졌고, 한자어였던 용어들이 한글로 바뀌었으며, 내용 또한 약간의 수정이 이루어졌다.

과거 이념이 전부가 되는 시대가 있었다. 이념이라면 사람 몇 명 정도는 아무렇지 않게 죽여도 되고, 그것이 오히려 정당화되는 시대였다. 이념 앞에서는 가족의 정(情)이나 남녀 간의 사랑도 함몰되는 시대, 서로 간의 소통이 막히고 오로지 이념으로 하나가 되고, 이념으로 원수가 되는 시대가 있던 것이다. 이러한 시대는 한국의 문민정부 출범 이후 거의 사라지다시피 했지만 가장 극심한 때는 한국전쟁을 전후한 시대다. 이념으로 양극단을 치닫는 시대에 한 인간으로서 몸부림치며 살았던 개인을 그린 소설이 바로 최인훈의 소설 『광장』이다.

당시 시대적 상황으로 볼 때 이데올로기를 소재로 하고 있다는 점과 주인공 이명준이 남한도 북한도 아닌 중립국을 선택했다는 점에서 파격적인 작품이었다. 하지만 사회적 공간을 상징하는 광장과 개인적 공간인 밀실에서 상처받고 고뇌하는 한 젊은 청년의 삶을 서술하면서 사상 대립으로 발생한 전쟁, 이 모든 것들이 다 무의미 하다는 것을 암시하고 있다. 최인훈은 광복 직후부터 한국전쟁까지는 한국의 현대사에서 제2의 개화기와 같은 성격을 갖는다고 말하며, 모든 욕망이 한꺼번에 원칙상으로는 개방되지만 현실적으로는 좌절하게 되어 있는 그런 시대라고 말한다. 『광장』은 이런 시기에 인간의 사고와 정서의 경향을 대변했다. 주인공 이명준은 이러한 시대에서 객체가 아니라 주체로서 살려고 한 젊은이다.[56]

소설은 주인공 '명준'이 전쟁 포로로 인도로 가는 배를 타고 가는

---

56 최인훈, 『전쟁과 죽음, 문학과 이데올로기』, 문학과지성사, 1994, 99~100쪽.

장면으로 시작된다. 인도 국적의 배에서 명준은 자신과 같이 중립국을 택한 20여 명의 포로들과 함께 일본을 거쳐 홍콩으로 향하고 있었다. 그는 배에서 폭풍우와 같았던 지난 시기를 거쳐 왔던 자신의 삶을 회상하기 시작한다.

주인공 명준의 아버지는 항일운동을 하다가 해방과 함께 월북한다. 명준은 아버지의 친구였던 은행가인 변 선생 집에서 기거하며 도움을 받고 대학에 입학해 철학을 공부하고 있다. 변 선생에게는 태식과 영미라는 오누이가 있고 명준은 이들과 함께 친하게 생활한다. 태식과 영미는 자신이 가진 부를 마음껏 누리며 미국 음악과 댄스를 즐기며 산다. 명준도 가끔씩 그들과 함께 어울리지만 평범하지 않은 성장 배경은 명준이의 성격 발단에 영향을 미치며 회의적인 성격을 가지고 있는 명준은 이런 생활에 염증을 느낀다. 그러던 중 아버지가 북한에서 방송가로 알려지면서, 명준은 몇 차례 경찰서로 끌려가 매를 맞고 취조를 받는다. 이 사건으로 인해 명준은 더욱더 남한에 환멸을 느낀다. 그리고 인천에 있는 윤애를 만나러 간다. 그곳에서 윤애와 깊은 사랑을 나누나, 우연히 북한으로 가는 배가 있다는 것을 알고 충동적으로 월북한다. 그러나 북한에서 역시 그는 환멸을 느낀다. 그곳에서 은혜라는 여성을 만나 사랑을 하지만, 한국전쟁이 일어나고 은혜는 죽는다. 이제 전쟁 포로가 되어 북한과 남한에서 모든 것을 잃은 명준은 더 이상 한국에 남아 있을 이유를 느끼지 못한다. 그리고 중립국 행을 택한다.

당시의 시대상은 주인공 명준의 눈을 통해 더욱 날카롭게 묘사된다. 명준은 남한에 있을 때 자신이 평소 존경했던 선생님을 찾아가 자신이 평소 느끼고 있는 남한의 정치 광장의 실상을 적나라게 비판한다. 그가 이야기하는 한국 정치의 광장은 미국에 빌붙어 오로지 개인이 욕심만 챙기는 도둑들의 싸움터였다.

> 오늘날 한국의 정치란 미군 부대 식당에서 나오는 쓰레기를 받아서, 그중에서 깡통을 골라내어 양철을 만들구, 목재를 가려내서 소위 문화주택 마루를 깔구, 나머지 찌꺼기를 가지고 목축을 하자는 것과 뭐가 달라요? 그런 걸 가지고 산뜻한 지붕, 슈트라우스의 왈츠에 맞추어 구두 끝을 비비는 마루며, 덴마크가 무색한 목장을 가지자는 말인가요?
>
> (중략)
>
> 한국 정치의 광장에는 똥오줌에 쓰레기만 쌓였어요. 모두의 것이어야 할 꽃을 꺾어다 저희 집 꽃병에 꽂고, 분수 꼭지를 뽑아다 저희 집 변소에 차려 놓고, 페이브먼트를 파 날라다가는 저희 집 부엌 바닥을 깔구. 한국 정치가들이 정치 광장에 나올 땐 자루와 도끼와 삽을 들고 눈에는 마스크를 가리고 도둑질하러 나오는 것이죠.[57]

주인공 명준이 경험했던 남쪽에서는 밀실이 허락되지 않았다. 이에 실망해 찾아간 북쪽에는 자신이 꿈꾸던 광장은 존재하지 않았다. 명준은 강압적인 통치와 그 위에 군림하는 특권계층들을 보고 크게 실망한다. 명준은 북한에서 아버지를 따라 기자가 된 후 기사를 쓰는 과정에서 비교적 감정에 치우진 글을 썼다고 당 선전부로부터 자아비판을 강요받게 된다. 이에 분개한 명준은 아버지에게 불만을 폭로한다.

---

57 최인훈, 『광장』, 문학과지성사, 2008, 60쪽.

이 무거운 공기. 어디서 이 공기가 이토록 무겁게 짓눌려 나옵니까? 인민이라구요? 인민이 어디 있습니까? 자기 정권을 세운 기쁨으로 넘치는 웃음을 지닌 그런 인민이 어디 있습니까? 바스티유를 부수던 날의 프랑스 인민처럼 셔츠를 찢어서 공화국 만세를 부르던 인민은 어디 있습니까?[58]

명준은 당 선전부의 자아비판을 받고 난 후 당 간부로부터 영웅주의적인 감정을 버리고 강철과 같은 철저한 실천가가 되라는 말을 듣는다. 결국 명준은 북한이나 남한이나 자신들의 이념을 관철시키기 위해 개인들을 소품화·부품화하고, 그런 사상적 제도 속에서 권력을 누리는 몇 안 되는 사람만이 군림하고 있다는 것을 깨닫고 크게 실망한다. 결국 명준은 더 이상 남한이든 북한이든 사상대립 속에서 더이상 중간에 껴서 고통 받으면서 살고 싶지 않다고 생각한다. 마지막에 북한과 남한이 각각 체제 선전을 하는 가운데 '중립국'이라는 소리만을 외치며 절규하는 명준의 모습은 당시 젊은이들이 분단된 조국의 현실에서 갈피를 잡지 못하고 방황하는 모습을 현실적으로 보여주고 있다. 다시 말해 광복 이후 한국전쟁에 이르기까지 이 땅의 많은 사람들은 광장과 밀실에서 명준과 같이 이데올로기의 선택을 강요받아왔는지 모른다. 안타깝게도 작품은 명준에게 이 막다른 골목에서 빠져나올 수 있는 힘을 주지 않는다. 작가 최인훈은 "광장은 대중의 밀실이며 밀실은 개인의 광장이다. 이간을 이 두 가지 공간의 어느 한쪽에 가두어 버릴 때 그는 살 수 없다"고 했다. 어쩌면 주인공 명준은 이

---

58   앞의 책, 125쪽.

두 공간을 구분하고 그 속에 자신을 가두려 했기에 스스로 중립국으로
향하는 배에서 파란바다를 보고 극단적이 선택을 했을지도 모른다.

다. 등장인물의 종합적 분석

소설『광장』의 주요 등장인물로는 아버지 이형도와 주인공 이명준
과 함께 광장을 이끌어 가는 윤애와 은혜이다. 아버지 이형도는 월북
한 혁명가로 부르주아지에 가까운 부정적인 이미지를 보이고 있으며,
남로당원으로 월북하여 북한에서 고위 관리를 하고 있지만 명준에게
이상적 혁명가의 모습을 보이지 못함으로써 회의의 대상이 되고 만다.

윤애와 이명준이 처음 사랑에 눈을 뜬 여자로 등장한다. 하지만 그
녀는 명준을 끝내 진심으로 받아들이지 않고 거절한다. 은혜는 명준
이 북한에서의 생활에 회의를 느끼며 고통스러워 할 때 등장한다. 은
혜는 남한에서 만난 은애와 달리 명준을 맹목적으로 사랑한다. 은혜
는 명준이 북한생활을 하면서 어려움에 직면하거나 힘들 때 위로받고
쉬어갈 수 있는 안식처이다. 또한 명준으로 하여금 무한한 사랑을 느
끼게 해주는 존재이다. 따라서 소설에서 은애와 은혜에 관련된 모든
이야기는 주인공 명준과 연결되어 있으며 밀접한 관련이 있다.

〈표4〉 작품 속 윤애와 은혜의 등장 배경 및 장소[59]

구분	윤애	은혜
명준을 처음 만난장소	영미네집 댄스파티	병원
명준과 첫 번째 이별	명준이 말없이 북으로 떠남	은혜가 모스크바로 떠남

---

59   최유진,「최인훈의「광장」에 대한 개작연구-초간본과 개족본 간의 거리 양상을 중심
       으로」, 동덕여자대학교 석사논문, 2000, 34쪽 참조.

명준과 헤어지고 난 후 두 번째 만남	S서 2층에서 재회	한국전쟁 중 병원에서 재회
명준과 두 번째 이별	이미 변태식의 아내가 되어있음	한국전쟁 중 전사

〈표4〉에서 보는 바와 같이 윤애와 은혜에 관련된 모든 이야기는 명준을 중심으로 연결되어 있다. 명준은 태식의 동생인 영미의 소개로 윤애를 만나게 된다. 그는 북한에서 대남 방송 선전 책임자로 있는 아버지 때문에 형사들에게 고문을 당하게 되는데 자신이 처한 암울한 상황에서 벗어나기 위해 윤애를 찾아가게 되고 그녀와 깊은 사랑을 하게 된다. 그러나 윤애는 명준을 받아들이다가도 알 수 없는 버팀으로 그를 거부하는 여자이다. 명준에게 딱히 상처를 안겨주는 것도 아니지만 모든 것을 다 보여주지도 않고 거리감을 둠으로 명준에게 소외감을 느끼게 한 인물이다. 명준은 윤애의 거부가 일부 원인이 되어 희망의 광장을 찾아 월북을 결심하게 된다.

월북한 명준은 북한 국립극장에 소속된 발레리나 은혜를 만나게 되고 그녀와 사랑하게 된다. 은혜는 윤애와는 달리 순순한 저를 비우고 명준을 받아들이고 사랑해 주는 여자였다. 명준은 모든 것을 수용해주는 은혜의 무조건적인 사랑을 통해 선전만 난무하는 북한의 껍데기 생활 속에서 참다운 삶을 느낀다. 그러나 은혜가 모스크바로 떠나게 되면서 그녀에 대한 배신감에 절망하게 된다. 은혜의 배반으로 인해 현실을 인지한 명준은 한국전쟁에 참전한다. 은혜는 명준을 떠난 죄책감에 간호병으로 전쟁에 지원하고 둘은 전쟁터에서 재회한다. 은혜의 사랑을 깨달은 명준은 자신만의 안식처인 동굴에서 은혜를 받아들이고 사랑을 나누게 되지만 결국 은혜는 전사하고 명준은 살아있음을 다짐하는 마지막 광장마저 잃게 된다.

〈표4〉는 윤애와 은혜가 명준을 만나는 공간과 장소를 통해 등장인물의 구조적 동일성을 발견할 수 있다는 것을 암시한다. 윤애는 명준과 사랑을 나누던 언덕분지를 비롯해 주로 인천의 부둣가, 바닷가 등 집밖의 개방된 공간에서 명준과 만난다. 그래서 명준은 월북한 후에도, 타고르호 선상에서도 인천 앞바다가 내려다보이던 곳을 자주 떠올리곤 한다. 한편 은혜는 주로 병실, 명준의 하숙방, 원산의 노동자 휴양소의 방, 동굴이라는 밀폐된 공간에서 명준과 만난다. 명준은 은혜와 처음 병실에서 대면하고, 이후 하숙방과 낙동강 싸움터의 동굴에서 마지막 사랑을 나눈다. 따라서 소설에서 북한의 은혜는 밀실에서, 남한의 윤애는 광장에서 서로 다른 평행선을 그려나가고, 명준의 여정은 윤애에서 은혜로 전이된다.

라. 이명준을 중심으로 한 세부 인물 분석

앞서 설명한 것과 같이 이명준은 작품 속에서 끊임없이 갈등을 겪는다. 이명준이 겪는 일차적 갈등은 사회와의 갈등이다. 작품 광장에는 해방된 조국, 한국전쟁등 한국 근대사의 정치적 격변기가 고스란히 묘사되어 있다. 아울러 이러한 격변기가 남한에만 국한되게 아니라 한반도 전체에 존재하며 이로 인해 이명준은 남한의 사회적 갈등을 피해 북한에 갔지만 북한사회에서 또 다른 이데올로기적 사상 갈등을 겪게 된다. 이러한 갈등전개의 양상은 남한사회와 북한사회에서 각각 다른 이념, 다른 사상으로 충돌하며 결국 대칭적으로 반복된다.

또한 명준은 해방이 되던 해 북한으로 간 아버지 때문에 남한에서

죄인 취급을 받으며 생활한다. 그의 아버지가 북한 평양방송의 대남
방송에 출연해 마르크스 철학을 주장하면서 명준의 남한생활은 더욱
힘들어진다. 남한 사회는 명준에게 공격적으로 반응하며 위협적인 태
도를 보인다.

　　이틀 후 명준은 S서 사찰계 취조실에서 형사와 마주앉아 있다. 형
사는 두 팔굽을 책상에 걸치고 그를 쏘아본다.
　　"어느 학교에 다녀?"
　　"-댑니다."
　　"뭘 전공하나?"
　　"철학입니다."
　　"칠학?"
　　형사는 입을 비죽거린다. 명준은 얼굴이 확 단다. 그의 말이 비위
를 건드렸지만, 고개를 돌린다. 형사의 등 뒤쪽에 열린 커다란 창문
밖에서 물리 흐르듯 싱싱한 포플러 나무의 환한 새잎에 눈길을 옮긴
다. 5월, 좋은 철이다.
(중략)
　　"그래 철학과면 마르크스 철학도 잘 알갔군?"
　　"네?"
　　생각에서 깨어나면서 얼결에 그렇게 되묻자 형사는 주먹으로 책
상을 탕 치면서,
　　"이 쌍놈의 새끼, 귓구멍에 말뚝을 박안?' 마르크스 철학도 잘 알
겠구나 이런 말야!"
　　투가 달라지는 것이었다. 명준은 눈시울이 뜨거워진다.

"왜 대답이 없어!"

그래도 가만 있는다.

왜 대답이 없냐 말야, 아, 이 새끼가 누구 농담하는 줄 아나"

그제야 입을 연다.

"잘 모릅니다."

"잘 몰라? 내 애비 녀석이 지랄을 부리는 마르크스 철학을 너는 잘 모른다?"

"철학과라도 전공이 있습니다. 철학 공불 한 대서 마르크스 철학을 공부하는 건 아닙니다."[60]

명준은 결국 이데올로기의 참담한 현실 앞에 정신적 고통을 겪는다. 남한과 북한사회의 대립적인 이데올로기는 작품속의 명준뿐만 아니라 당시 남북의 많은 젊은이들이 겪었던 고통이었음을 작가는 작품을 통해 표현하고자 한 것이다. 명준은 남한사회의 권력은 시민으로부터 나온다는 민주주의의 기본 원칙을 누구보다 정학하게 알고 있었다. 하지만 취조실에서 겪은 형사의 폭력은 명준으로 하여금 남한사회는 원칙과 정의가 존재하지 않고 자유만 있는 건전하지 못한 사회라고 결론 내린다. 아울러 형사에게 받은 육체적 폭력은 명준에게 큰 정신적 고통을 안겨준다. 명준은 남한사회에서 겪은 고통과 좌절을 스스로 극복하지 못한 채 이를 다른 방식으로 극복하고자 한다. 바로 윤애의 육체를 소유하고자 하는 욕구를 드러낸 것이다.

---

60   최인훈, 『광장/구운몽』, 문학과지성사, 2010, 74~76쪽.

전번에, 서에서 형사한테 얻어맞은 후로 자꾸 자기가 못난 생각만 든다. 그래서만은 아니겠지만 불쑥 찾아온 자기를 뛰어다니면서 보살펴주는 마음씨가 몹시 고맙다.

(중략)

"저는 지금 돌아갈까 합니다."

윤애는 그를 빤히 쳐다본다.

"무슨 말씀을 하세요, 늦었는데."

"헤드라이트가 있으니 괜찮아요. 밤에는 왕래가 없으니 속력도 낼 수 있어요."

"어머나, 참 이상하시네."

이상할 수밖에 없는 속을 털어놓지 못하는 일이 괴롭다.

"글쎄요."

"글쎄가 뭐예요. 이 밤에. 오토바이 선수가 되실 작정이세요?"

그녀는 까르르 웃다가,

"정 그러시다면 내일 떠나세요. 저희 형편은 며칠이라도 괜찮지만."

"며칠이라도?"

(중략)

정하고 나니 후련하다. 여름 동안 아무 작정도 없이 있었는데, 인천에서 보내게 되는구나. 딴은 일부러 바라도 어려울 일이다. 설마 윤애네에서 한여름을 보내게 되리라고는 꿈도 안 꾼 일이다. 마음이 술렁거림을 누르지 못한다. 영미가 놀릴테지, 어쨌든 한동안 서울을 떠나 살게 된 일이 기쁘다.[61]

---

61   앞의 책, 87~89쪽.

명준은 남한에서 윤애와 함께 지냈던 시간동안 자신이 원하던 것은 그녀의 몸을 소유하는 것이지 윤애라는 사람에 대해 알고자 했던 것이 아니라는 사실을 깨닫는다. 명준이 남한에서 경험한 이데올로기의 대립과 남한사회에 대한 실망으로 괴로워하고 있을 때 그의 손이 닿을 수 있을 것 같은 곳에 항상 그녀가 존재했다. 결국 명준은 자신의 한계를 스스로 인지하지 못하고 윤애를 지배하고 소유함으로써 위안을 얻으려고 했던 것이다. 뿐만 아니라 명준은 북한에서 만난 은혜와의 관계에서도 은혜를 정신적으로 사랑하기보다는 그녀의 육체를 소유하고자 한다. 다시 말해 육체를 통해 만족감을 느끼려고 한 것이다. 명준은 남한과 북한사회에서 받은 정신적 육체적 고통을 윤애와 은혜와의 육체적 접촉을 통해 만족과 보상을 얻으려고 한 것이다. 따라서 이와 같은 명준의 육체적 소유욕과 이기적인 태도는 윤애 때와 마찬가지로 윤애와 다르다고 생각했던 은혜에게도 끝내 거절을 당한다. 하지만 최유진과 조유미의 연구는 이를 다른 방식으로 해석한다. 최유진[62]은 윤애, 은혜와 관련된 개작의 변화는 사실상 이명준을 가운데 두고 이루어지고 있으며 변화된 내용은 이명준과의 사랑에 대한 추가분이 전부라고 주장한다. 정향사판(正向社版)에서는 이명준이 윤애와 사랑을 나누는 바닷가 분지에서의 일과 은혜와 사랑을 나누는 동굴 속 일화를 덧붙인다. 이로 인해 윤애와는 더욱 벽을 쌓는 관계로 은혜와는 안식처이자 희망의 관계로 발전한다. 전집판에 와서는 윤애와 은혜를 의식 속에 잠식시키는 지문을 추가한다. 결국 그녀들에 대한 이명준의 사랑은 윤애를 의식 밖으로 밀어내고 은혜와의 사랑을 완성

---

62   최유진, 앞의 논문.

된 것으로 만들자는 데 있다. 또한 조유미[63]는 명준이 은혜를 만나는 것은 단순히 육체의 함몰이 아니라 그 속에서 태초 인간의 진정한 행복, 자유를 느끼는 것이라고 의미를 부여한다. 어떤 사회적 이념도 강요되지 않는 자신의 욕망만을 채우기 위한 밀실들만 빼곡한 이기적 현실도 아닌, 인간과 인간의 결합 속에 서로의 마음이 뚫려있는 광장을 발견하고 있다는 말이다. 그의 현실의 관념들은 은혜라는 여인과의 사랑을 통해 진정 그가 원하는 삶을 찾아가는 설정이라 할 수 있겠다. 은혜는 사상가도 혁명가도 아니며, 그저 공산사회에 살고 있으니까 사는 사람으로 성격의 밑바탕을 이루고 있는 것은 진실과 순수함이다.

결국 소극적이고 타인을 배려할 줄 모르는 이기적인 자신을 발견한 명준은 결국 죽음을 선택하게 된다.

> 자기가 무엇에 홀려 있음을 깨닫는다. 그 넉넉한 뱃길에 여태껏 알아보지 못하고, 숨바꼭질하고, 피하려 하고 총으로 쏘려고까지 한 일을 생각하면, 무엇에 씌었던 게 틀림없다. 큰일 날 뻔했다. 큰 새 작은 새는 좋아서 미칠 듯이, 물속에 가라앉을 듯, 탁 스치고 지나가는가 하면, 되돌아오면서, 그렇다고 한다. 무덤을 이기고 온, 못 잊을 고운 각시들이, 손짓해 부른다. 내 딸아, 비로소 마음이 놓인다. 옛날, 어느 벌판에서 겪은 신내림이, 문득 떠오른다. 그러자, 언젠가 전에, 이렇게 배를 타고 가다가, 그 벌판을 지금처럼 떠올린 일이, 그리고 딸을 부르던 일이, 이렇게 마음이 놓이던 일이 떠올랐다. 거울 속에 비친 남자는 활짝 웃고 있다.[64]

---

63 조유미, 「최인훈의 「광장」 연구」, 청주대학교 석사논문, 2005.

하지만 명준이 죽는 장면은 직접적이고 구체적으로 작품에 나타나지 않는다. 다만 앞뒤 맥락을 통해 이를 우회적으로 암시할 뿐이다. 먼저 '고운 각시들', 즉 이미 죽은 은혜와 그들의 딸이 명준을 손짓해 부른다.

> 밤중,
> 선장은 문을 두드리는 소리에 잠자리에서 몸을 일으켰다. 얼른 손목에 찬 야광시계를 보았다. 마카오에 닿자면 아직 일렀다.
> "무슨 일이야?"
> "석방자가 한 사람 행방불명이 됐습니다."
> "응?"
> "지금 같이 방에 있는 사람이 신고해 와서, 인원을 파악해봤습니다만, 배 안에는 보이지 않습니다."
> 선장은 계단을 내려가면서 물었다.
> "누구야, 없다는 게?"
> "미스터 리 말입니다."[65]

이 부분의 바로 다음 단락에서 그날 밤 미스터 리가 실종되었다는 것도 제시한다. 실종이라고 표현하지만 뱃길 중에 사람이 사라졌다는 것은 그 사람이 바다에 투신했다는 것을 의미한다. 명준은 결국 그가 선택한 중립국에 도달하지는 못하지만 그동안 경험을 통해 자신이

64　최인훈(2010), 앞의 책, 208~209쪽.

65　위의 책, 209쪽.

가고자 하는 인생의 방향을 찾는다. 명준은 세상살이의 미련을 버리고 죽음을 택한다.

명준의 죽음은 당시 분단된 조국, 이데올로기를 비판하고자 하는 의미하는 것만은 아니다. 그는 불평등한 남한과 북한 사회의 부조리를 본인이 주체가 되어 변화시킬 수 없다는 것을 깨달았고, 윤애와 은혜를 자기가 소유하고자 하는 육체적인 대상으로만 인식한 자신에 대한 회의를 느낀다. 명준이 가지고 있는 이러한 한계는 영미, 태식, 정 선생과 나누는 대화에서 쉽게 찾아볼 수 있다. 그들과의 일화나 대화 장면을 통해 명준은 주체적이지도 못하고 단지 관념적, 사상적 비판만을 하는 한계를 지닌 존재로 고스란히 나타난다.

발소리가 들려온다. 치레뿐인 노크가 울리기 바쁘게 영미가 들어선다. 그녀의 모습은 명준을 약간 어리둥절하게 만든다. 흰 이브닝드레스에, 어린 플라타너스 줄기처럼, 미끈하면서 보오얀 팔이 쭉 곧다.

"명준 오빠, 내려가요, 응?"

그녀는 말끝을 어리광 섞어 치킨다.

"가서 뭘해."

"쑥이, 뭘 하긴? 춤추고 얘기하고 그러지. 오늘 이쁜 애들 많이 왔어요."

"글세 나야 뭐 가나마나……"

그녀는 여는 때처럼 명준의 팔을 끌어서 일으켜세우려고 하지 않고 손가락으로 드레스 자락을 집어올리면서 창가로 와서, 턱을 괸 채 한참 말이 없다.

"그럴 때는 무엇 같은데?"

그래도 아무 대꾸를 안 한다. 무슨 일이 있었나? 영미가 이렇게
나오면 난처하다. 그녀의 몫이 아닌 만큼, 어쩌다 그러면 구성지다고
명준은 생각한다.

"명준 오빠."

"응."

"오빠는 이 담에 뭘 하실래요?"

"글세 말이야."

"아니 왜 저럴까."

"정말이야, 좀 좋은 일 있으면 가르쳐줘, 하란 대로 할 테니깐."[66]

평소 아무런 생각 없이 인생을 재미로만 때우려고 보였던 영미의
갑작스러운 질문에 명준은 명확한 대답을 하지 못한다. 영미의 질문
에 명확한 대답을 하지 않는 명준의 모습은 그가 평소 가지고 있었던
영미에 대한 생각이 틀렸다는 사실을 증명해 준다. 명준은 외관상으
로 보이는 타인의 행동과 그들이 가지고 있는 내면의 진지함, 가치관
에 대해서는 별로 관심을 갖지 않는다. 명준은 태식과의 대화에서도
태식의 진지한 삶에 대한 이야기기는 귀담아 듣지 않고 단지 부잣집
아이라고 생각한다.

어느날, 거리에서 만난 태식과 나란히 집에 돌아오는 길이었다.
그는 한쪽 겨드랑이에 색소폰이 든 케이스를 끼고 걸으면서, 카바레
에서 일한다고 학교에서 말이 있다고 한다. 발길이 그리로 움직여서

---

66   앞의 책, 47~48쪽.

그들은 중앙청을 오른쪽으로 바라보며 남산을 오르고 있다. 운동복에 머릿수건을 친 권투선수가 두 팔을 엇바꿔 곧게 뻗쳤다 오므렸다가 하면서, 링에서 하는 대로 빠르게 발을 스치듯 끌어가며 지나간다. 발 움직임에 숨결을 맞추는 씩씩 소리가 짐승의 숨소리처럼 거칠다. 열심히 팔다리를 놀리면서 멀어져가는 그 모습은 어쩐지 대견스럽다. 명준은 아직도 그 모양을 멀거니 바라보는 태식에게 말한다.

"그 노릇도 수월치 않은 모양이야."

"고독해서 저러는 거야."

명준은 아찔하다. 권투선수와 고독을 한 줄에 얽는 태식의 그 말이 그대로 안겨온다.

(중략)

한번은 역시 둘이서 길가에 늘어앉은 사주쟁이들 옆을 지나가다가 명준이

"저 친구들은.?"

"고독해서 그러는 거야."

"맞았어."

길가였는데도 그들은 깔깔대고 웃었다.[67]

명준은 권투선수를 평소 멋있다고 생각하고, 겉으로 보이는 태식의 행동에 대해 말한다. 하지만 태식은 권투선수가 하는 행동에서 내면의 고독을 생각한다. 명준과 태식은 권투선수를 보면서 각기 다른 생각을 한다. 하지만 명준과 태식이 권투선수를 보면서 하는 생각을 통

---

67   앞의 책, 52~54쪽.

해 명준과 태식이 타인을 대하는 행동을 엿볼 수 있다. 결과적으로 명준은 타인의 행동에 대해 상대방의 입장에 대한 고려 없이 자신만의 관점을 내세우면서 생각하고 판단한다. 즉 명준은 자기중심적인 성향을 바탕으로 항상 독선적인 사고를 하는 경향을 보이고 있다. 이러한 명준의 한계는 남과 북에서 추구하고 지향하는 사회적 이상이 좌절되었을 때 그 사회를 변화시키지 못하고 윤혜나 은애를 대한 것처럼 이기적인 행동을 하며 만족을 얻고자 한다.

제3장

항미원조전쟁 경험에 대한 중국 작가의 대응

1. 항미원조전쟁에 대한 반제국주의

1) 중국 항미원조전쟁 문학 작품의 현황 및 특징

가. 현황

한국전쟁은 동북아의 국제정치 패턴과 한반도에서의 미소 영향력 형성에 결정적인 영향을 미쳤을 뿐만 아니라 연합군, 중국군 등 참전국 국민의 사상과 정서에도 적지 않은 영향을 미쳤다. 특히 한국, 북한을 제외한 주요 참전국인 미국과 중국 국민들에게 이 전쟁에 대한 역사적 인식 및 기억은 더욱 생생하게 남아 있다. 한국전쟁 기간과 전쟁이 끝난 이후 한·중 양국에서는 한국전쟁에 관한 문학 창작 활동이 활발하게 일어났으며, 한국전쟁을 주제로 한 '전쟁문학'이 빠르게 등장하게 된다. 그러나 한·중 두 나라의 이데올로기와 사회제도, 서로 다른 사상으로 말미암아 전쟁에 대한 이해에 있어서 양국 간에는 큰 차이가 존재하게 된다. 따라서 한국전쟁에 대한 예술화, 즉 문학작품이 지니는 의미 및 방향은 서로 다른 형태로 나타난 것이다.

중국은 '항미원조(抗美援朝) 보가위국(保家衛國)'이라는 명분으로 1950

년 10월 중국 단둥(丹東)의 압록강을 건너 한국전쟁에 참전하였다. 따라서 중국의 한국전쟁 문학은 일반적으로 한국과 달리 '항미원조문학'이라고도 불린다. 항미원조 전쟁문학은 신(新)중국 건국 후에 첫 번째 대규모 문학창작활동이며, 동시에 중국 당대 문학의 중요한 구성 부분으로서 중국문학 발전에 큰 방향을 제시해 주고 있다. 하지만 오늘날 중국 학계에서 항미원조 전쟁문학에 대한 연구는 아직 큰 성과를 이루고 있지 못한 실정이다. 체계적이지 못한 연구는 연구 논문 및 연구 보고서의 양과 질을 떨어뜨리고 있으며, 각종 신문, 잡지, 서적에 산재된 항미원조 전쟁 관한 많은 작품이 아직 체계적으로 정리되지 못하고 있는 실정이다. 이러한 연구 성과는 항미원조 전쟁문학이 그 당시와 현재에 미친 중요성에 비하면 매우 대조적이다. 단적인 예로 지난 2003년 12월에 중국 『연변문학』에서 한국어로 발표된 김호웅의 논문 「항미원조전쟁과 중국문학」은 항미원조 문학을 다루고 있는 최초의 논문이지만 한국어로 쓰여 졌고 중국어 번역본이 없기 때문에 중국 학계에서 널리 알려지지 않고 있다. 중국 당대 문단에서 항미원조 전쟁에 관한 문학 창작은 전쟁이 끝난 후에도 오랜 기간 동안 중단되지 않고 있다. 뿐만 아니라 문학을 통하여 전쟁을 바라보는 시각도 더욱 객관적으로 변하고 있다.

좁은 의미에서 보면 '항미원조문학'은 1950년 10월 19일 중국인민해방군이 조선 반도에 출병한 시기부터 모두 철수한 1958년 10월까지 중국 작가가 지은 항미원조전쟁을 다룬 문학 작품을 가리킨다. 보고문학과 소설, 시가, 산문, 시극 등이 포함된다. 광의적으로 볼 때 전쟁이 끝난 후 각 역사 시기에 항미원조전쟁에 대한 문학 창작인 기록문서나 소설 및 인물전기 등도 이에 포함된다. 항미원조 소설이 중국 내에서 성행했던 것은 국가의 지원에 맞춰 작가들의 사상을 개조하고자 한 목적과 밀접한 관련이 있다. 1950년 10월 26일. 마오쩌둥(毛澤東)의 지시를 받고 중공중앙정부가 항미원조운동을 지도하는 연설문[關于時事宣傳的指示]을 발표했다. 마오쩌둥의 의도는 연설문을 통해 자국의 입장을 밝히는 데 그치지 않고 더 나아가 지식인에게 마르크스주의 세계관과 창작 방법론을 전달하는 것이었다. 그의 지시(指示)가 신시대의 문학 규범이 되고 나서 문학창작의 핵심 내용은 정치 범주를 떠날 수 없었다. 영웅인물을 형상화하는 것은 소설의 성격 중에서 가장 중요한 역할을 차지한다. 이와 같이 고도로 정치화되고 집단화된 배경에서 나타난 항미원조 소설이 강한 정치적 기능을 지니는 것은 당연하다. 그것들은 '연안문예(延安文藝)'[68] 활동의 연장이자 전쟁의 산물이다. 하지만 영웅주의 사상 전파와 더불어 작가 자신의 문예 사상을 바탕으로 항미원조에 대한 주제를 선정하여 전쟁 중 인물들의 생활을 묘사한 작품을 낸 작가도 있다. 이런 주제를 다룬 소설은 중국 전쟁소설의 시야를 넓혀주고 예술과 정치를 완벽하게 통일시키게 된다. 항미원조 소설은 풍부하고 다양한 내용을 담고 대부분 서사적으로 전쟁의 장면을 서술하는 시사적인 작품도 있고 인민해방군과 조선 인민 간에 윤리적 감정을 서술하는 작품도 많다.

또한 작품의 창작시기에 따라 중국 항미원조 전쟁소설을 전시와

---

68 연안문예 활동은 1942년 5월 중국 공산당 연안예술좌담회를 통해 마오쩌둥 주석이 발표한 연설문에 기초한다. 연설에서 마오쩌둥 주석은 중국의 지도자들은 항일전쟁을 통해 인민들의 단합을 이루어 냈고 이러한 단합은 새로운 문학창작과 예술 활동의 기초가 되며 중국 공산당은 항일전쟁의 승리를 계승하여 지속적으로 혁명적인 문학창작 활동에 참여해야 한다는 내용이다.

전후로 나누어 볼 수 있다. 대부분의 작가들이 항미원조전쟁의 종군
기자로 활동했으며 전쟁이 후반기로 접어든 1953년 장편소설의 창작
을 마친다. 전시, 전후시기에 창작된 작품 대부분이 중·장편 소설이며
전쟁이 끝난 이후에도 주로 중·장편 소설의 창작이 두드러진다. 아래
〈표5〉를 보면 알 수 있다.

〈표5〉 중국 항미원조전쟁 소설의 시대별 장르별 분류[69]

전시 소설			전시 소설		
작가 및 제목	출판년도	장르	작가 및 제목	출판년도	장르
陸住國, 『風雪東線』, 人民文學出版社	1952	중·장편	海默, 『突破臨津江』, 作家出版社	1954	중·장편
			謝雪疇, 『團指揮員』, 中國靑年出版社	1954	중·장편
			寒風, 『東線』, 人民文學出版社	1955	중·장편
古立高, 『不可阻當的鐵流』, 平明出版社	1952	중·장편	老舍, 『無名高地有了名』, 人民文學出版社	1955	중·장편
			馬加, 『在祖國的東方』, 作家出版社	1955	중·장편

　관련 통계자료에 따르면 20세기 50년대 중국에서 가장 영향력이
있고 대표성을 지닌 8개 정당 기관지, 종합신문, 문학 간행물에는 항
미원조전쟁 문학작품이 2614편이나 실렸다. 그 중에《인민일보》700
여 편,《인민문학》185편,《해방군문예》384편,《광명일보》583편,
《문휘보》559편,《중국청년》75편,《신화월보》58편으로 집계된다.
동시에 각출판사들에서 수필집 163편, 장편소설 8편, 중편소설 18편,

69　박재우, 「중국 당대 작가의 한국전쟁 제재 소설연구」, 『중국연구』 32, 2003 참조.

단편소설 10편, 시집 25편, 희극 73편을 단행본으로 출판하였다.[70]

중국의 항미원조전쟁 전시, 전후 작품의 내용은 크게 차이를 보이고 있지 않다. 주로 전쟁의 비극성과 사실성에 입각하며 인민해방군의 용맹스러움과 전쟁의 영웅을 묘사하였다. 아울러 아군인 중국인민해방군, 북한인민군과 적군인 미국군, 한국군, 연합군을 다른 방식으로 형상화 시켰으며 북한 주민들의 이야기 또한 상세히 전하고 있다. 시대적인 관점에서 중국의 작품을 전시, 전후소설로 나누어 그 차이를 살펴보면 전시소설은 주로 항미원조전쟁에 참전하기 전과 1950년 10월 25일 참전한 후 정전협정까지를 배경으로 한다. 하지만 전후소설은 항미원조전쟁에 참전, 정전협정 후 고향으로 돌아와 공산당에 입당한 후 조국과 인민을 위해 봉사하는 내용이 그려져 있다.

〈표6〉 중국 항미원조전쟁 소설의 특징별 분류

작가 및 작품 명	항미투쟁	전쟁영웅	휴머니즘
陸住國의『風雪東線』	○	○	
楊 朔의『三千里江山』	○	○	
古立高의『不可阻當的鐵流』		○	
巴 金의『英雄的故事』	○	○	
魏巍,白艾의『長空怒風』		○	○
鄭 直의『激戰無名川』	○	○	
張廣平의『雲嶺之戰』		○	
孟偉哉의『昨天的戰爭』(上·中·下)	○	○	
路 翎의『戰爭,爲了和平』		○	
和谷巖의『楓』(短篇小說集)	○	○	

70   牛林傑·王寶河, 「한국전쟁을 주제로 한 중한 전쟁문학 비교연구」, 『현대소설연구』 50, 2012, 304쪽.

菡　子의 「從上甘嶺來」		○	
劉大爲의 「在藍色的天空上」		○	
王慧芹의 「永遠向前」	○	○	
海　默의 『突破臨津江』	○	○	
陸住國의 『上甘嶺』	○	○	
魏　巍의 『東方』	○	○	○
巴　金의 「團圓」	○	○	○

〈표6〉에서 보는 바와 같이 중국의 항미원조 소설은 다양한 주제를 그려내지는 못하지만 대부분의 소설이 일관된 방식으로 내용을 묘사하고 있다. 전시, 전후 소설에 상관없이 대부분의 항미원조 소설은 항미투쟁과 영웅주의를 바탕으로 사실적으로 묘사되고 있다. 하지만 작품 『東方』, 「團圓」, 『長空怒風』은 소설 속 등장인물의 세밀한 행동, 감정 묘사를 통해 인물 간의 애정, 질투, 그리움 등을 나타내고 있다. 엄밀히 말하면 소극적이나마 중국 전쟁 소설의 한계를 극복하고자하는 소수 작가들의 노력을 찾아볼 수 있다.

나. 특징

(1) 지연정치(地緣政治) 하에 전쟁 재난의 서사

항미원조 문학은 신 중국 문학의 새로운 장이다. 8년 동안의 항일전쟁과 3년간의 해방전쟁을 겪은 중국 인민들의 삶 속에는 전쟁의 고통과 재난이 여전히 남아 있었다. 따라서 작품 속에는 지연정치적인 이웃 나라에서 벌어진 전쟁이 이미 압록강까지 미쳤으니, 압록강을 따라 강가에서 살고 있는 중국인의 전쟁 전후의 생활 변화와 인민해방군이 조선반도에 진입하여 전쟁에 참전한 장면을 통해 '항미원조 보가

위국(미국침략자를 저항하고 고향과 조국을 지키자)'이라는 의미를 쉽게 찾아볼 수 있다.[71]

(2) 서사적인 이국 풍속

조선반도에서 여러 국가가 참전하여 전쟁을 벌이면서 이국문화의 다양한 풍속도 작품 속에서 찾아볼 수 있다. 서로 다른 17개국의 군인은 언어와 피부색깔부터, 종족, 습성, 신앙까지 서로 다르다. 그들이 피 흘리며 싸우고 전쟁 때 각자가 경험한 영웅담과 실제 사실을 쓰고 있다. 그래서 종단기자(從團記者)는 포로가 된 유엔군에 대한 인터뷰를 통해 전쟁의 잔혹성과 무정을 드러내는 작품도 많이 창작하였다.[72]

(3) 이국 강산과 고향정서

인민해방군의 눈에 보이는 조선반도의 풍경과 조선인민들의 인심, 전시생활에 대한 서정적 서사를 통해 지원군의 휴머니즘적 정서를 내포하는 작품도 흔히 보인다. 즉 전쟁터에 나가 있는 사병이나 전쟁 후 조선에 남았던 사람들의 이야기를 통해 작가나 인민해방군의 애국심을 충분히 엿볼 수 있다.[73]

(4) 전쟁 중의 여자와 여자의 전쟁

일반적으로 전쟁과 여자는 대조적으로 극한 폭력과 부드럽고 섬세함을 상징한다. 하지만 여자는 전쟁에서 동떨어져 있지 않다. 그녀들

---

71   王樹增, 『朝鮮戰爭』, 人民文學出版社, 2009.

72   和谷巖, 『三八線上的凱歌』, 人民文學出版社, 1955.

73   魏巍, 『誰是最可愛的人』, 人民文學出版社, 1973.

은 자신의 남편이나 아들을 전쟁터에 보내고 동시에 자신도 전쟁의 소용돌이에 내몰린다. 항미원조전쟁 작품은 조선 여성의 생활을 상세히 묘사한다. 전쟁 중 여성들이 고난에 굴복하지 않고 목숨을 바치면서 전쟁에 참여 또는 지원한 것과 부지런히 일하는 것 등의 묘사를 통해 전쟁에서 여성은 절대 굴하지 않는 항쟁의 아이콘으로 묘사된다. 동시에 조선 아줌마, 아주머니, 처녀, 여자아이 등 인물 이미지 묘사를 통해 독자로 하여금 어머니, 아내, 연인, 딸에 대한 혈육 간의 정을 보여주면서 중국인민해방군의 가족애와 연인 간 사랑의 감정을 보여주고 있다.[74]

(5) 계급 혁명적 전우의 감정

항미원조 문학에서 우군에 대한 서사는 중국인민해방군과 조선인민군간의 역사적 동참과 전우애를 강조한다. 특히 문학에 있어서 '옛 전우'의 관계를 특별히 강조했다. 전쟁 중 발생하는 양국의 군인들 간 연대와 우애의 이야기를 통해 파란만장한 세월을 함께한 것을 추억하고 반제국주의의 계급혁명 우정을 드러낸 작품이 대다수이다.[75]

(6) 이데올로기적 적군의 이미지

미군의 이미지를 양놈으로 전형화시킨 것은 침략자에 대한 역사적 기억과 관련될 뿐 아니라 동·서 냉전에 있어서 대치하는 국제 구조와도 연관된다. 그래서 중국 작가들은 반미 정치 역량의 대표로서 미군의 이미지를 추악하게 묘사해 중국인민해방군이 정의의 군대로서 용

74　吳信泉, 『朝鮮戰場1000天』, 遼寧人民出版社, 1996.
75　柴成文, 『板門店談判』, 解放軍出版社, 1989.

맹스럽다는 것을 대조적으로 돋보이게 구현했다. 적군의 군기는 엄격하지 못하고 비겁하게 죽음을 무서워하지만 인민해방군은 자기의 안위를 돌보지 않고 조금도 죽음을 두려워하지 않아 용감하게 전진하는 이미지로서 주로 묘사된다. 이처럼 미군과 자국의 군인을 묘사하는 방식은 상당히 대조적이다.[76]

2) 항미원조 역사 인식의 변화

한국전쟁에 대한 한국과 중국의 역사 인식은 아직도 큰 틀에서 차이를 보이고 있다. 한국전쟁이 발발한 후 미국과 한국 및 서방 국가들은 북한이 소련 및 중국의 지지 하에 한국에 대한 군사적 진격을 감행한 것으로 주장한다. 반면 냉전 시대 사회주의 진영에 속해있었던 소련, 중국, 북한은 미국과 한국이 전쟁을 발동시킨 것으로 이를 비난 하는 성명을 내었던 것은 부정할 수 없는 사실이다. 대표적인 예로 1950년 6월 27일자 중국 《인민일보》의 사설에는 다음과 같은 내용이 실렸다.

"조선민주주의인민공화국은 이승만 괴뢰군의 대규모 군사공격을 당하여 어쩔 수 없이 반격에 나섰다. 조선의 전면 내전이 시작되었다."

이러한 인식은 전쟁이 발발한 지 40년이 지난 1994년 『덩샤오핑선집(鄧小平文選)』을 통해서도 확인할 수 있다.

---

76   陸住國, 『風雪東線』, 人民文學出版社, 1952.

"1950년 조선전쟁이 폭발한 후에 미국은 즉각 파병하여 연합국의 기치를 들고 간섭하기 시작하였고 동시에 군대를 보내 중국의 영토인 대만을 침략하였다. 9월 15일 미국은 조선 서해안인 인천에 상륙하였으며 이어 남북 조선 사이의 원래 분계선인 삼팔선 이북을 크게 침범하고 중국 동북지방에 폭격을 가하여 중국의 안전을 심각하게 위협하였다. 중국인민은 미국에 항거하고 조선을 원조하며 가정과 국가를 보호하기 위해 중국인민지원군을 조직 10월 25일 조선반도에 도착하여 조선인민과 함께 어깨를 나란히 하고 작전을 수행하였다."[77]

중국은 1950년 한반도에서 발발한 전쟁 초기에는 한국전쟁으로 규정하였지만 4개월 후 10월 25일 인민지원군이 참전한 이후 한국전쟁에 대해서는 항미원조 전쟁으로 부르고 있다. 따라서 한국은 전쟁발발 일을 6월 25일로 지정하고 있는데 반해 중국은 인민지원군이 참전했던 10월 25일을 전쟁 기념일로 정하고 있다. 단적인 예로 지난 2000년 10월 25일 중국에서는 항미원조 전쟁 50주년을 기념해서 국가적 차원의 행사를 진행하였고 당과 국가차원의 홍보에 열을 올렸다. 전쟁과 인연이 있는 단둥(丹東)을 비롯하여 각 지역에 기념관을 건립하고 관련 영화 및 드라마를 제작하였으며 전쟁회고록 및 각종 전쟁 관련 서적을 발간하였다.

중국의 이러한 태도를 두 가지로 분석해 볼 수 있다. 첫째, 중국은 항미원조 전쟁과 한국전쟁을 분리, 독립된 의미로 규정하여 해석한다. 미국과의 전쟁을 부각시킴으로써 중국 사회에 애국심을 고취시키고

---

[77] 鄧小平, 『鄧小平邓文選』(2), 人民出版社, 1994, p.418.

개혁개방으로 인해 자칫 소홀해 질 수 있는 공산당과 인민해방군의 위상을 재확립하고 사회주의 질서 확립을 확고히 하기 위함이다. 둘째, 한국과의 관계를 적대 관계가 아닌 동반자 관계로 발전시켜 갈 수 있는 외교적 여건을 마련해 가는데 유리하게 작용할 수 있기 때문이다. 후자의 측면에서 분석해 본다면 중국이 한국과의 외교적인 면을 전향적으로 고려한 결과라고 할 수 있고 이는 1992년 한·중 수교 후 역사 갈등으로 소홀해 질 수 있는 양국의 관계 개선에 긍정적인 신호탄이 되었다.

3) 항미원조전쟁 문학 작품에 나타난 반제국주의

항미원조전쟁 작품 대부분은 미군과 연합군을 제국주의 침략자로 지칭하며 중국은 이러한 제국주의 침략에 맞서 싸우는 정의로운 나라로 묘사한다. 중국 작가 웨이웨이(魏巍)[78]는 1950년 12월부터 1951년 2월까지 종군작가 신분으로 두 차례 전쟁에 참전하여 많은 작품을 출간하게 된다. 대표적인 작품으로는「누가 가장 사랑스러운 사람인가」로 전쟁 영웅주의에 입각하여 묘사된 작품이다. 작가는 작품에 세 가지 사례를 선정하여 전쟁 전체를 묘사하고 있다. 첫째, 영웅주의, 둘째, 국제주의, 셋째, 반제국주의 등 작품에는 앞서 상술한 것과 같이 세 가지 서로 다른 사례를 통해 각각 독립적이면서도 서로 관련성이

78　웨이웨이는 1920년 3월 출생으로 연안항일군사대학을 졸업한 후 1942년 작품『黎明的風景』을 시작으로 중국 문단에 이름을 알린다. 1951년 인민일보에 연재소설「誰是最可愛的人」을 선보이며 중국에서 큰 지지를 얻는다. 대표작으로는『東方』,『火鳳凰』등이 있으며 1982년 제1회 마오둔(茅盾)문학상을 수상한다.

있는 전개 방식을 보여주고 있다.

소설뿐만 아니라 정기 간행물, 종합신문, 정당기관지에 실린 내용에도 중국이 항미원조 전쟁을 서양 제국주의 국가와의 싸움과 투쟁으로 묘사하고 있다는 것을 알 수 있다. 뉴린지예(牛林傑)은 항미원조 전쟁과 관련된 문학작품 분석을 통해 작품 속에 담긴 사상을 연구했으며 연구결과 중국의 항미원조 전쟁은 냉전시대 서방국 특히 미국과의 이데올로기 투쟁이라고 주장하였다.[79] 아울러 리쫑강(李宗剛)은 이러한 이데올로기에는 과거 세계를 주름잡고 아시아를 침략했던 제국주의 국가에 대한 투쟁이라고 분석하였다.[80]

항미원조 전쟁의 역사적 기억이 이미 중국 작가들의 머릿속에 뿌리를 깊이 내렸기 때문에 70년대에 들어서도 한국전쟁문학 창작은 계속 이어졌다. 1977년에 웨이웨이의 대하장편 소설『동방』의 출간을 계기로 중국에서 항미원조 전쟁 문학작품들의 반제국주의 사상은 영웅주의 사상과 더불어 큰 틀을 이루며 발전하게 된다.

2. 전쟁 경험의 형상화 과정

1) 웨이웨이『동방』인물 분석

가. 작품의 시대적 배경

『동방(東方)』은 중국의 저명한 작가 웨이웨이가 쓴 장편 소설이다.

79　牛林傑,「中韓當代文學中的朝鮮戰爭記憶」,『第十五屆中國韓國學國際研討會論文集』, 2014.

80　李宗剛,「抗美援朝戰爭文學中的英雄敘事分析」,『商丘師範學院學報』11, 2007.

웨이웨이는 1920년 중국 하남성(河南省) 정주시(鄭州市)에서 태어났으며 어려서부터 시가(詩歌)를 좋아했다. 1937년 항일전쟁이 발발한 후 팔로군에 참가하였다. 1939년부터 시를 발표하기 시작했으며 주로 해방전쟁을 다룬 시를 썼다. 1950년 항미원조 전쟁이 발발한 후 조선에 가서 중국 지원군 군사들과 함께 생활하며 함께 전투에 참전하였다. 전쟁이 끝난 후 귀국 후에도 작품 활동을 지속적으로 이어갔다. 「누가 가장 사랑스러운 사람인가(誰是最可愛的人)」, 「전사와 조국(戰士和祖國)」 등의 작품을 발표하였다. 이후 두 차례 더 북한을 방문하여 계속해서 르포문학 작품을 썼다. 그 후 1978년 구상과 집필만 총 26년(1950~1975)의 시간이 걸린 장편소설 『동방』을 출판하게 된다. 작품은 중국 인민지원군의 항미원조를 배경으로 전쟁 전후 전쟁에 참전했던 인물과 전투를 통해 한국전쟁에서 경험한 삶과 감정 및 역정을 깊이 있게 사실적으로 재현하였다. 아울러 조선의 전쟁터와 당시 중국의 농촌생활을 묘사함으로써, 항미원조의 위대한 승리가 소설 전면으로 반영되었다. 작품은 제1회 마오둔(矛盾)문학상과 제1회 중국 인민해방군 문예상, 제1회 인민문학상을 받았다.

나. 작품의 주요 내용

항미원조 전쟁이 발발한 후 중국인민해방군 모 부대의 중대장 궈샹(郭祥)은 집으로 돌아와 어머니를 병문안한다. 미군이 인천에 상륙했다는 소식을 듣고, 전우 양쉐(楊雪)와 함께 일찍 부대로 복귀하였다. 궈샹과 양쉐는 소설에 등장하는 주 인물로 작품 속에서 어린 시절의 친구로 등장한다. 궈샹은 남몰래 양쉐를 사랑했지만, 대대장 루시룽(陸希榮) 또한 양쉐에 대한 사적인 감정이 있는바 급하게 양쉐와 결혼하려고 했다. 하지만 양쇠가 적극적으로 항미원조전쟁에 참전하려고 하자 대대장 루시룽은 귀상이 중간에서 자기와 양쇠의 관계를 방해한다고 생각한다. 따라서 귀상과 루시룽의 관계는 점점 악화된다.[81]

당 중앙에서는 항미원조전쟁에 참전할 중국인민지원군을 결성하기로 결정하였으며, 지원자들이 연이어 참전을 신청하였고, 왕따파(王大發)는 군사교육을 통해 "미제를 물리치지 않으면 절대 집에 돌아가지 않겠다"라고 결심한다. 연대장 덩쥔(鄧軍)은 일찍 병원을 떠나 부대로 복귀하였다. 전 중대가 구성(龜城)을 향해 질주하며 참전 후 첫 전투를 잘 치르기로 결심하고, 루시룽은 부대를 도로 양쪽으로 흩어지게 하여 전투 배치를 지휘한다. 이어 적의 포탄 공격을 받자, 귀상은 적극적으로 기관총을 적에게 발사하며 동시에 많은 전우들이 적의 포탄 공격에 적극 대응하자 적의 비행기가 도망갔다. 루시룽은 양쇠와의 개인적인 감정으로 귀상을 처벌하려고 하지만, 연대장은 귀상과 부대원들의 적극적인 대응으로 본 전투에서 승리했다고 자축하며 귀상을 처벌하지 않는다. 한 차례의 전투에 승리하며, 중국 인민해방군은 마침내 조선의 전쟁 상황을 안정시켰다.[82]

---

81 小說《東方》通過對朝鮮戰場和我國農村生活的描寫, 全面反映了抗美援朝的偉大勝利. 解放軍某部連長郭祥回家探望母親, 得知美帝在仁川登陸的消息, 與戰友楊雪一同提前歸隊. 他倆是童年的夥伴, 他暗中愛着楊雪, 可是營長陸希榮騙取了楊雪的感情, 還準備很快結婚. 楊雪一心想上前線, 陸希榮則認爲是郭祥從中作祟. 這時連裏出了逃兵, 原來是有名的"調皮騾子"王大發覺得革命已經完成, 家鄉又分了地, 不能再讓娘討飯. 郭祥關了他的禁閉.
자료출처: 바이두(百度) https://www.baidu.com/(필자 역).

82 黨中央決定組建中國人民志願軍, 戰士紛紛報名, 王大發在團政委教育下也決心"不打敗美帝不回家", 團長鄧軍提前出醫院歸隊. 全團急馳龜城, 決心打好出國第一仗, 可是陸希榮卻命令部隊向公路兩側散開, 破壞了戰鬥部署. 接着敵機來炸, 郭祥忍不住用衝鋒槍打, 許多戰士效仿, 打得敵機逃竄, 陸希榮卻要處分郭祥, 團長鄧軍肯定了郭祥和戰

전쟁 후방에서도 상황은 매우 심각하게 진행되었다. 지주와 부농은 헛소문을 내고 촌장과 촌서기가 서로 부정부패를 저질러 수많은 소농민들이 과거 분배받은 토지를 팔아먹고, 농촌의 양극화는 점점 심해졌다. 촌 위원회 위원인 양 아줌마가 이에 대응하고자 적극적으로 나섰다. 상급기관에 이와 같은 사실을 호소하며 기존 부정부패 세력에게 투쟁하였다. 전선의 전투가 긴박해지자, 맥아더는 "크리스마스에 항미원조전쟁을 종결시키겠다"면서 병력을 총동원하여 총공세를 펼쳤고, 중국인민해방군은 2차 전투를 종결지었다. 연대장 덩췬은 "이승만의 7사단을 전멸시켰으며 140리 행군을 통해 미군이 평양으로 도망치는 것을 막았다. 모든 임무를 훌륭하게 완성하고 제2차 전쟁을 끝냈다.[83]

루시롱은 조선에 도착한 후 모든 상태가 좋지 않다는 것을 알았고 여러 차례 전투를 통해 많은 손실을 입었기 때문에 연대당위는 당에 남아 책임자인 루시롱을 조사하고 처리하기로 결정하였다. 양쉬는 루시롱의 진실을 알게 된 후 매우 고통스러웠다. 루시롱이 현장을 위조하여 자신의 다리에 상처를 입힌 것이 발각되어 부대에서 추방당한다. 하지만 궈샹은 전투에서 용감하게 싸우다가 부상을 당했고 문공단에서 바이올린을 연주하는 쉬팡(徐芳)은 헌혈을 하여 그를 살려냈는데

士們的"積極防空"。經過一次戰役, 我志願軍終於穩定了朝鮮戰局.
자료출처: 바이두(百度) https://www.baidu.com/(필자 역).

83　在後方形勢也很嚴峻, 地主富農造謠破壞, 村長、村支書消極怠工, 許多貧僱農又窮得賣掉了分來的土地, 農村兩極分化現象嚴重, 村支委委員楊大媽一邊積極響應上級號召試辦農業社, 一邊又與破壞勢力進行鬥爭。前線戰事加緊, 麥克阿瑟吹噓"聖誕節結束朝鮮戰爭", 傾全部兵力開展總攻勢, 我軍節節抵抗並部署了二次戰役, 鄧軍的團全殲了李偽第七師, 又奉命急行軍140裏阻止美軍三個師向平壤潰逃, 都勝利地完成了任務, 結束了二次戰役.
자료출처: 바이두(百度) https://www.baidu.com/(필자 역).

부상에서 회복된 그는 여러 차례 전투에서 혁명적인 공을 세운다. 쉬 팡은 귀샹과 지내면서 서서히 그에게 애정의 감정을 느끼게 된다. 양 쉬는 조선 어린이를 구하기 위해 달려들었다가 미군 전투기에 불행히 목숨을 잃는다. 1953년 7월 귀샹은 오른쪽 다리가 절단되는 부상을 당하고 선양(瀋陽)에서 치료를 받기 위해 전쟁터를 떠나게 된다. 성 (省)위원회는 그를 고향의 현(縣) 서기로 임명했고 연대장 덩쥔은 그에게 '조선민주주의인민공화국 영웅'과 '지원군 1급 전투 영웅'이라는 훈장을 내린다. 쉬팡이 그를 만나러 오고 귀샹은 자신의 감정과 내면을 다시 돌아보며 쉬팡의 감정을 받기로 결정한다.[84]

작가 웨이웨이는 작품 『동방』을 쓰기 전에, 작품에 대한 많은 문제들을 생각하고 다른 사람의 경험도 경청하면서, 전쟁문학작품을 창작하는 데 있어서, 어떤 방식으로 작품을 묘사해야 하는지 다음과 같은 고민을 하였다.

첫째, 전쟁을 소재로 한 작품은 전쟁터나 협소한 전투에만 한정할 것이 아니라 넓은 시대적 배경 위에 놓아야 전쟁의 의미를 독자에게 알릴 수 있다. 작가는 항미원조 전쟁의 핵심에서 출발하여 국내(중국의 현실)와 국외(항미원조전쟁)의 전쟁터와 그 둘 사이의 관계를 묘사해야

---

84 陸希榮到朝鮮後一貫表現不好, 因貪生怕死多次造成戰鬥損失, 團黨委決定給予留黨察看處分。楊雪認淸陸希榮的面目很是痛苦。陸希榮更僞造現場, 自傷腿部, 被淸除出部隊遣返回國。郭祥在戰鬥中英勇負傷, 文工團女提琴手徐芳獻血救活了他, 傷愈後他又多次在戰鬥中立功。徐芳在與郭祥的接觸中慢慢的對他産生了愛情。楊雪爲救朝鮮兒童不幸被美國飛機奪去了生命。直到1953年7月郭祥的右腿被打斷, 被送回瀋陽截肢, 才離開了朝鮮戰場。省委任命他擔任家鄕的縣委書記, 鄧軍團長帶他給他"朝鮮民主主義人民共和國英雄"和"志願軍一級戰鬥英雄"的勳章, 徐芳趕來看他, 他重新審視自身和內心, 決定接受了徐芳的感情……
자료출처: 바이두(百度) https://www.baidu.com/(필자 역).

한다고 생각했다. 그래야만 전방의 동지가 왜 그렇게 용감하게 싸우
는지 알 수 있는데, 그들이 도대체 어떤 힘에서 무엇을 지키기 위해
헌신하는가를 알 수 있을 뿐만 아니라 많은 인민의 옹호와 지지가
있어야만 전쟁에서 승리할 수 있다는 것을 증명할 수 있다고 생각했
다. 따라서 만약 작품에서 전쟁터와 총포만을 묘사한다면 결국 전쟁
터에서 어떻게 싸우는 지만을 묘사하게 되고, 결과적으로 작가 자신
의 시선을 제한하게 된다고 판단했다. 그렇게 하면 전쟁의 전모를 보
여 주지 못하며 승리의 원천을 정확하게 제시하지 못한다.[85]

둘째, 전쟁을 소재로 한 작품을 쓸 때 다른 장르의 작품처럼 사건만
중시하고 등장인물을 언급하지 않으면 안 된다. 다시 말해 인물의 공
통성에만 신경 쓰고 캐릭터의 개성을 주의하지 않으면 안 된다. 작가
웨이웨이는 많은 전쟁 작품들이 전투 과정을 중심으로 내용을 전개했
지만 등장인물은 눈에 띄지 않아 작품 전체의 묘사가 명확하지 않고,
인물의 개성이 뚜렷하지 않다고 지적하였다.[86]

셋째, 작품을 통해 알 수 있듯이 어떤 작품은 주인공과 등장인물의
내면 묘사가 비교적 자연스럽고 상세하다. 즉 등장인물의 대화 또는
관련 내용이 비록 많지 않지만, 독자들에게 보다 상세한 인상을 심어
주었다. 그러나 이러한 주요 인물들의 인상은 오히려 딱딱하게 느껴
진다. 많은 내용으로 작품을 묘사했지만 깊은 인상을 주지 못했다.
아울러 주요 인물의 성공 여부에 따라 작품의 성패가 결정된다. 그렇
다면 작품 속에서 중요한 비중을 차지하는 인물들이 상당량의 분량을

---

85 田怡, 「談魏巍的"東方"」, 『語文學刊』 9, 1985, p.55.

86 張自春, 「""革命英雄主義"與時代寫真-重評魏巍"東方"兼及作品獲"茅盾獎"後的修改問
題」, 『文藝理論與批評』 3, 2016, p.142.

통한 묘사에도 불구하고 왜 독자들에게 깊은 감명을 주지 못할까? 그 원인 중의 하나가 바로 당시 중국 문학작품의 세부적인 규정을 무시할 수 없었다. 이렇게 쓰면 안 되고 저렇게 써도 안 되고, 작품을 쓰고 나서 발표를 할 수 있는지, 비판을 받을 건지 걱정한다. 요컨대, 중국에서는 작품에 대해 '청규계율'이 있는데, 작가가 용기가 없다면 훌륭한 작품을 쓸 수 없다는 것을 단적으로 보여준다. 그러나 작가 웨이웨이는 이런 속박에서 벗어나기로 결심한다. 작가는 작품의 창작 활동에 있어서 겸허하게 다른 사람의 의견을 들어야 한다고 생각했기 때문에 일부러 자신의 의견을 고집해서는 안 되지만 작가만의 가치관 과 주관적인 견해가 없어서도 안 된다고 생각한 것이다.[87]

웨이웨이는 작품 『동방』을 통해 혁명투쟁의 새로운 개념을 제시하였다. 그는 한 사람이 혁명에 참가한다고 해서 완전무결하다고 할 수는 없지만 많은 동지들이 혁명투쟁에서 개인주의적인 것을 탈피하기를 원했다. 그리고 마르크스-레닌주의를 배웠지만 이를 장식품으로 삼아 자신의 개인주의를 위장하여 사는 사람들에 대해 비판한다. 작가는 작품 『동방』에서 인물 유대순과 루시룽을 비교하였다. 유대순은 해방군으로서 공산당을 매우 추종하는 인물이었지만 항미원조 전쟁에 참전할 때 새로운 전쟁에 대해 알지 못하고 전쟁이 시작되자 소극적인 모습으로 변하게 된다. 그러나 유대순은 루시룽과는 달리 자신의 잘못을 숨기는 사람이 아니었다. 학력이 높거나 집안 형편이 좋지 않았지만 전쟁을 경험하면서 점점 전쟁에 대한 인식을 강화한다. 이두 인물은 모두 귀상과 밀접한 주위 인물들이다. 모두 작품의 주제를

---

87   廖四平, 「魏巍"東方"綜論」, 『渤海大學學報』(哲學社會科學版) 3, 2011, p.89.

심화시키고 독자들에게 메시지를 전달하기 위해 등장인물의 세계관 인생관을 빌려 작품을 서술하고 있는 것이다. 따라서 작가는 인민들이 학력과 집안 배경과 상관없이 조국과 당에 충성하면 자신을 개조할 수 있고 훌륭한 전사가 될 수 있고 반대로 재능은 있지만 반성하지 않고 충성하지 않는다면 올바른 인간이 될 수 없다는 것을 보여준다.

다. 세부 인물 분석

항미원조전쟁에 참전했던 작가 웨이웨이는 장기간의 혁명전쟁에서 다양한 사람들을 만났다. 그들은 장기간의 격렬한 전투에 단련되어 어떠한 조건에서도 생활할 수 있고, 아무리 강한 적이 그들을 누르더라도 약한 모습을 보이지 않는다. 과거에는 흔히 그들을 '극복의 간부' '혁명의 호전자'라고 불렀는데 그들 또한 이와 같은 평가를 받았다. 그들은 평소 휴식을 취하는 것을 좋아하지 않았으며 휴식의 적막함은 무료함으로 이어져 병에 걸리고 지루한 생활을 하다가도 전쟁한다는 말을 들으면 곧장 좋아진다. 그들에게는 "적의 머리 위에서 소변을 보아도 자신 앞에서 침을 뱉지 말라"는 적을 이기고자 하는 열망이 있었다. 이런 성격의 소유자는 각급 지도원들 가운데서도 쉽게 찾을 수 있다. 우리는 늘 연대가 전투할 수 있다고 말하는데 그것은 바로 거기에 많은 기간요원이 있기 때문이다. 기간요원은 조국과 당을 위해 충성할 수 있는 전투요원으로 이러한 요원들은 혁명전쟁이 오랫동안 지속되면서 나타난 현상이라고 해석할 수 있다. 당시의 전형적인 환경 속에서 죽음을 두려워하지 않고, 혁명을 위해 헌신할 수 있는 자들이 바로 최고의 영웅이었으며 중국 사회, 중국 공산당이 바라는 인재였기 때문이다. 따라서 작품에서 귀상의 모습에는 이러한 시대적 요구와 중국 사회가 당시 전쟁을 통해 얻고자 했던 것들이 명확하게 드러나 있는 것이다.

귀샹은 작품에서 개성이 있는 인물이다. 작가 웨이웨이는 작품을 소개하면서 글을 쓸 때는 몇 명의 모델(인물)들이 머릿속에 있어야 작품 전개가 빠르고 의미 전달이 용이하다고 말했다. 귀샹은 작품의 중심인물로 항미원조 전쟁의 참전, 전후 중국 공산당 간부로 혁명의 전선에서 조국과 당을 위해 헌신하는 인물로 묘사된다.

"연대 지휘부는 작은 산골로 옮겨갔다. 산비탈에 두, 세 가구가 있는데, 백성들은 이미 철수하여 떠났다. 샤오링쯔(小玲子)와 즈오푸(周仆)는 연대장을 부축하여 방으로 끌고 갔다. 이 덩군은 다른 사람 앞에서 자신의 괴로운 모습을 보이고 싶지 않아서 말도 하지 않고 그냥 기를 써서 독 팔으로 가슴을 감싸고, 콩 같은 땀방울을 뻘뻘 흘리며 그의 뺨에서 계속 떨어졌다. 즈오푸는 연대장이 아파하는 것을 보고 정말 자신의 병통보다 더 견디기 힘들다. 그는 '탁보'를 째려보고

"뭘 하는 거야, 빨리 의사를 찾아라!"

"가지마!" 덩군은 그를 멈추었고, "조금 더 버티면 바로 나아질 거야."

"약 좀 먹는 게 좋을 텐데."

'아무 소용없어' 덩군은 고개를 저으며 일어서고 "나는 곧 제1대대로 가겠다! 아야, 정말 만 번 죽어도 싼 죄를 졌어. 이대로 하면 우리는 사단의 작전 계획을 망칠 거야![88]

---

88 "團部移在一條小山溝裏。山坡上有兩三戶人家, 老百姓已經撤退走了。小玲子和周仆把團長扶到屋子裏。這鄧軍不願在別人的面前顯出一副苦相, 也不說話, 只是拼命地用那隻獨臂捂着胸口, 黃豆般的大汗珠, 不斷從他的頰上跌落下來。周仆看見團長疼得這樣,

귀샹은 이미 부대에서 친형 같은 존재로 부각된다. 부상을 당하거나 어려운 처지에 당한 전우를 위해 헌신하는 모습은 작품 곳곳에서 찾아볼 수 있다.

38선을 지나 서울로 가는 길이 그리 멀지는 않지만 앞으로 더 많은 전투를 해야 한다. 전투를 하기 싫어서가 아니라 전쟁에서 부상당한 전우들의 모습이 늘 보기 싫다. 지난 전투에서 군의병도 죽고 지금은 군사학교에서 일주일 교육을 받고 온 부하가 의무병 역할을 하고 있다.

"다리 부상 아직 그런가?"

"대대에서 약은 언제 보내줄 수 있다고 했나?"

"배가 고프지만 빨리 약이 도착해야 저 놈의 다리를 빨리 치료할 수 있는데……"

3일 동안 감자도 먹지 못했다. 하지만 우리는 조선에서 미국을 물리쳐 조선에 새로운 기회를 주어야 한다는 사명감은 늘 가슴속에 묻어두고 있다.[89]

真比自己的病痛還要難受。他瞅了小迷糊一眼:

"還愣什麼, 快去找醫生來!"

"不要去!"鄧軍止住他, "頂一陣兒就過去了。"

"還是吃點藥好。"

"不頂事。"鄧軍搖搖頭, 站起來, "我馬上到一營去!老夥計呀, 罪該萬死呀, 這是破壞了全師的作戰計劃呀!"

魏巍, 『東方』, 中國文學出版社, 1985, p.45.(필자 역).

89 "越過3.8點, 到首爾的路不太遠, 但今後有更多的戰鬥, 並不是不想戰鬥, 而是不願意再看到戰爭中受傷的戰友們的樣子。上次戰鬥中, 軍醫陣亡, 現在在軍事學校只接受了一週教育的一個部下來擔任醫務兵的角色。

"腿部傷勢還很嚴重嗎?"

"連隊那邊說藥什麼時候可以送過來?"

귀샹은 주로 같은 전우들과 많은 대화를 나눈다. 대화를 통해 전우들을 이해하고 전쟁 중에도 조국과 당의 소식을 상세히 전한다. 또한 가족에 대한 그리움과 전쟁에서 반드시 승리해야 하는 명확한 근거를 전우들에게 제시한다. 전쟁에 참여하고 큰 공을 세우면서 전우들은 점점 귀샹을 따르게 되고 그를 큰형님같이 생각하게 된다. 다시 말해 점점 영웅적인 인물로 작가는 귀샹을 묘사되게 된다. 또한 귀샹은 조선의 아름다운 풍경에 매료되며 반드시 아름다운 조선을 미국으로부터 지키겠노라고 다짐한다.

조선에 온 지 벌써 석 달이 지났다. 조선은 내가 듣던 것과 다르다. 산이 많고 강도 많다. 조국의 풍경과 같지만 다른 것도 있다. 나는 매일 전쟁에 참가하기 전 조선의 아름다운 풍경을 기억하고자 한다.

"저기 보이는 산은 우리 고향에서 보던 산과 같아."

"우리 고향은 저 산보다 더 높아."

"아버지는 항상 산에 가서 나무를 베어왔지, 나도 몇 번 같이 갔었는데 밤이 되면 무서워."

"뭐가 무서워? 난 오후에 산에 가서 낮잠 자면 그렇게 좋더라."

조선의 산은 조국의 산보다 높지는 않지만 나무가 풍성하고 물이 깨끗했다. 작은 고기도 잡을 수 있어서 전우들과 같이 전쟁이 없는 날 산에 가서 목욕을 하고 먹을 것을 가지고 왔다.[90]

"雖然餓了, 但是藥快點送來才能快點修掉那個傢伙的腿 ……"

三天了, 連土豆都沒吃上。但是, 我們卻一直沉浸在在朝鮮必須擊退美國, 給朝鮮創造新的機會的使命感之中."

魏巍(1985), 앞의 책, p.63.(필자 역).

전우들의 믿음과 전쟁에서 큰 공을 세운 이러한 사실적 배경은 궈
샹에게 더 큰 꿈을 품게 한다. 전쟁에서 승리한 후 반드시 조국에 살아
돌아가 조국을 위해 헌신하기로 결심한다. 아울러 전우들도 궈샹과
그 뜻을 함께한다. 궈샹은 간부인 루시룽과 자주 대립하게 된다. 루시
룽이 양쉐를 좋아하지만 고향친구인 궈샹과 친하게 지내는 것을 보고
질투와 시기를 하게 된다. 또한 루시룽은 전쟁에 소극적으로 참전하
게 되고 자신의 다리에 고의적인 부상을 입혀 전쟁터를 떠나려고 한
다. 반대로 궈샹은 매 전투에서 큰 공을 세우게 되고 당으로부터 훈장
과 상을 받자 루시룽은 궈샹을 난처한 상황으로 몰려고 계획한다. 하
지만 그 계획은 실패로 돌아가고 같은 시기 고의적인 부상을 당한
사실이 적발되면서 당으로부터 처벌을 받은 날만을 기다리게 된다.

작품에서 궈샹은 주로 영웅으로 묘사된다. 어려운 전투를 전우들과
함께 이겨내고 승리를 지키면서 중국인민해방군의 전투능력이 미국
보다 위대하다는 것을 보여준다.

지난주 미군이 전투기로 우리 진영을 폭격했지만 우리는 전우들
과 함께 지하 땅굴을 파놓고 준비를 하였다. 지하 땅굴은 적의 폭격에

---

90 "來朝鮮已經3個月了. 朝鮮與我所聽說過的不同. 山多, 江河也多. 雖然和祖國的風景一
樣, 但還有不一樣的地方. 我每天在參加戰爭之前都在記着朝鮮的美麗風景.
"那邊的山就像我們從家鄉看到的山差不多."
"我們家鄉的山比那座山更高一些."
"父親常到山裏砍柴來, 我也一起去過幾次, 到了晚上就害怕了."
"你怕什麼? 我就願意下午去山裏睡個懶覺, 可舒服了."
朝鮮山雖然不比祖國的山高, 但樹木茂盛, 水也乾淨. 因爲能抓到小魚, 所以每當沒有戰
斗的日子裏, 我都會跟戰友們一起到山裏洗澡, 並帶些吃的回來."
魏巍(1985), 앞의 책, p.96.(필자 역).

도 버틸 수 있었다. 폭격이 끝나자 미군이 총을 들고 날뛰어 우리진영을 향해 진격하였다. 우리는 훈련받은 대로 적과 밤새 싸웠다. 적군은 아침이 되기 전 모두 퇴각했다. 우리는 아침의 태양을 보면서 전쟁의 승리를 자축했다. 오늘의 아침은 그 어느 날보다 아름다웠다.[91]

항미원조전쟁이 끝난 후 귀샹은 당으로부터 전쟁에서 큰 공을 세운 것을 인정받아 지방 현(縣)의 당서기로 임용된다. 작품 후반기 귀샹이 당 서기로 활동하는 장면에서 작품에는 당시 중국 농촌 생활이 자세히 묘사되어 있다. 또한 귀샹은 농촌 개혁을 위해 다시 한번 큰 열정을 갖고 조국과 당을 위해 헌신적인 노력을 하게 된다.

지난주 당으로부터 전문이 내려왔다. 토지분배의 문제점을 해결하기 위해 중앙당은 인민들의 가족인원의 조사를 시작하였다. 나는 당의 지시대로 동지들과 함께 일주일 동안 조사를 진행하였다. 몇몇 집이 지난 겨울 식량이 부족해서 어려운 시간을 보냈다. 나는 그들에게 좀 더 많은 토지를 분배해 달라고 당에 보고 하였다. 또한 우리 마을은 농업용수를 공급하기 위해 올해 봄부터 공사를 하기로 했다고 당 지도부에 보고했다. 농업용수 문제가 해결되면 2년 전과 같이 가뭄이 와도 우리는 건설적으로 1년 농업 생산량을 원성할 수 있다. 공사는 힘들 것이다. 하지만 당 정부에서 적극 지지해주고 우리 동지

---

[91] "上週美軍用戰鬥機轟炸了我軍陣營, 但我們與戰友們一起挖了地下地道, 做好了準備. 地下地道可以抵擋敵人的轟炸, 轟炸結束後, 美軍立即拿起槍向我軍陣地挺進. 我們按照訓練內容和敵人打了一夜. 敵軍在黎明前全部撤退, 我們看着早晨的太陽慶祝着戰斗的勝利. 今天的早晨比任何一天都美."
魏巍(1985), 앞의 책, p.113.(필자 역).

들과 같이 힘을 모은다면 그 어떤 어려운 일도 해낼 수 있을 것이다. 나는 당을 믿고 동지들은 나를 믿고 있다. 나는 반드시 이번 계획을 기한 내 끝내 동지들이 행복하게 살 수 있도록 노력할 것이다.[92]

귀샹은 무산계급 정신은 집단주의를 찬양하고 개인주의를 비판하는 것이라고 생각했다. 만약 이 한계를 확실하게 그어 놓지 못한다면 나중에 큰 일이 발생한다고 믿었다. 과거 봉건주의 사회의 모순을 해결하고 무산계급 집단주의를 찬양하는 등 사회주의 평등주의 이념과 혁명적인 사회주의 건설이야말로 자신이 당으로부터 지시받은 가장 큰 임무라고 생각했다.

작품 『동방』은 한국전쟁을 사실적으로 묘사한 작품으로 중국 인민해방군이 한국전쟁에 참전하기 전부터 전쟁이 끝날 때까지의 모든 과정을 상세히 묘사하고 있다. 특히 영웅주의 서사방식을 통해 항일전쟁의 승리로부터 나타난 혁명투쟁의 새로운 개념과 의미, 당위성을 제시하고 있다. 또한 소설에 등장하는 귀샹과 양쇠, 루시룽을 통해 인물간의 사랑, 질투 등을 묘사하는 휴머니즘적 성격을 보여주고 있다. 따라서 작품 『동방』을 종합적으로 분석함에 있어서 첫째, 시대의 흐름에 따른 중국의 역사적 관점 및 인식을 엿볼 수 있으며, 둘째,

---

92 "上週黨中央發來了電文. 爲瞭解決土地分配的問題, 黨中央開始了對人民家庭成員的調查工作. 我按照黨的指示, 和同志們一起進行了一週的調查. 有幾家在去年冬天由於糧食短缺而度過困難冬天. 我向黨中央報告, 希望能讓他們分配到更多的土地。同時還向黨指導部報告說, 爲了供應我們村子的農業用水, 決定從今年春天開始動工。農業用水問題解決後, 卽使像兩年前一樣乾旱, 我們也基本可以完成一年的農業產量. 工程會很累的. 但是,只要黨政府積極支持, 我們與同志一起齊心協力, 就能戰勝任何困難. 我相信黨, 同志們相信我. 我一定要努力使這次計劃在期限內完成, 使同志們幸福地生活下去."
魏巍(1985), 앞의 책, p.206.(필자 역).

중국의 전통적인 서사방식인 전쟁 영웅주의에 입각해 작품을 창작했으며 셋째, 중국의 전쟁소설에서 보기 드문 휴머니즘 서사방식을 채택했다는 것이다. 당시 중국의 전쟁문학 작품들은 아군의 영웅인물에 대해서는 그 어떠한 결점도 묘사해서는 안 된다는 문학계율이 암묵적으로 존재했지만『동방』은 이러한 문학계율을 깨뜨렸을 뿐만 아니라 사랑과 애정의 문제를 다룰 수 없다는 당시의 한계를 넘어섰다. 또한 인물성격의 복잡성과 풍부성을 인물의 행동과 감정변화를 통해 잘 그려냈다는 평가를 받고 있다. 특히 항미원조전쟁에 대한 추진과 당시 다루기 힘들었던 중국 농촌의 부정부패, 토지개혁, 합작화를 유기적으로 결합시켜 국내와 국외 두 가지 중요한 사항을 함께 논했다는 점은 현재까지 큰 업적으로 평가받고 있다. 마지막으로 이러한 현실주의적 관점은 당시 전쟁에 참전했던 인민해방군과 농민 등 일반서민들의 삶과 애완을 담고 있다는 점에서 다른 전쟁소설과 비교되고 있다.

2) 바진의 「단원」

가. 작품의 시대적 배경

본래 소설「단원(團圓)」은 조선에 가 본적이 없는 중국 본국의 인민에게만 공개하려고 했다. 그러나 소설「단원」이 출판물에 게재된 후 반응이 매우 뜨겁다는 것을 작가 바진(巴金)은 전혀 예상하지 못했다. 바진(巴金)은 자신의 소설이 북경문화부 부부장인 샤앤(夏衍) 동지의 관심을 끌었다는 사실에 더욱 놀란다. 하연은 소설「단원」을 접한 후 곧바로 중앙영화국에 지시하여 바진의 「단원」을 1963년의 촬영 계획서에 포함시켰다. 중앙영화국은 영화「단원」을 제작, 촬영하기 시작

하였다.[93]

장춘영화제작소는 바진의 「단원」에 대해 각별히 관심을 갖는다. 그들은 즉시 유명한 감독 우자오티(武兆堤)를 대표로 한 창작반을 구성하였다. 소설 「단원」의 제작에 착수하여, 우자오티와 작가 마오퐁(毛烽)이 상해에 와서 바진을 접견한 후에 영화제작에 대한 필요성에 대한 공통된 인식을 갖게 되었다. 극본의 초안을 쓴 후 많은 원작 소설에서 볼 수 없었던 줄거리와 캐릭터를 추가했기 때문에 바진은 이에 매우 만족했다. 특히 더욱 구체적으로 왕성(王成)의 이미지를 형상화하였다. 마오퐁과 우자오티는 바진의 소개로 그 진지에서 전사하기 전 "나를 향해 포를 쏘라"고 외쳤고 왕성의 이미지는 영화 속에서 더 선명하게 표현됐다. 출연진은 바진을 매우 만족시켰다.[94]

보도에 따르면 바진은 항미원조 전쟁 기간 두 차례나 조선을 방문해 인터뷰했다. 두 차례 인터뷰는 각각 인민해방지원군 65사단을 방문하였다고 한다. 국경절 3주년을 맞아 바진 등 작가와 음악가들이

---

93 "本來, 這篇小說在巴金最初的設想, 只供那些沒有到過朝鮮的祖國親人們閱讀. 可是他沒有想到, 小說《團圓》在刊物上發表以後, 反映十分強烈. 巴金更沒有想到自己這篇小說, 竟會引起北京文化部副部長夏衍同志的注意. 夏衍閱後即指示中央電影局, 把巴金的《團圓》列入1963年的拍攝計劃. 中央電影局很快就把拍攝電影《團圓》的任務, 落實到長春電影製片廠."
자료출처: 바이두(百度) https://www.baidu.com/(필자 역).

94 長影對巴金的《團圓》格外重視. 他們馬上組成以著名導演武兆堤爲首的創作班子. 開始着手對小說《團圓》的改編, 武兆堤和編劇毛烽來上海拜見巴金, 他們很快就對未來的影片達成了一致共識. 劇本初稿寫成後, 巴金非常滿意, 因爲電影劇本中加強了許多原小說中不曾出現的情節與人物. 特別是對王成形象的塑造, 更加具體和突出了, 毛烽和武兆堤聽到巴金的介紹, 他們都對那位犧牲在陣地上的趙先友, 死前對報話機大聲呼叫: "向我開炮!"並與陣地共存亡這一壯擧大爲欣賞. 所以, 王成的形象在電影中得到了更加鮮明的體現. 演員陣容也讓巴金十分滿意.
자료출처: 바이두(百度) https://www.baidu.com/(필자 역).

지원군 65사단에서 취재활동을 하던 중 10월 5일 짜오샨이유(趙先友)
등 열사의 희생정신이 전군에 널리 선전되었다. 그중 6연대 부지도원
짜오샨이유소통신원 류순우(劉順武) 두 열사는 위험한 상황에서 자신
의 포병에 대해 "나에게 포를 쏘라"며 적과 함께 목숨을 잃은 사실을
보도했다. 지원군 65사단은 개성을 지키기 위한 반격 작전에 승리한
뒤 경축대회를 열었고 여기에는 저명한 작가, 음악가, 화가인 바진,
왕신(王莘), 후커(胡可), 쉬광야오(徐光耀), 황구류(黃谷柳), 신망(辛莽)
등이 참석했다. 지원군 65사단 정치부 츤야프(陳亞夫, 옛 짜오샨이유 열사
의 사정위)는 바진 등 작가들에게 짜오샨이유와 통신병 류순우 두 열사
의 사적을 소개했다. 회의 후 바진, 왕신, 후커 등 동지들은 582여단에
서 여단장인 장즌츠우안(張振川)을 만나 영웅의 사연을 취재하고 2개
월 동안 제6중대에서 생활 체험을 하며, 부대에서 생활하고 그 부대가
귀국할 때까지 취재했다. 바진의 「단원」 소설은 여기에서 출발한다.[95]

---

95 據有關報道, 在抗美援朝期間巴金曾兩次到朝鮮採訪, 這兩次採訪分別都到過志願軍65
   軍。國慶3週年之際, 正是巴金等作家、音樂家在志願軍65軍採訪之時。10月5日趙先
   友等烈士英勇犧牲傳遍全軍, 在志願軍19兵團機關報《抗美前線》, 所刊發的日紅的文
   章"在步炮坦聯合指揮所裏", 報道了六七高地戰鬥實況。其中, 六連副指導員趙先友、
   小通訊員劉順武兩位烈士在危急時刻, 要求自己的炮兵"向我開炮"與敵人同歸於盡的事
   蹟, 也作了報道。志願軍65軍在保衛開城反擊作戰勝利後, 召開了慶功大會, 我國著名
   作家、音樂、畫家巴金、王莘、胡可、徐光耀、黃谷柳、辛莽等參加了大會。志願軍65
   軍政治部主任陳亞夫(原趙先友烈士的師政委), 專向巴金等作家介紹了趙先友和通訊
   員劉順武兩位烈士的事蹟, 會後巴金、王莘、胡可等同志到582團採訪了團長兼政委張
   振川, 瞭解英雄事蹟, 並在特功六連住了兩個月, 體驗生活, 巴金來到趙先友烈士所在的
   團隊採訪直至該部隊回國。巴金的《團圓》小說由此產生而奠定基礎。
   자료출처: 바이두(百度) https://www.baidu.com/(필자 역).

나. 작품의 창작 배경 및 주요 내용

소설 「단원」은 영화 속 영웅들의 관련된 생활상을 떠오르게 한다. 바진은 그해 창작팀을 이끌고 조선에 방문해 종군기자로 현지를 취재한다. 인민해방군 모 여단 제6연대에서 전쟁 생활을 체험하며 영화와 소설 속 인물의 원형을 접하게 된다. 당시 제6중대의 전우들이 바진에게 감동적인 이야기를 했는데 그 중 가장 잊을 수 없는 것은 제6중대가 개성보위전에서 격렬하게 싸움을 벌였을 때 미군의 폭격으로 아군 진지에 마지막 두 명이 병사가 남아 있다는 말이었다. 그 두 명의 병사는 부교도원 짜오샨이유와 통신병 류순우이다. 그들에 비해 몇 배나 되는 미군이 총칼을 들고 산비탈을 넘어 뛰어왔지만 짜오샨이유와 류순우는 탄약이 떨어질 때까지 필사적으로 저항하였다. 갑자기 류순우는 미군 병사가 그들의 곁으로 뛰어드는 것을 발견하자 짜오샨이유가 급히 수화기를 들어올린다. 연대장에게 "적은 이미 넘어왔으니 우리를 신경 쓰지 마라. 빨리 우리에게 포를 쏘아라!"[96]

이 치열한 전투의 장면을 바진은 직접 경험하지는 못했지만 6연대 전사들의 말을 듣고 심금을 울리기에는 부족함이 없었다. 사후에 연

---

[96] …想起《團圓》這部小說, 巴金就不能不想起與電影中英雄群像相關的生活。那一年他到朝鮮率創作組進行實地採訪, 在志願軍某團六連體驗生活的時候, 他本身就接觸到電影和小說中的人物原型。六連戰友們向巴金講了許多感人的故事, 其中最讓他難忘的, 就是六連在開城保衛戰中, 戰鬥打到最激烈的時候, 整個陣地最後只剩餘兩個人, 他們就是副指導員趙先和和通訊員劉順武。儘管數倍於他們的美國鬼子已經挺着刀槍從山坡下衝了上來, 可是趙副指導員和小通訊員仍然拼命抵抗, 直到打得彈盡糧絕, 仍然沒有一絲懼色。突然, 劉順武發現美國兵已經從他身邊衝了上來了, 趙先友急中生智, 當即舉起手裏的步話機, 大聲向團長報告:"敵人已經衝上來了, 不要管我們, 快向我們開炮!快向我們開炮!…"
자료출처: 바이두(百度) https://www.baidu.com/(필자 역).

대장을 통해 짜오샨이유와 류순우가 희생된 과정을 들었을 때 눈앞에
계속해서 두 영웅의 모습이 떠올랐다. 그때부터 영웅주의 서사의 방
식으로 개성을 사수한 경험을 문예작품으로 써내려는 의도가 작가
바진의 마음속에 강렬하게 퍼져 있었다.[97]

바진은 상하이로 돌아와 영웅 제6중대(짜오샨이유, 류순우)의 경험을
떠올릴 때마다 가슴에 타오르는 그 무엇인가를 느낀다. 그러나 그의
창작 의욕은 60년대 초반에서야 비로소 가능했다. 그는 독자에게 단
순히 인민해방군의 전쟁 영웅이 진지를 사수하는 장면을 이야기해
주기에는 무엇인가 부족했다. 그래서 바진은 앞서 들은 사실들을 영
웅주의적인 관점에서 적절하게 주위의 상황과 부합하여 서술하기 시
작하였다. 이후 바진은 다년간 상해에서 생활한 경험을 살려 이 소재
를 중심으로 작품을 창작하기로 결정했다. 바진은 상해에서도 일부
인민해방군 전사자가 항미원조 전쟁에서 희생되었다는 것을 안다. 바
진은 상해의 대중이 항미원조 전쟁을 대하는 태도가 본인보다 더 진진
하다는 것을 깨닫고 소설인 「단원」을 창작한다.[98]

---

97 這一壯烈的場面巴金雖然沒有親歷, 然而六連戰士的講述, 曾讓巴金爲之心動。當他從
團長事後的回憶中聽說趙先友和劉順武壯烈犧牲的經過時, 眼前始終閃現兩個英雄的身
影。也許就是從那時起, 一個儘快用小說形式把英雄六連死守開城前沿的經歷寫成文藝
作品的念頭, 十分強烈地在作家心中涌動了.
자료출처: 바이두(百度) https://www.baidu.com/(필자 역).

98 巴金回到上海後, 每當他想起英雄六連(趙先友、劉順武)的經歷, 就會感情衝動, 激情
不已。但是, 他這種創作慾望, 直到60年代初期才得以真正渲瀉。他不能單純向讀者交
待一個簡單的英雄死守陣地的場面, 巴金的獨到之處就在於他必須要把真實的歷史賦予
新的生命。於是, 他調動自己多年在上海的生活經歷, 決定豐富這一素材。巴金知道上
海同樣有一些志願軍戰士犧牲在朝鮮戰場上了。作爲上海的作家, 沒有誰比巴金更理解
和熟悉上海羣眾對抗美援朝戰爭的感情了。這樣, 才有了一個帶有傳奇色彩的故事--
小說《團圓》的誕生.

다. 세부인물분석

작품 「단원」은 작가의 관찰자 시점을 통해 내용이 묘사된다. 소설 속 주인공 '나'는 항미원조 전쟁의 종군기자로 참전하게 된다. 따라서 병사들과 개인적으로 만나는 시간이 많고 그들의 이야기를 들어주면서 때로는 병사들의 심리 치료를 담당하기도 한다. 따라서 본 작품은 주인공 나를 중심으로 소설에 등장하는 인물들의 성격과 행동을 묘사하고 있다. 중국 인민해방군 정치부주임 왕동과 근로자 왕복표 두 가족의 아픔과 슬픔, 기쁨, 이별과 만남을 통해 신 중국 창립이후 새로운 사회에서 배출된 충성스럽고 용맹스러운 무산계급이 한국전쟁 중에서의 겪은 감동적인 일들을 묘사했다

> 나는 비가 오는 날에 출발했다. 이런 날에 적의 포병교정기가 거의 출동하지 않고 포탄도 좀 적게 쏘기 때문이다. 통신원 오 씨는 나의 그 간단한 짐을 등에 지고 있었다. 나는 우비 한 벌을 입고 그도 한 벌의 우비를 걸치고 우리는 안전하게 제5연대 지휘부에 도착했다. 우리는 갱도 안에서 중대장을 만났다. 중대장은 이미 통지전문을 받았고 친절하게 나를 맞이했다. 나는 그와 30분 동안 이야기하고 나서 유 씨의 이름을 언급하고 또 나는 유 씨를 만나고 싶다고 말했다.[99]

자료출처: 바이두(百度)https://www.baidu.com/(필자 역).

[99] "我揀了個下雨天動身, 因爲在這樣的日子敵人的炮兵校正機不大出動, 炮也打得少些。通訊員小吳背上我那簡單的行李, 我穿一件雨衣, 他披一幅雨布, 我們安全地走到了五連連部。我們在坑道里見到了連長。他已經得到通知, 又熱情, 又親切地接待我。我和他交談了半個鐘頭的光景, 便提起了小劉的名字, 還說我想見見小劉。"
巴金, 『巴金散文精選』, 長江文藝出版社, 2017, p.41.(필자 역).

종군기자로 조선 땅을 밟은 주인공 '나'는 작품 속에서 주로 다른 사람의 이야기를 전해 듣는 소극적인 인물로 묘사되어 있다. 전쟁터를 다니면서 당시 전투의 상황과 결과, 그리고 영웅담을 전해 듣게 된다. 이러한 과정에서 나는 전쟁에 대해 점점 빠져들게 된다. 또한 지난 전쟁에서 만났던 사람들을 그리워하며 서로에 대해 걱정한다. 나는 지난 전투에서 류중치잉(劉正淸)을 알게 된다. 당시 류중치잉은 인민해방군의 영웅으로 많은 전쟁에서 공을 세운 인물이었다. 그에게 전쟁에 참전 하게 된 동기, 전쟁을 이겨야 하는 당위성에 대해 듣고 그를 존경하게 된다.

"그래요. 류중치잉, 그는 좋은 전사야!" 중대장이 고개를 끄덕이다.

나는 급히 류중치잉과 아주 잘 아는 사이라는 것을 설명했고 또 그때 헤어진 상황도 설명했다.

"어쩔 수 없이 그가 귀국하였다." 중대장은 눈썹을 약간 찡그리면서 말한다.

나는 "귀국해서 뭘 하느냐"고 의아하게 물었다. 나는 곧바로 "국경에 참석하느냐"며 흥분한 채로 말을 이어갔다.

중대장은 고개를 가로저으며 "그는 부상을 입어서 돌려보냈다"고 말했다.

"부상을 입었어요? 부상이 심한것 아니냐"고 물었다. 나는 어안이 벙벙해서 물었다

중대장은 나를 한번 보고 나지막한 목소리로 "두 다리가 부러졌다"고 대답했다.

나는 안색이 변했다 "그 사람… 위험하지 않나요?" 중대장은 고개를

들고 "이 녀석이 다시 조선에 와서 미국놈을 때려부수겠다"고 했다.
"그가 돌아올 수 있을까?"나는 입에서 나온 대로 한 말이 불필요한
말 이라는 것을 알았다.[100]

전쟁이 점점 격렬해지면서 주인공'나'는 참전한 군인들과 더 가까
워진다. 농촌에서 태어나 전쟁에 참전한 유군은 어느 날 나를 찾아
자신의 가정사를 이야기하기 시작한다. 유군은 때론 직설적인 성격이
지만 아버지, 형과 잘 지내기를 희망한다.

샤오류(小劉)는 갑자기 서 있다. 나는 다시는 그를 재촉하지 않겠
다. 나는 이미 그의 성질을 알아차렸다. 그는 평상시에는 말을 많이
하지 않지만 감정이 격해질 때는 반드시 마음속의 말을 전부 털어내
야 한다. 그가 무슨 말을 마음속에 담아두면 밤에는 잠꼬대를 할 것이
다. 내가 있는 동굴에는 온돌 위에 네 사람이 자도 된다. 내가 아침에
그에게 물어보자 그는 곧 솔직하게 나에게 그의 아버지가 형과 싸우
고 잘 지내지 못한다고 말했다. 형은 촌 간부로 일을 매우 열심히

---

[100] "對, 對, 劉正淸, 是個好戰士!" 連長點點頭。
我連忙說明我跟劉正淸很熟, 並且把那次分別的情景也講了。
"不湊巧, 他回國了。" 連長略略皺起眉毛說。
我詫異地問道∶ "他回國去幹什麼呢?" 我自己馬上興奮地接下去說∶ "參加國慶觀禮嗎?"
連長搖搖頭說∶ "他掛了花, 送回去了。"
"他掛了花?傷重不重?" 我愣了一下, 驚問道。
連長看了我一眼, 聲音低沉地答道∶ "兩條腿都斷了。"
我變了臉色。着急地追問∶ "他……他沒有危險嗎?" 連長昂起頭說∶ "這個小靑年還嚷着
要回朝鮮來打美國鬼子呢!"
"他能回來嗎?" 我順口問了這一句。話出口我才覺察到它是多餘的了。"
위의 책, p.69.(필자 역).

한다. 아버지 생각은 안중에도 없고 하루 종일 개인의 이익만 챙기고 매사에 다른 사람의 배려를 요구하며 늘 형에게 트집을 잡는다.

그는 늘 "나는 군인 가족이야. 우리 정청이 뭣 때문에 조선으로 가는데? 뭐 때문에! 내가 조선에 온 것은 우리 집을 위한 것도 아니고, 저 양근쓰(楊根思)가 폭약을 들고 적과 함께 죽었는데 눈썹도 한 번 찡그리지 않는데 내가 뭔데? 군인 가족은 솔선수범해야 마땅하다! 자신이 힘이 있고 걸을 수 있고 일할 수 있는데 잘 돌봐달라는 말에 창피하지도 않습니까?"

이번에 그와 많이 얘기했다. 그는 집에서 온 편지를 받고 마음이 언짢아 말하지도 못하고 이상한 꿈을 꾸었다. 나는 "네가 편지를 써서 집으로 보내. 자네 아버님을 설득해봐. 도리를 많이 얘기해 주면 그도 알게 될 거야." 그는 결국 나의 설득을 듣고 그의 아버지께 편지를 써주었다. 그는 또 편지를 나에게 읽어서주면서 썼다. 농촌에서 온 이 젊은이는 문화 수준이 결코 낮지 않다. 그는 그가 막 입대했을 때 겨우 7, 8백 자를 알았다고 말했다. 그가 부대에 도착한 후 많은 발전이 있었음을 알 수 있다.[101]

---

101 "小劉忽然停了下來。我不再催他了。我已經摸到了他的脾氣: 他平日講話不多, 但是動了感情的時候, 他一定要把心裏的東西全吐出來。要是他把什麽話憋在肚子裏, 那麽晚上就會大講夢話。我這個洞子裏一張炕上可以睡四個人。我早晨向他談起, 他便老老實實地告訴我: 他父親跟哥哥"鬧不團結"。哥哥是個村幹部, 工作很積極。父親思想落後, 成天只想到個人利益, 事事要求照顧, 常常跟哥哥找麻煩。"他總說: '我是軍屬嘛, 我們正清到朝鮮去爲了啥?'爲了啥!我到朝鮮來, 又不是爲了我們家!人家楊根思抱起炸藥跟敵人同歸於盡, 連眉毛也不皺一下, 我算啥呢?軍屬應當起帶頭作用纔對!自己有力氣, 能走路, 能勞動, 還好意思要求照顧?"他的話講得不少。原來他得到家信, 心裏不痛快, 沒有講出 來, 就做了些怪夢。我說: "你寫封信回去, 勸勸你父親罷, 多講講道理, 他也會明白的。"他果然聽我的勸, 給他父親寫了信去。他還把信給我看過, 寫得很不錯。他這個農村出來的青年, 文化水平並不低。他說, 他剛入朝的時候, 只認得七八百字。可見他

항미원조 전쟁에 참전한 병사들을 위해 위문공연단이 도착하고 왕
팡(王芳)을 알게 된다. 왕팡은 공연 경운대고(京韻大鼓)로 위문공연단
중 꽤 널리 알려진 배우이다. 주인공 '나'는 왕팡의 공연을 보면서
조 중대장이 전쟁에서 보여준 용맹함과 헌신적인 태도를 다시 한 번
회상한다.

  왕팡의 경운대고는 3번째 등장한다. 가사는 내가 이미 몇 번이나
읽었는데 지금은 그녀의 입으로 들으니 더 많은 광채가 난다. 나는
왕 주임(그는 내 왼쪽에 앉아)처럼 들을 수 없지만 나는 그녀의 노래로
매료되었다. 내가 이틀 전에 본 조 중대장이 또 내 눈앞에 떠올랐다.
그는 마치 무대 위에서 적들의 공격을 물리치는 것을 지휘하는 것
같았다. 무기를 다 썼지만 총알이 다 떨어지면 돌로 쳐버린다. 그들은
꼬박 6일을 지켜 겨우 16명의 사상자를 냈지만 오히려 700명의 적을
섬멸했다. 결국 조 중대장은 진지를 우군에게 맡기고 스스로 다친
발을 끌고 나뭇가지를 잡고 비틀거리며 산 위로 기어올랐다.
  전사들은 "중대장, 산이 이렇게 높고 부상도 당했는데 어떻게 갑니
까? 업어 줄게요"라고 말했다. 그는 "나의 발에는 단 한 개의 구멍만
났을 뿐 산이 아무리 높아도 내 공산당원의 결심보다 높지 않다"고
말했다. 그는 마침내 고봉을 넘어서 산 뒤쪽에 도달했다. 해가 뜨면서
그의 자줏빛 얼굴을 환하게 비추고 칠흑 같은 눈에서 승리의 기쁨이
언뜻 드러났다. 그는 그에게 다가오는 교도관을 보고 경례를 한 뒤 교

到了部隊以後, 有很大的進步."
위의 책, p.81.(필자 역).

도관의 손을 꼭 잡는다. 가장 사랑하는 사람의 손을 꼭 잡은 것처럼.[102]

작가는 등장인물을 위문공연단의 가수, 전쟁의 지휘관, 병사들로 나누어 묘사하고 있다. '나'는 각기 다른 처지에 있는 인물들이 전쟁을 접하면서 느끼는 감정의 변화를 소개하는 동시에 전쟁의 상황을 객관적으로 묘사하고 있다. 하지만 이러한 장면은 「단원」 작품이 자국 내에서 병사들의 삶을 반영하면서 전쟁의 공포를 과장하고 고의적으로 영웅들을 죽게 하여 평화주의를 고취하는 반동적인 전쟁문학"이라는 비난을 받게 하는 빌미를 제공하기도 한다.[103] 아울러 전쟁에서 부상을 입거나 제대를 해서 돌아간 인물들에 대한 회상도 작품 속에서 찾아볼 수 있다.

나는 결코 신용을 잃은 적이 없다. 그러나 내가 가기에는 좀 늦었고 벌써 몇 개월이 지났다. 그 동안에 나는 몇 개 부대에 갔었는데 왕주임을 몇 번 만났고 왕팡의 노래를 몇 번이나 들었는데 그녀가

---

102 王芳的京韻大鼓排在第三。鼓詞我已經念過幾遍, 現在由她口裏唱出來卻添了不少的光彩。我雖然不像主任那樣聽得出神(他就坐在我的左邊), 可是我也讓她的演唱吸引住了。我前兩天見到的趙連長又在我的眼出現了, 他好像就在臺上指揮全連打退敵人一次又一次的進攻。什麼武器都用過了, 子彈打完就用石頭打。們整整守了六天, 只傷亡十六個人, 卻消滅了七百多敵人。最後趙連長把陣地交給友軍, 自己拖着打傷了腳, 抓着樹枝, 搖搖晃晃地往上爬。戰士們說: "連長, 山這麼高, 你掛了花怎麼走?讓我揹你上去。" 他說: 我腳上只穿了一個眼, 山再高也沒有我共產黨員的決心高!"他終於爬過了高峯, 到了後面。太陽出來了, 照了他的紫色臉膛, 一雙漆黑的眼睛閃露出勝利的喜悅。他看見向他走過來的教導員, 嚴肅地敬一個禮, 然後緊緊地握着教導員的手, 彷彿握着最親愛的人的手一樣……
위의 책, p.96.(필자 역).

103 이영구, 「바진(巴金)과 한국전쟁문학」, 『외국문학연구』 25, 2007, 191~192쪽.

이미 문공단으로 돌아간 것도 알고 있었다. 나는 항상 유군이 그립다. 나는 줄곧 그의 소식을 듣지 못했기 때문이다. 나중에 나는 유군이 있던 연대가 승전하였다는 말을 듣고 적을 점령한 무명고지를 갔다. 건국 3주년 국경절을 맞아 제2회 조국인민위문단을 환영하기 위해 전방 각 부대가 승전하는데 "큰 공을 세워 부대의 가족을 초청하자"는 말이 여기저기서 들려왔다. 많은 승전 보고를 들은 후에 그 중대의 승리 소식을 들었고 나는 유군을 만나고 싶은 욕망을 억제하기 어려웠다. 국경절이 자나 나는 그 중대로 출발했다.[104]

전쟁을 통해 알게 된 유군을 찾아 떠나는 주인공 나는 승전 보고를 들었지만 혹시나 하는 마음에 며칠 마음을 졸이면서 유군의 부대를 찾아간다. 작가 바진은 앞서 실명한 것과 같이 항미원조 전쟁 당시 이미 조선을 2-3회 다녀간 경험이 있는 종군작가이다. 따라서 작품에서 본인이 전쟁을 통해서 알게 된 많은 사람들에 대한 걱정, 그리움, 회상 등을 작품 속에 그대로 남겨둔 것으로 볼 수 있다. 작품에는 전쟁의 비극보단 인물과 인물 간 휴머니즘적 성격이 강하다. 결국 작품 말미에서는 왕팡 및 유군과 다시 한번 재회하게 된다.

---

[104] "我並不曾失信。可是我去遲了些，已經是好幾個月以後了。這中間我到過幾個部隊，也見過王主任幾面，還聽過幾次王芳的演唱，也知道她已經回到文工團。我常常懷念小劉，因爲我一直沒有得到他的消息。我後來忽然聽說小劉在的那連隊打了勝仗，把敵人佔據的一個無名高地拿下來了。這些日子爲了迎接國慶三週年，爲了歡迎第二屆祖國人民赴朝慰團，志願軍前沿各個部隊都在打勝仗，到處都聽見這樣的說法："爭取立功，迎接親人。"我聽到許多捷報以後，再得到那連隊的勝利消息，我很難制止想會見小劉的慾望。過了國慶節，我便動身到那個連隊去."
巴金, 앞의 책, p.102.(필자 역).

저녁 식사 후에 나는 편지를 들고 나가서 부쳤는데 편지를 부치고 돌아와 문공단을 지나 왕팡을 만나러 갔다. 문공단의 동굴은 매우 크고 번화하다. 사람들은 모두 위문단을 환영하는 새로운 공연을 열심히 연습하고 있다. 왕팡의 경운대고인 "조국에서 온 친인을 환영한다" 공연이 막 시작하여 나는 옆에 서서 그 노래를 다 들었다. 그녀의 얼굴빛과 목소리가 나에게 한 가지를 알려 주었다. 그녀는 기분이 좋아보였다. 나는 그녀가 정말로 감정에 호소한다는 것을 알아차렸다. 가사가 소박하고 생동적이다. 나는 그녀가 쓴 가사라고 생각했는데 나에게 문공단의 진연대장의 창작품이라고 소개하였다. 이어 그녀는 나에게 "우리 아버지가 내일 오실 거예요"라고 기뻐하며 말했다. 나는 즉시 "난 이미 알고 있었어요"라고 말했다. 나는 그녀의 아이처럼 의기양양한 표정을 보고 고개를 끄덕이는 모습을 보며 다시 그녀에게 "기쁘냐"고 물었다. 그녀는 웃으며 "당연히 기쁘다. 나는 아버지를 이별한 지 3년 남짓 되었다. 전혀 생각하지 못했다"고 말했다. 내 생각엔 네가 생각지도 못한 일이 아직 많아![105]

해방 전 왕동은 혁명에 참가했다가 체포되어 자신의 딸을 왕복표에

---

[105] "晚飯後, 我拿着信出去交軍郵, 回來經過文工團, 便彎進去看王芳。文工團的洞子裏很熱鬧。大家都在認真排練歡迎慰問團的新節目。王芳在練京韻大鼓《歡迎祖國來的親人》, 剛剛開頭, 我站在旁邊聽完它。她的臉色和聲音告訴我一件事: 她心情舒暢。我也看得出來她動了真感情。鼓詞寫得樸素而生動, 我認爲是她寫的, 她卻向我介紹這是文工團陳團長的創作。接着她很高興地對我說: "我爸爸明天要來了。"我立刻接一句: "我早就知道了。"她笑道: "一定是五號告訴你的, 是不是?"我望着她那孩子似的得意神情, 點了點頭, 算是我的回答, 卻再問她: "你高興嗎?"她笑了, 爽快地答道: 我當然高興。我離開他三年多了。我完全沒有想到!"我心裏想, 你沒有想到的事情還多着呢!"
위의 책, p.85.(필자 역).

게 맡긴 뒤 소식이 끊어졌다. 한국전쟁에서 왕동은 왕복표의 아들 왕성을 만나게 되고 전지예술「단원」왕팡이 바로 자기 딸이라는 것을 알게 된다. 하지만 불행하게도 왕성이 전투 중에서 전사하였다. 왕복표가 아들을 잃었는데 딸까지 잃으면 안 된다는 생각에 왕동은 자신 곁에서 근무하는 딸을 모른 척할 뿐만 아니라 한국전쟁에 위문 온 왕복표조차도 모르는 척 했다. 바진은 바로 이 이야기 속에서 왕성과 왕팡의 영웅적 행동을 묘사하기 위해 소설은 영화 영웅아녀로 개편되었다. 이 결과 중국에서 왕성과 왕팡의 이야기를 모르는 사람이 거의 없을 정도이다.

작품「단원」은 항미원조전쟁을 배경으로 창작되었으며 정치부 주임 왕동(王東)과 근로자 왕푸비오(王復標) 두 가족의 기쁨과 슬픔, 만남과 이별을 통해 충성스럽고 용맹스러운 무산계급이 항미원조전쟁을 경험하면서 겪은 감동적인 장면들을 묘사하였다. 아울러 작품『동방』과 같이 작품 속에서 주인공은 전쟁을 통해 새로 알게 된 사람들에 대한 걱정, 회상, 그리움 등이 표현되어 있다. 하지만 작품의 큰 틀에선 전쟁의 비극과 영웅의 탄생이라는 기본적인 사상을 내포하고 있으며 새로운 사회에서 배양된 영웅적 행동, 영웅사상 등은 등장인물의 휴머니즘적 사상과 결합하여 작품의 완성도를 높이고 있다. 따라서 작품「단원」을 종합적으로 분석해 볼 때 영웅주의 서사방식을 전제로 전쟁의 승리, 전쟁승리의 당위성을 묘사했으며 동시에 작가 파금의 능력, 즉 소설가로써 인간성, 인정에 대한 글을 훌륭하게 묘사하는 능력이 있기 때문에 그의 항미원조전쟁에 대한 작품들 중에는 이러한 그의 재능이 잘 드러난 것들이 많아 독자들의 기억 속에 오래 남아 있다.

제4장

한·중 한국전쟁 소설의 형상화와 서사적 특징

1. 한·중 한국전쟁 소설의 미군 형상화 양상

1) 한국 소설의 미군 형상화

한국전쟁으로 인한 인적, 물적 피해 규모는 많은 학자들에 의하여
연구, 밝혀진 바 있다. 하지만 인적인 피해는 육체적, 정신적인 피해를
포함해야 하기 때문에 수량적으로 측정할 수 없는 한계가 존재한다.
전쟁으로 인한 여성의 수난 문제는 그 대표적인 사례이다. 특히 전쟁
당시에 발표된 많은 작품들은 여성의 매춘 문제를 다루고 있는데, 미
군은 이러한 매춘과 관련되어 작품에 자주 등장하곤 한다. 정병준의
『한국전쟁』[106]에 의하면, 전쟁 발발 당시 일본에 있던 미군은 대략 12
만 5천명이었던데 반해, 한반도 전선에 출동한 미군은 최대 35만 명에
달했다고 한다. 그리고 이들은 모두 일본을 통과해 갔으며 주일 미군
기지 주변에는 '빵빵'이라고 불리는 미군 상대의 매춘부가 한층 더
증가하였다는 것이다. 이러한 점으로 미루어 한국에도 미군을 상대로

---

106 정병준, 『한국전쟁: 38선 충돌과 전쟁의 형성』, 돌베개, 2006, 110~115쪽.

한 매춘부가 많이 있었을 것으로 추정되는데, 전쟁 시기 한국소설은
이러한 사실을 잘 보여주고 있다.

　　정비석의 『서북풍』(1953)은 대표적인 소설이다. 여주인공 김경미
는 여학교 교장이던 아버지와 대학교수로 있던 오빠가 한국전쟁으로
납치되고, 낯선 대구로 피난을 오게 되며 피난지에서 궁핍한 생활을
시작하게 된다. 대학에 다니면서 꿈을 꾸던 풍족한 가정의 소녀에게
는 병든 어머니와 동생만이 남아있을 뿐이다.

> 　　아버지와 오빠가 계셨다면 지금쯤은 결혼을 했을지도 모르는 형
> 순씨가 아니었던가. 그러나 경미는 그런 달콤한 생각보다 당장 어떡
> 하면 돈 얘기를 자연스럽게 부탁해 볼 수가 있을까 하는 것만이 중대
> 한 문제였다. 사실 경미는 한형준과 이야기를 주고받는 동안에도 머
> 릿속으로는 어름장 같은 냉돌방에 누워있는 어머니와 조반도 못 먹
> 고 떨고 있는 어린 동생의 참혹한 형상을 잊어버릴 수가 없었다.[107]

　　결국 그녀는 '양갈보' 노릇을 하는 동창생 강춘옥을 찾아가고 그를
따라 미군 환송파티에 참석하게 된다. 작품은 한국전쟁 당시 좋은 환
경과 고학력의 한국여성들이 전쟁으로 인해 모든 것을 잃고 가난한
현실을 극복하고자 미군과 매춘행위를 하게 된다는 것을 자연스럽게
보여주고 있으며, 많은 여성들이 생존을 위해 매춘부로 내몰릴 수밖
에 없는 비극적 현실을 알려 주고 있다.

　　김송의 『영원히 사는 것』(1952)에서도 학력이 높은 여성이 미군과

---

107 정비석, 『서북풍』, 보문출판사, 1953, 174쪽.

매춘관계를 맺은 사실이 작품을 통해 드러난다. 서울의 이화대학을 졸업한 20대 중반의 정란은 전쟁을 피해 부산까지 피난을 와서 미군 PX에 취직하는데, 일선에서 부상당한 사랑하는 연인 형칠을 위해 미군에게 성을 팔아 당시 구하기 어려운 오일페니실린을 구해 온다는 내용이다. 물질적으로 풍부한 미군과 필요한 물건을 얻기 위해 성을 매매하는 여성의 모습을 확인할 수 있다.

> 전 애정에 살아보려는 여자였어요. 그래서 서울에 있는 우승진을 배반하고 형칠 씨를 진정으로 사랑했지요. 그러나 형칠 씨에게 나미란 영원의 여성이 엄연히 있지 않아요. 일테면 애정에 있어선 제가 패배한 셈이지요. 그런데 지금 저는 이상한 생활을 하고 있어요. 세상 사람이 우스운 존재로 여기는 양갈보의 생활을 하고 있어요.[108]

박연희의 『소년과 '메리'라는 개』(1953) 역시 미군을 부정적으로 형상화 하고 있는 작품이다. 소설은 미군의 비인간성을 소년의 눈을 통해 보여주고 있다. 작품에 등장하는 흑인 병사는 사람보다 개를 더 귀하게 여기고 있는 것이다. 이러한 흑인 병사에 대한 비판 의식은 다음과 같은 소년과 엄마와의 대화문에 잘 드러난다.

> "엄마, 아까 저기 올 때 사람이 넘어져 있지 않음? 그건 어째 약 발라주지 않소?"
> "이제 발라 주겠지……."

---

108 김송(1959), 앞의 책, 60쪽.

"감안 양코백인 '메기'가 더 귀한 모양이지오?"[109]

이상에서 살펴본 바와 같이 한국전쟁 시기 한국 소설에 있어서 미군을 다룬 작품들 대부분은 미군의 모습을 다소 부정적으로 표현하고 있다. 미군을 주로 매춘부 문제와 연관시키거나 주둔지 민중들에 대해 편견을 지닌 비인간적인 인물로 형상화하고 있다. 전쟁에서의 승리를 위해 종군 활동을 한 종군작가들이 우군인 미군을 이렇게 비관적으로 형상화한 것을 통해 미군에 대한 한국작가들의 태도가 대부분 비판적이었음을 추측 할 수 있다. 또한 이것은 휴머니즘적 시각으로 전쟁을 비판하면서 전쟁 시기 현실의 모습을 사실적으로 묘사하였던 한국 작가들의 글쓰기 태도와도 관련 있다고 할 것이다.

2) 중국 소설의 미군 형상화

한국전쟁 시기에 발표된 대부분의 중국 소설은 미군의 부정적인 모습을 보여주고 있다고 해도 과언이 아닐 정도이다. 특히 미군에 의한 무차별 폭격과 살인, 여성겁탈 등은 거의 모든 작품에 강조되어 묘사되고 있다.

웨이웨이(魏巍)의 소설 『동방』(1978)에서는 미군을 범죄자, 살인자로 묘사한다. 아울러 미군과의 전투는 상당히 치열한 전쟁이었고, 그들을 하루빨리 한반도에서 쫓아내야 한다고 주장한다. 아울러 중국 인민해방군이 미군을 물리치고 한국전쟁에서 승리해야 하는 당위성

---

109 박연희, 『소년과 '메리'라는 개』, 문화세계, 1953, 153쪽.

에 대해 말하고 있다. 주인공인 궈샹(郭祥)은 인천에서 미국 제1해병
사단과 전투를 벌인다. 당시 궈샹은 중국의 중대장 급에 해당하는 직
위였다. 그는 부하들의 죽음을 눈앞에서 보며 미군에 대한 적개심을
더욱 불태운다. 전쟁이 끝난 후 중국으로 돌아가 공산당원이 된 궈샹
은 당원회의 때 당시 전쟁의 참혹한 현실, 미군의 야만성, 중국 인민해
방군의 위엄을 중국 인민들에게 알리고자 노력한다.

> "오늘 며칠이야?"
> "11월 3일."
> 영자가 방에서 대답했다.
> "이거 정말 재밌겠네." 즈오푸(周仆)는 웃으면서 얘기한다.
> "이겐 오늘 저녁 일본 도쿄극장의 입장권이네!"
> "진짜?" 영자가 주방에서 몸을 내밀고 그 입장권을 한 번에 잡아채
> 면서 "그는 이 연극을 분명히 볼 수 없을 것 같다."라고 말했다.
> "저런 사람……" 즈오푸는 그 미국 비적의 사진을 가리키며 "낮에
> 는 남의 국토에서 사람을 쫓고 살인하고 외딴 과부의 눈물을 만들고
> 저녁에는 면도와 목욕을 하고 가지런히 차려입고 대극장에서 연극을
> 본다. 이것이 바로 그들의 직업이다! …… 오늘 그들은 가장 적당한
> 징벌을 받았다."라고 말했다.
> "그들에게 이제 겨우 시작이야!" 덩쥔(鄧軍)은 그의 한쪽 팔을 크
> 게 흔들면서 말했다.[110]

---

110 "今天幾號了?"
　　"11月3號。"
　　小玲子在那邊屋裏回答。

황루(黃露)의 소설「용병단 이야기(傭兵團故事)」에서는 한국군과 미
군에 의해 점령된 평양의 모습과 북한 인쇄공장 노동자들의 투쟁 활동
을 중점적으로 그리고 있다. 이 작품에서도 미군들의 부정적인 모습
이 다양하게 나타난다. 미군들로 인해 평양의 거리는 매춘거리로 변
했고 차량의 질주로 인해 인민들은 불안해한다는 이야기다.

> "어제 미군이 남기고간 초콜릿 먹었어?"
>
> "난 그런 거 안 먹어."
>
> "왜?"
>
> "저런 야만적인 침략자 놈들이 남기고 간 것들은 모조리 불태워야
> 해." "우리 아버지가 그랬어, 자본주의 놈들은 모두 침략자라고."[111]

중국의 한국전쟁 소설은 작품뿐만 아니라 연구 논문을 통해서도
다루어지고 있다. 쉐위치(薛玉琪)의「항미원조문학영웅서사연구(抗美

"這可真有意思!"周僕笑着說,
"這正是今天晚上日本東京大戲院的戲票!"
"真的麼?"小玲子從伙房屋探過身子, 抓過一看, 大笑着說, "這齣戲他肯定是看不上了。"
"這種人!……"周僕指着那位美國飛賊的相片, "白天在人家的國土上追人, 殺人, 製造
孤兒寡婦的血淚. 到晚上刮刮臉, 洗洗澡, 穿得整整齊齊, 坐在大戲院裏看戲, 這就是他
們的職業!……今天他們得到了最適當的懲罰!"
"讓他們看着吧, 現在只不過剛開始哩!"鄧軍把那隻獨臂一揮.
魏巍(1985), 앞의 책, p.508.(필자 역).

111 "昨天美軍留下的巧克力你吃了嗎?"
"我纔不吃那些破東西呢。"
"咋了?"
"那些野蠻的侵略者剩下的東西應該通通地燒掉", "我爹告訴我說資本主義國家的壞蛋
都是侵略者。"
黃露.「傭兵團故事」解放軍文藝社, 1968, p.214.(필자 역).

援朝 文学英雄叙事研究)」[112]에서는 한국전쟁을 배경으로 한 대부분의 소설은 중국군의 활약상을 주로 설명하는 방식으로 서술하고 있다고 분석하였다. 특히 미군과의 전투에서 큰 공을 세운 영웅들을 주로 등장시켜 당시 한국전쟁에 나선 중국군의 위상을 보여주고자 하였다. 미군에 대해서는 주로 침략자, 약탈자, 정신병자로 묘사하고 있으며 미군의 침략으로 중국의 국가안보가 위험하다는 사상을 주로 나타내고 있다. 당시 중국은 중화인민공화국을 창립한 지 몇 년이 지나지 않아 발생한 한국전쟁을 공산주의를 지키고 공산당의 우월성을 선전하는데 중점을 두고 있었다. 따라서 미군의 이미지를 주로 부정적으로 묘사했다. 이러한 현실은 앞서 설명한 것과 같이 미군의 이미지를 주로 침략자로 규정한 근거가 되고 있다.

장앤슈(姜艶秀)의 논문 「웨이웨이의 항미원조 작품 주에 나타난 조선 형상화의 논평(論魏巍抗美援朝作品中的朝鮮形象)」[113]에서는 한국전쟁을 배경으로 한 중국의 소설들은 한국전쟁 당시 북한군의 실상과 고통을 주로 묘사하고 있다고 분석하였다. 아울러 북한군이 생각하는 미군에 대한 이미지를 설명하고 있다. 작품에서 북한군은 미군을 중국과 조선의 어머니와 누나의 가슴에 칼을 꽂거나 젊은 여자들만 보면 잡아가는 놈들이라고 묘사하고 있다. 아울러 당시 북한과 중국의 한국전쟁소설에 대한 형상을 분석하여 비교 연구하고 있다.

---

112 薛玉琪(2012), 앞의 논문.
113 姜艶秀(2009), 앞의 논문.

3) 한·중 소설의 미군 형상화 비교

한·중 한국전쟁 소설의 미군 형상화는 양국 소설 모두 주로 부정적으로 미군을 형상화하고 있다는 공통점을 가진다. 다만 전체적인 형상 이미지는 비슷하지만 구체적인 묘사 방식이나 작품 속의 역할에서는 약간의 차이를 보인다.

〈표7〉에서 보는 바와 같이 한·중 소설 모두 휴머니즘적 성격을 볼수 있다. 하지만 작품의 표현적 한계에 있어서 한·중 양국이 다른 환경에 처해있기 때문에 중국소설에서의 휴머니즘은 약한 반면 영웅을 소재로 한 소설이 주를 이루고 있다.

〈표7〉 한·중 전쟁소설에서의 미군형상화 비교분석

구분	한국 소설	중국 소설
휴머니즘	○	다소 약함
미군 형상화 유무	○	○
미군에 대한 형상	부정적	부정적
미군의 의미지	매춘	살인자, 약탈자등

중국 소설작가 루링(路翎)은 17살 어린 나이에 문단에 등단하여 『굶주린 곽소아(飢餓的郭素娥)』, 『지주의 아들딸(財主的兒女)』 등 작품을 발표하여 중국 문단에서 이름을 올린다. 그러나 중국의 문학 비평가들은 루링의 작품들은 대체적으로 등장인물이 진실하지 못하고, '개성 해방'만 강조한다고 비판했다.[114] 루링의 작품은 중국의 항미원조 문학이 휴머니즘의 문제를 고려하지 않고, 전쟁독려 문학, 종군문

---

114 胡繩, 「評路翎的短篇小說」, 『大衆文藝叢刊批評論文選集』, 新中華書局, 1949, 279~280쪽.

학의 목적성만을 띠고 있다는 것을 단적으로 보여주고 있다. 다시 말해 이는 민중 생활체험을 강조하고 문예를 정치의 도구로 인정하는 무산계급 문학론의 직접적인 영향을 받은 것으로 분석된다. 이는 중국에서 이데올로기의 경직화를 가져오면서 "영웅인물을 부각함에 반드시 높고, 크고, 완전무결해야 한다."는 '高大全(높고, 크고, 완전무결함)' 문예이론을 고착화시켰으며 이러한 사상은 중국문학을 퇴보시키는 결과를 자초하게 된다.

신영덕은 『전쟁과 소설』[115]에서 한국 작가들의 한국전쟁 소설을 다음과 같이 분석하였다. 한국전쟁에서 한국군의 주요한 상대는 북한군과 중국군이었지만 한국 전쟁기 한국 소설에서는 주로 공산주의를 비판하고 있는 작품이 대부분이었고 적국인 북한군과 중국군의 모습을 재현한 경우는 많지 않았다. 그리고 재현하는 경우는 대부분 비인간적인 행위에 대한 묘사이거나, 휴머니즘의 입장에서 북한군을 형상화하고 전쟁의 비인간성을 비판하고 있다는 점이 특징적이다. 특히 전쟁의 폭력성을 보여준 안수길의 「나루터의 탈주」[116]는 북한군에 대해 더는 소멸해야만 하는 대상이 아닌, 우리와 같은 민족, 같은 인간이라는 사실을 보여주려고 노력하면서 휴머니즘 차원에서 생명의 존엄성이 무시되는 전쟁을 비판하였다.

또한 한·중 양국 모두 한국전쟁 소설에서 미군을 형상화하므로 있으며 모두 부정적으로 형상화 하고 있다. 아울러 한국 소설은 미군의 이미지를 주로 매춘, 중국소설은 살인자와 약탈자로 묘사·형상화하

---

115 신영덕, 「한국전쟁기 남북한 소설의 한국군·북한군 재현 양상」, 『전쟁과 소설』, 2007, 45쪽.
116 안수길, 「나루터의 탈출」, 『자유평론』, 1954.

고 있다. 이러한 현실은 당시 한·중 양국의 종군기자들 및 소설작가들이 보는 시각에서 차이를 보이고 있으며 주로 피해를 당하는 피해자 입장에서 서술한 것이기에 당시 한국 국민과 북한, 중국의 인민들이 미군에 대해 느끼는 인식 및 미군으로부터 받은 피해가 각기 차이를 보였음을 본 연구를 통해 짐작해 볼 수 있다.

4) 한·중 전시, 전후 소설의 미군 형상화 비교

한국 소설은 전시, 전후 소설에 따라 다른 시각으로 미군을 형상화하고 있다. 이는 작가가 전쟁을 바라보는 인식의 변화, 시대가 추구하는 가치관의 변화로 해석할 수 있다. 한국의 전시 작품은 중국의 작품과 같이 주로 이데올로기와 영웅주의 관점에서 창작되었지만 전후 작품에서는 주로 휴머니즘적 관점에서 작품이 창작되었다. 자연스럽게 미군에 대한 이미지는 과거 자유민주주의 수복이라는 큰 이데올로기적 관점에서 미화되었지만 전후에 발간된 작품에서는 전쟁의 가해자로 묘사되었다. 결과적으로 미군은 전쟁의 피해자에서 전쟁의 가해자로 변화한 것이다. 하지만 중국 소설은 전시, 전후와 상관없이 이데올로기와 영웅주의 관점에서 작품이 창작되었고 미군에 대한 이미지, 형상화는 시대에 따라 큰 변화를 보여주지 않고 있다.

결론적으로 한·중 소설의 미군 형상화는 다음과 같이 정리할 수 있다. 첫째, 한국 소설은 작품 속에서 미군의 모습을 절대적으로 다루고 있지는 않으나 부정 혹은 긍정의 양면적인 형상화를 통해 전쟁 기간 남한의 현실을 비중 있게 묘사하고 있다. 미군은 이미지는 앞서 설명한 것과 같이 주로 부정적으로 형상화되고 있는바, 미군은 매춘 문제와 연관되어 있거나 비인간적인 성격을 지니고 있는 것으로 그려졌다. 종군작가의 작품에서 우군인 미군은 긍정적으로 적군인 중국군은 악인으로 형상화되어 있을 것으로 짐작하지만 사실은 그렇지 않음을 본 연구를 통해 알 수 있다. 실제로 대부분의 한국 작가들은 제한된 체험 내에서 자신이 파악한 전쟁 시기 현실의 모습을 사실적으로 묘사하고자 하였던 것이다. 이러한 사실은 중국 작가에 비해 상대적 자율성을 지닌 한국 작가들의 특징을 잘 보여준 것이라고 판단된다. 둘째, 한국 소설은 전시, 전후 소설에 따라 미군을 차별적으로 형상화하고 있었으며 이는 작가의 인식, 시대가 추구하는 가치관의 변화로 해석할 수 있다. 이데올로기 사상의 변화, 한국 작가들의 휴머니즘 사상은 미군의 이미지를 전시 소설과 다르게 인식하게 하였으며 결과적으로 작품 속에서 차별적으로 형상화되고 있다. 셋째, 중국 소설은 한국 소설과 달리 보다 구체적으로 미군의 모습을 형상화하고 있으나 다소 도식적이라는 평가를 받고 있다. 중국 소설에서 미군은 적이기에 모두 악인으로 등장한다. 미군은 잔인한 살인자이면서 전쟁을 무서워하는 비겁한 겁쟁이로 형상화되어 있다. 또한 한국 소설과 달리 전시, 전후 작품에서 미군의 이미지, 형상화는 큰 변화를 보이고 있지 않으며 이는 중국내 작품창작의 환경과 제한적 요소들이 결합된 것으로 판단된다. 향 후 논의대상을 더욱 확대하여 한국전쟁 시기 한·중 소설의 전반적인 특징을 연구하거나 한·중 소설의 휴머니즘 혹은 다른 형식의 연구를 진행할 것이다.

2. 한·중 전쟁 소설 형상화의 서사적 특징

1) 이데올로기 서사

한국전쟁은 우리가 알다시피 자본주의와 사회주의 이념의 충돌로 인해 발생한 시대의 비극이었다. 따라서 전쟁을 통해 우리는 당시 강렬한 이념적 충돌을 확인할 수 있다. 중국의 입장에서 볼 때 자본주의 진영인 미국과 연합국은 침략자이며 동시에 세계의 평화를 파괴하는 정복자였다. 따라서 한국전쟁은 중국으로 하여금 자국의 안전을 보호하기 위한 필연적인 선택이었다. 한국의 입장에서 한국전쟁을 분석하자면 북한 인민군과 중국 인민해방군은 공산주의자이며 그들은 자유민주주의를 파괴하고자 하는 적국의 적군이었다. 미군을 비롯한 서방의 연합군은 공산주의에게 침략당한 한국을 구하고 민주와 자유를 지키기 위한 정의의 군대였다.

한국전쟁에 대한 한·중 간 인식의 차이는 제2장에서 서술한 것과 같이 이데올로기의 충돌임과 동시에 한·중 전쟁문학에 있어서 강력한 정치이데올로기의 성격을 보여주고 있다. 다시 말해 한·중 양국의 전쟁문학 서사에서는 똑같이 자기의 입장에서 전쟁 행위의 정의와 합리성을 주장하였고 상대편, 즉 상대국은 평화와 자유를 파괴하는 부정적인 인물로 묘사하였다.

중국의 수많은 작가들은 한국전쟁 문학에 있어서 정치적 사명감과 공산주의, 사회주의 이념을 처음부터 끝까지 창작의 배경으로 이용하였다. 이러한 이데올로기적 배경은 결국 문학과 정치 간 지나친 교착 상태를 야기했으며 결국 전쟁문학의 휴머니즘적 성격을 잃어버린 채 농후한 정치색과 공리주의 경향을 지니게 하였다. 중국의 한국전쟁 작품들은 대부분 기록식의 전지보도(戰地報導)와 수필, 보고문학, 산문, 일기 등의 형식을 취했다. 이러한 형식은 짧은 시간 작품을 완성할 수 있으며 결과적으로 전쟁 지원군을 모집하고 군의 사기를 진작시키는 대외선전용으로서 중요한 역할을 담당하였다. 앞서 설명한 웨이웨이의 「누가 가장 사랑스러운 사람인가」는 대표적인 보고문학의 형식으로 집필된 작품이다. 중국의 대표적인 일간지 《인민일보(人民日報)》 전면에 실린 이 작품은 중국 인민해방군의 영웅담, 애국주의 및 국제주의를 형상화, 서술화하면서 전체 중국 인민들의 전투 의지와 사기를 고무시켰다. 당시 중국에서는 웨이웨이의 작품을 통해 중국내 인민해방군이 가장 사랑스러운 사람으로 추대 받았다. 아울러 당시 중국의 정치, 사상, 이념의 요구를 충족시킴으로써 중국의 한국전쟁 문학의 선구자로 평가받고 있다.

중국의 수많은 한국전쟁 문학 작품에서 한국군, 미군, 연합군의 이미지는 대부분 부정적으로 묘사되고 있다. 특히 그 중 미군의 이미지는 대부분이 비겁하고 죽음을 두려워하고 강간과 범죄를 일삼는 범죄자, 악마로 묘사되고 있다. 또한 키와 덩치가 크지만 전쟁에 임하는 기본적인 투지가 없고 공격을 받으면 바로 무너지고 항상 참패한다고 기록하고 있다. 미군에 대한 이와 같은 형상화는 당시 중국작가들이 보여줬던 미군에 대한 문학적 인식이다. 이러한 인식은 이데올로기에서 비롯된 것이다. 작품에서 미군에 대한 형상화는 정신적인 측면뿐만 아니라 외면적인 측면까지 부정적으로 묘사되었다. 이 또한 미국과 미군에 대한 정치 이념적인 해석으로 볼 수 있다. 더 나아가 정치 이데올로기로 인한 작품 속 인물 형상화의 격식화, 표준화된 사고방식에서 비롯된 것이라고 할 수 있다.

한국의 전쟁문학 작품 또한 중국의 그것과 마찬가지로 전형적인 정치 이념과 표준화된 사고방식이 등장한다. 한국의 전쟁문학 작품들은 사회주의 체제, 계급의식, 공산주의 등의 이념을 작품 속에 전개하면서 한국전쟁의 책임을 사회주의 진영에 돌렸으며 한국군은 자유의 수호자이다. 유엔군과 미군의 참전은 이러한 한국의 정치의식을 더욱 강화시켰다. 초기의 한국전쟁 문학에서는 주로 반공의식을 다루었다. 많은 작품 중 박영준의 작품「빨치산」과 홍성원의 작품「남과 북」은 공산주의가 모순적인 이데올로기로 묘사되었다.

한·중 양국의 한국전쟁 문학은 모두 작품 속에 정치적 이데올로기를 포함하고 있다. 이데올로기의 색채에 빠져 대부분의 작품들이 당위적 매시지 전달에 급급한 나머지 문체와 기법에 대한 문학적 활용이 부족함으로써 전쟁문학의 예술적 형상회에 한계를 가지게 된다. 좀더 세부적으로 살펴보면 중국작품들의 정치 이데올로기는 한국작품에 비해 더 강했다. 중국의 종군작가들은 한국전쟁에 참전하여 전선에서 전쟁이 끝날 때까지 본인들의 정치적 이데올로기를 중심으로 전쟁의 양상, 전쟁에 참전한 인민해방군의 동향 및 중국의 정치적 입장 등을 자세히 묘사하였다. 마지막으로 인민해방군의 영웅 사적을 관심 있게 지켜보았다. 중국 작품 대부분은 한국전쟁의 승리를 북한 인민군과 중국 인민해방군의 승리로 자축했고 사회주의, 공산주의의 승리로 정리하였다. 한국의 많은 작가들도 정치적 목적과 정치적 이데올로기를 중심으로 작품 활동에 참여하였다. 하지만 중국의 작품과 달리 전쟁 영웅을 다룬 작품이 있는 반면에 주로 전쟁을 통해 얻은 느낌, 감정을 중심으로 전쟁이 우리에게 남긴 것이 무엇인지? 전쟁으로 받은 상처, 두려움 등을 중점적으로 묘사하였다. 결국 이러한 현상은 그들이 작품 활동을 함에 있어서 정치적 이데올로기에서 벗어나 좀 더 다양하고 다채로운 문학 활동을 하게 하는 밑거름이 되었다.

2) 영웅주의 서사

영웅주의는 동서고금을 막론하고 전쟁문학에서 가장 영향력 있는 서사 방식 중의 하나이다. 많은 전쟁 작품들이 영웅주의 서사 방식을 통해 자국 군대의 우월성을 입증하고 전쟁의 당위성을 주장하며 전쟁의 승리를 염원한다. 아울러 영웅주의 서사는 전쟁의 사기를 고무시키는데 효과적인 수단으로 전쟁이 발발한 후 국가가 적극 나서 해당 문학 작품 및 보도 자료를 제작하기도 한다. 한국전쟁이 발발한 후 한·중 종군작가들은 전쟁에 참전하여 전쟁에서 보고들은 사실을 토대로 군인의 영웅담, 전쟁승리 등을 주제로 전쟁영웅 작품을 창작한다.

중국의 입장에서 한국전쟁의 참전은 큰 도박 행위였다. 당시 마오쩌둥 중국 주석은 북한의 참전 요구를 받고 큰 고민에 빠지게 된다. 새로 중화인민공화국을 세운 마오쩌둥은 선진 군사력의 미국과 맞서 싸운다는 것 자체가 큰 부담이었다. 중국의 입장에서 전쟁의 심각성이나 잔혹성은 피할 수 없는 상황이었다. 따라서 한국전쟁에 참전한 중국군이 미군과의 전투에서 승리했다는 것은 한사람의 군인이 아닌 전체 부대원들의 노력을 통해 이루어낸 성과라는 것이다. 아울러 미군과 싸워서 승리한다는 것은 기적적인 결과였다. 따라서 중국의 종군작가들은 자국군의 사기를 진작시키고 전쟁의 승리를 위해 영웅주의 서사 작품을 쓰기 시작하였다. 대표적인 소설이 앞서 설명한 바진(巴金)의 「단원(團圓)」이다. 주인공은 진지를 며칠째 지키며 같이 싸운

전우들이 모두 죽었다는 것을 알게 된 후 극단적인 선택을 하게 된다. 갑자기 폭파통을 잡고 워키토키를 들고 본인에게 포를 쏘라고 큰 소리로 외친다. 전쟁의 승리를 위해 자신의 몸을 바쳐 싸우는 이러한 영중주의 서사방식은 당시 중국인의 기억 속에 오랫동안 각인되었다.

한국의 전쟁문학에서도 중국의 작품과 같이 많은 전쟁영웅들이 등장한다. 박영준의 작품『김장군』은 한명의 전쟁영웅을 형상화하였다. 주인공의 이름은 김장군이다. 그는 모범적인 지휘관으로서 철저한 윤리의식과 군인으로서의 사명감, 조국을 사랑하는 애국주의자이다. 주인공 김장군은 겉으로는 엄격하지만 인정미를 갖고 있는 인물로 작품 속에서 묘사된다. 부상을 당해 부대를 떠난 모든 병사들을 기억한다. 그들을 보러 직접 병원에 찾아가기도 한다. 주인공의 이와 같은 인간적인 면은 병사들에게 감동을 주며 더 나아가 부대 전체의 사기를 높이는 효과를 가져 온다.

한·중 양국의 영웅주의 서사방식은 큰 차이를 보이고 있지 않다. 양국의 작품 모두 전쟁의 지친 자국의 병사들과 지휘관들을 위해 과장법을 통해 작품 속 인물의 능력을 극대화 하였으며 용감하고 정의로운 인물로 묘사하였다. 이러한 영웅주의 서사는 앞서 설명한 이데올로기 서사와 밀접한 관련이 있다. 자본주의 진영과 사회주의 진영의 대립은 영웅의 묘사에도 적지 않은 영향을 미쳤다. 한국의 전쟁영웅은 비교적 근엄하고 말수가 적은 지휘관, 군인이며 중국의 전쟁영웅은 매우 적극적인 성격의 소유자로 작품에서 그들의 리더십을 많이 보여준다. 또한 개인주의에 입각한 자유주의 이데올로기는 한국소설의 전쟁영웅 활약상을 한 개인의 관점에서 보여주고 있다. 하지만 집단주의에 입각한 사회주의 이데올로기는 중국소설의 전쟁영웅 활약상을 개인의 승리가 아닌 집단, 집체의 승리로 묘사하고 있다.

3) 휴머니즘 서사

한국전쟁은 전쟁에 참여한 모든 국가와 국민들에게 전쟁의 잔혹성과 파괴성을 보여 주었다. 한·중 전쟁문학 서사에서는 전쟁의 영웅을 묘사함과 동시에 인류의 공통적인 주제인 휴머니즘에 대해서도 적극적인 관심을 가졌다. 특히 휴머니즘에 대한 관심은 한국의 한국전쟁 문학작품에서 명확하게 나타난다. 휴머니즘 서사를 앞서 서술한 영웅주의 서사와 비교하여 분석하면 질적으로나 양적으로나 한국의 전쟁문학에서 절대적인 우세를 차지한다.

중국에서는 한국전쟁 당시의 정치적 환경, 사회적 환경 등으로 인하여 작가들 가운데 몇몇 개인 작가를 제외하고 대부분이 휴머니즘 서사의 방식을 도입하지 않고 주로 이데올로기, 영웅 서사방식을 통해 작품을 전개했다. 하지만 중국의 작가 루링(路翎)은 한국전쟁을 다른 중국작가들과 달리 휴머니즘적 관점으로 묘사하였다. 예를 들어 전쟁의 잔혹성과 파괴적인 장면을 사실적, 객관적으로 묘사하기보다는 북한군과 중국군이 서로의 감정을 나누는 과정에서 나타나는 장면을 통해 아름답게 묘사하고 있다. 주로 북한군의 순수함과 선함을 묘사함으로써 작가는 독자들에게 등장인물들의 행동을 통해 아름다운 조선과 조선인민들을 도와 반드시 전쟁에서 승리하겠다고 다짐한다. 하지만 그 후 한국전쟁 문학에서 찾기 어려운 노영의 휴머니즘 서사 소설은 사건에 연루되어 문예계에서 추방당하게 된다. 중국 문예계에서는 「웅덩이에서의 전투」를 비롯한 인민해방군을 소재로 한 소설들의 내용이 '반동적', '반혁명적'이라고 하였고, 인물의 이미지도 '허위적', '왜곡된' 것이라고 주장하였다. 노영의 소설은 인민군에 대한 '비방'이고, 인민해방군의 군심을 와해시키는 것이라고 하였다. 결국 작가 노영은 4만 자에 달하는 반성의 글을 써서 당시의 상황을 변명하였지만 중국 문예계는 이를 받아들이지 않았다. 그 후 중국의 한국전쟁 문학에서 휴머니즘 서사는 찾기 힘들었다.

한국의 한국전쟁 작품에는 중국 작품에 비해 휴머니즘 서사의 방식이 비교적 많이 등장한다. 본 논문에서 설명한 최인훈의 『광장』, 이범선의 『오발탄』을 비롯하여 손창섭의 「공휴일」, 「비오는 날」 등 많은 작품이 있다. 한국작품의 휴머니즘 서사의 특징은 주로 전쟁 이후 나타난 서민들의 어렵고 고통스러운 삶을 등장인물의 대화를 통해 묘사하고 있다는 것이다. 한국의 전쟁문학에서 휴머니즘 서사는 끊임없이 문학 창작의 중요한 주제였다. 작가들은 휴머니즘의 관점에서 한국전쟁에 대해 반성하고 전쟁이 우리들에게 남긴 상처를 사실적으로 묘사하였다. 작가들의 관심은 전쟁의 성격과 특징보다는 전쟁이 사람들에게 안겨다 준 피해와 고통에 모아졌다. 이것은 한국전쟁 당시 한국 종군작가들이 직접 전쟁에 참여하여 체험을 통해 습득한 내용들이다. 작가들이 위험을 무릅쓰고 전선에 나가 본 것은 전쟁의 승리가 아니라 수많은 생명의 죽음과 전쟁의 피해, 같은 민족끼리 서로 싸우고 죽이는 동족상잔의 비극이었다. 종군작가들의 이러한 학습효과는 한국의 전쟁문학을 짧은 시간 내 정치적 색이 강한 영웅주의 서사에서 대중의 시각을 중시하는 휴머니즘 서사로 그 방향을 전환하게 하였다.

4) 반공적 휴머니즘과 반제국주의 서사

2차 세계대전이 일본의 패배로 끝난 후 한국과 중국은 서로 다른 형태로 근대사를 시작하게 된다. 해방정국에서 이승만은 자신이 미국의 지지와 협조를 받지 않고서는 집권이 불가능하다는 사실을 누구보다 잘 알고 있었다. 따라서 미국의 의중을 파악하고 반공이데올로기와 남한에서 단독정부의 출범을 추진하였고 결과적으로 미국의 협조를 받음으로써 남한 내 권력을 장악할 수 있었다. 광복이 되고 한국전쟁이 발생하기까지의 과정은 이른바 무력기구의 국가 독점화 과정이었다. 한국전쟁 발발 후 정권은 국가라는 이름으로 국민에 대한 동원 주체가 되어 국민을 전쟁터로 내몰았다. 한국전쟁의 전시, 전후 휴머니즘은 불합리한 현실을 회피하게 함으로써 참담한 현실이 감추어졌고 이는 국가주의라는 사상에 의해 어느 누구의 동의도 받지 않고 포섭되었다. 따라서 전후 휴머니즘은 반공이데올로기의 문학적 형상화라고 할 수 있다. 한국전쟁 기간 사상의 대립과 충돌, 갈등, 작가들은 이에서 벗어나기 위해 양심을 버리고 필사적으로 군기관지에 전쟁 수기와 영웅서사를 그려 시대의 비극으로부터 탈출하고자 하였다. 당시 작가들은 국민의 고통과 상처, 국가의 책임을 외면한 채 반공의식과 영웅을 등장시켜 감동적인 스토리를 만들어 갔고 이는 국가주의라는 큰 사상적 틀에서 더욱 큰 힘을 발휘하게 되었다. 한국전쟁이 끝난 후 전쟁이 역사의 재조명을 받게 되고 작가들의 성찰이 시작되면서 전쟁에 대한 문제의식과 전시기간 창작된 작품들에 대한 비판적 여론이 확산되었다. 이렇게 등장한 작품이 전후 소설이다. 하근찬의『수난이대』, 이범선의『학마을 사람들』은 전쟁 후방의 국민들이 겪는 아픔과 고난을 휴머니즘적 성격으로 그려내고 있는 작품으로 과거 반공주의 사상과 영웅서사로 얼룩진 한국소설에 큰 전환점을 주었다.

　중국 공산당은 1949년 대륙에서 패권을 확립하게 되자 신중국(新中國) 건국을 위해 베이징에서 제1차 인민정치 협상회의 전체회의를 개최하게 된다. 수도는 베이징으로 정해졌고 9월 30일 중앙인민정부에 대한 인선이 이루어져 마오쩌둥이 국가주석으로 임명되었다. 1949년 10월 1일 중앙인민정부는 개국대전(開國大典)을 거행하고 천안문성루(天安門城樓)에 올라 중화인민공화국 중앙인민정부가 성립되었음을 선포한다. 건국 당시의 중국은 사회의 생산이 대부분 농업에서 이루어졌기 때문에 공산당은 국가가 부강해지는 모델을 소련의 공업화 모델로 설정하고 산업정책을 추진했다. 아울러 소련으로부터 사회주의 사상, 레닌, 마르크스 사상이 도입되어 본격적인 사회주의 국가로 첫발을 내딛는다. 아울러 중국은 건국 초기 사상교육에 집중하면서 지연스럽게 반제국주의 사상, 반자유주의 사상이 정권의 슬로건으로 제시된다. 중국의 작가들도 시대의 흐름에 따르게 되고 문학 활동을 통해 공산당 정권의 당위성을 인민들에게 선전하고 과거 봉건주의시대 차별받았던 노동자 계급의 역할을 강조한다. 항미원조전쟁이 발발한 동년 인민해방군이 참전하면서 중국의 반제국주의 사상은 더 큰 힘을 얻게 되고 많은 문학 작품들이 국가의 통제 하에 창작, 전파되면서 중흥기를 맞게 된다. 루주궈어(陸住國)의 작품『풍설동선(風雪東線)』과 구리가오(古立高)의 작품『불가조당적철류(不可阻當的鐵流)』는 이러한 사실을 뒷받침하고 있다. 전후 소설에서도 이러한 현상은 지속된다. 전쟁이 끝난 후 작가들의 성찰과 반성이 시작된 한국과 달리 중국에서는 전후에 더 많은 소설들이 창작되어 출판되며 작품 속에는 반제국주의, 민족주의, 애국주의사상이 그려져 있다.

한·중 양국의 소설은 서로 다른 국가, 사상, 이념아래 전쟁과 이데 올로기라는 기제가 우리에게 얼마나 큰 영향을 미치는지와 그것을 대하는 국가의 올바른 태도와 자세를 판단해 볼 수 있다. 앞서 언급한 이데올로기 서사의 방식은 반공주의, 반제국주의로 세분화 될 수 있 고, 반공주의 휴머니즘과 반제국주의 휴머니즘으로 설명의 범위를 넓 힐 수 있다. 따라서 한·중 소설의 형상화를 연구함에 있어서 이러한 외부적인 환경은 작품을 분석하고 판단함에 있어서 중요한 역할을 하고 있다.

제5장

결 론

　본서는 한국전쟁이 발발한 이후부터 현재까지 한·중 양국에서 창작된 한국 전쟁소설의 인물 형상화 양상과 서사적 인식을 고찰하는데 그 목적을 두었다. 전쟁이라는 역사적 사실을 바탕으로 문학작품을 창작하기 때문에 사실성과 허구성이라는 두 가지 측면이 공존한다. 따라서 본서는 한국과 중국의 사회제도, 한국전쟁 당시 한·중 양국의 이데올로기, 역사인식, 서사적 인식을 문학의 내적 요인과 외적 요인에 따라 구분하지 않고 전제적인 관점에서 한중 양국의 한국전쟁 문학을 비교하고 분석하였다.

　필자는 한·중 양국의 소설을 분석하면서 가장 먼저 소설 속 휴머니즘과 한국전쟁 소설에서의 휴머니즘 서사를 살펴보았다. 한국 작가의 한국전쟁 소설 휴머니즘의 특징은 3가지로 분류된다. 첫째, 민족주의 휴머니즘 경향으로 희생과 사랑의 정신이 휴머니티의 관점을 통해 묘사되었다. 이런 의미에서 민족주의 휴머니즘은 주로 '인정'의 세계를 순수문학에 형상화했다고 할 수 있다. 둘째, 전시 상황에서 등장한 공산주의에 투쟁하는 행동주의 휴머니즘 경향을 들 수 있다. 셋째, 전후 시대에는 인간의 실존에 관심을 갖고 비인간적인 폭력에 대항하는 실존주의 휴머니즘 등이 주로 전개 된다. 특히 전쟁 휴머니즘을 중심으로 한 전후 시대의 상황은 전후 소설에 명백히 드러난다. 전후의 전체적인 상황과 긴밀한 관계를 가지고 있는 전후 소설은 전후 시대의 재현과 동시에 전쟁이 끝난 후 변화된 인간의 삶, 환경, 가치관 등 인간성을 다시 복원하기 위하여 작가들은 새롭고 창조적인 관점을 표현하고자 한다. 한국전쟁은 모든 사람들에게 현대 전쟁의 잔혹성과 파괴성을 보여 주었다. 전쟁문학 서사에서 영웅주의를 추구하는 동시에 휴머니즘이라는 인류의 공통적인 주제에 대해서도 적극적인 관심을 가졌다. 휴머니즘에 대한 관심은 특히 한국전쟁 문학 서사에서 뚜렷하게 나타났다. 영웅주의 서사와 비교하면 휴머니즘 서사는 한국전쟁을 배경으로 한 한국의 전쟁문학에서 쉽게 찾아볼 수 있다. 하지만 중국의 한국전쟁 문학 작품에서는 당시 정치적 환경과 국외 작전 등 객관적인 현실로 인하여 개별 몇몇 작가를 제외하고는 대부분 휴머니즘 서사를 기피하였다.

휴머니즘과 서사 방식을 통해 본서에서는 한국 소설 이범선의『오발탄』과 최인훈의『광장』, 중국 소설 웨이웨이(魏巍)『동방(東方)』과 바진(巴金)의「단원(團圓)」을 통해 등장인물의 형상화 양상과 서사 방식을 분석하였다. 앞서 설명한 것과 같이 한·중 양국소설은 시대적 이데올로기와 사회 배경의 차이를 보이며 각기 다른 방식으로 문학 작품이 써졌다. 따라서 소설 속에 등장하는 인물들의 성격, 지향하는 세계관, 가치관 등이 차이를 보이고 있다. 이범선과 최인훈의 작품은 주로 이데올로기 서사의 방식을 통해 전개된다. 전쟁의 잔혹성, 파괴성을 묘사하기보다는 전쟁으로 인한 서민들의 힘겨운 생활을 주로 다룬다. 또한 최인훈의 작품에는 남한과 북한에서도 환영받지 못하는 명준을 통해 당시 젊은이들을 구속했던 이념과 사상에 대해 꼬집어 비판한다. 중국 웨이웨이 작품은 전형적인 영웅 서사방식의 소설로 전쟁에 참전해야 했던 중국 인민해방군의 당위성을 설명하고 전쟁에서 용맹하게 싸운 영웅을 등장인물로 내세워 작품을 전개한다. 이는 전형적인 중국의 전쟁 작품으로 웨이웨이는 작품 『동방』을 통해 혁명 투쟁의 새로운 개념을 제시하였다. 바진의 작품은 웨이웨이의 작품과 다른 방식으로 인물을 형상화하고 있다. 중국 인민해방군 정치부 주임 왕동과 근로자 왕복표 두 가족의 아픔과 슬픔, 기쁨, 이별과 만남을 통해 신 중국 창립 이후 새로운 사회에서 배출된 충성스럽고 용맹스러운 무산계급이 한국전쟁 중에서의 겪은 감동적인 일들을 묘사했다. 따라서 바진의 작품은 휴머니즘 서사와 영웅주의 서사의 방식이 혼합된 작품이라고 할 수 있다. 당시 쉽게 찾아보기 힘들었던 인물의 전개 방식으로 중국 내에서 병사들의 삶을 반영하면서 "전쟁의 공포를 과장하고 고의적으로 영웅들을 죽게 하여 평화주의를 고취하는 반동적인 전쟁문학"이라는 비난을 받기도 했다.

다음으로 본서는 한·중 한국전쟁 작품의 인물 형상화를 통해 한·중 양국의 인물 형상화 양상을 분석 비교하였다. 한·중 소설에 등장하는 미군 형상화를 통해 당시 한·중 작가들의 미군에 대한 인식을 알아보았다. 한·중 한국전쟁 소설에서의 미군 형상화는 양국 소설 모두 주로 부정적으로 미군을 형상화하고 있다는 공통점을 가진다. 다만 전체적인 형상 이미지는 비슷하지만 구체적인 묘사 방식이나 작품 속의 역할에서는 약간의 차이를 보인다. 한국 소설은 미군의 이미지를 주로 매춘, 중국 소설은 살인자, 약탈자로 묘사, 형상화하고 있다. 이러한 현실은 당시 한·중 양국의 종군기자들 및 작가들이 보는 시각에서 차이를 보이고 있으며 주로 피해를 당하는 피해자 입장에서 서술한 것이기에 당시 한국 국민과 북한, 중국의 인민들이 미군에 대해 느끼는 인식 및 미군으로부터 받은 피해가 각기 차이를 보였음을 짐작해 볼 수 있다.

아울러 본서에서는 한·중 한국전쟁 소설의 서사 방식을 3가지로 나누어 서술하였다. 첫째, 이데올로기 서사 형태로, 한·중 양국의 한국전쟁 문학은 모든 작품 속에 정치적 이데올로기를 포함하고 있다. 이데올로기의 색채에 빠져 대부분의 작품들이 이야기 전개의 전달에 급급한 나머지 문체와 기법에 대한 문학적 형상화가 미흡하여 전쟁 문학의 예술적 가치와 문학사에서의 위치에 한계성을 가진다. 좀 더 세부적으로 살펴보면 중국 작품들의 정치 이데올로기는 한국 작품에 비해 더 강했고 중국의 종군작가들은 한국전쟁에 참전하여 전선에서 전쟁이 끝날 때 까지 본인들의 정치적 이데올로기를 중심으로 전쟁의 양상, 전쟁에 참전한 인민해방군의 동향 및 중국의 정치적 입장 등을 자세히 묘사하였다. 마지막으로 인민해방군의 영웅 사적을 관심 있게 지켜보았다. 중국작품 대부분은 한국전쟁의 승리를 북한 인민군과 중국 인민해방군의 승리로 자축했고 사회주의, 공산주의의 승리로 정리하였다. 한국의 많은 작가들도 정치적 목적과 정치적 이데올로기를 중심으로 작품 활동에 참여하였다. 하지만 중국의 작품과 달리 전쟁 영웅을 다룬 작품이 있는 반면에 주로 전쟁을 통해 얻은 느낌, 감정을 중심으로 전쟁이 우리에게 남긴 것이 무엇인지, 전쟁으로 받은 상처, 두려움 등을 중점적으로 묘사하였다. 둘째, 영웅주의 서사 형태로, 한·중 양국의 영웅주의 서사방식은 큰 차이를 보이고 있지 않다. 양국의 작품 모두 전쟁에 지친 자국의 병사들과 지휘관들을 위해 과장법을 통해 작품 속 인물의 능력을 극대화하였으며 용감하고 정의로운 인물로 묘사하였다. 이러한 영웅주의 서사는 앞서 설명한 이데올로기 서사와 밀접한 관련이 있다. 자유주의 진영과 사회주의 진영의 대립은 영웅의 묘사에도 적지 않은 영향을 미쳤다. 한국의 전쟁 영웅은 비교적 근엄하고 말수가 적은 지휘관, 군인이다. 중국의 전쟁 영웅은 매우 적극적인 성격의 소유자로 작품에서 그들의 리더십을 많이 보여준다. 또한 개인주의에 입각한 자유주의 이데올로기는 한국 소설의 전쟁영웅 활약상을 한 개인의 관점에서 보여주고 있다. 하지만 집단주의에 입각한 사회주의 이데올로기는 중국 소설의 전쟁 영웅 활약상을 개인의 승리가 아닌 집단, 집체의 승리로 묘사하고 있다. 셋째, 휴머니즘 서사 경향으로, 중국에서는 한국전쟁 당시의 정치적 및 사회적 환경 등 객관적인 상황으로 인하여 작가들 가운데 몇몇 개인 작가를 제외하고 대부분이 휴머니즘 서사의 방식을 도입하지 않고 주로 이데올로기, 영웅 서사방식을 통해 작품을 전개했다. 하지만 중국의 작가 루링은 한국전쟁을 다른 중국 작가들과 달리 휴머니즘적 관점으로 묘사하였다. 한국의 한국전쟁 작품에는 중국 작품에 비해 휴머니즘 서사의 방식이 비교적 많이 등장한다. 최인훈의『광장』, 이범선의『오발탄』을 비롯하여 손창섭의「공휴일」,「비오는 날」등 많은 작품이 있다. 한국작품의 휴머니즘 서사의 특징은 주로 전쟁 이후 나타난 서민들의 어렵고 고통스러운 삶을 등장인물의 대화를 통해 서로 묘사하고 있다는 것이다.

중국의 한국전쟁 문학은 한국과 같이 매년 양적으로 계속 늘어나고 있는 추세이다. 하지만 문학예술의 다양성으로 볼 때 중국의 작품들은 아직 영웅주의적 기조와 인물의 격식화에서 크게 벗어나지 못하고 있다. 이는 작품 활동의 다양성과도 밀접한 관련이 있다. 한국전쟁을 주제로 작품을 서술하지만 인간의 생명에 대한 간접적인 체험을 선호하고, 전쟁에서 생명의 고귀함과 인간의 존엄성을 파악하지 못하며, 심지어 전쟁이 우리의 가정에 가져다준 상처와 아픔을 무시하였다. 따라서 중국의 한국전쟁문학 작품들은 주로 군사 지식의 보급과 역사 홍보의 역할을 할 수밖에 없으며 휴머니즘적 관점에서 독자들의 심금을 울릴 수 있는 여건이 너무나 부족하다.

한·중 양국의 한국전쟁 문학의 인물 형상화 양상과 서사 방식을 비교해 보면 커다란 차이가 나타나는 것을 알 수 있다. 서사방식에서 살펴보면 중국의 전쟁문학 서사방식은 상대적으로 한정되어 있다. 한국의 전쟁문학의 서사 방식은 다양하다. 그것은 한국전쟁 당시 중국의 종군기자들이 주로 북방 지역의 인민해방군 부대와만 접촉한 것과 관련이 있다. 그리고 중국 작가들은 한국전쟁 당시 한국말을 배운 적이 없어 조선의 인민군부대나 서민과 직접 교류할 수 없었다는 것도 중요한 원인 중의 하나로 볼 수 있다. 서사 주제의 깊이에서 보면 중국의 전쟁문학은 영웅주의 서사에 편중되어 있고, 한국의 전쟁문학은 휴머니즘 서사에 편중되어 있다. 전쟁문학 작품에서 인간성에 대한 관심을 가지고 전쟁이 인간에게 가져온 고통을 밝히는 것은 예술의 힘을 더욱 돋보이게 한다. 이러한 시각에서 볼 때 중국보다 한국의 전쟁문학은 진정한 전쟁문학에 훨씬 가깝다고 할 수 있다. 아울러 중국의 전쟁문학도 급변하는 시대에 발맞추어 좀 더 확장된 주제 의식과 다양한 인물묘사 방식으로 써지길 기대해 본다.

참고문헌

1. 국내문헌

1) 단행본

강원용, 『빈들에서: 나의 삶, 한국 현대사의 소용돌이』(1), 열린문화, 1993.

김동리, 「'흥남철수' 주변이야기」, 『김동리 문학전집』(8), 민음사, 1994.

김　송, 『永遠히 사는 것』, 민중서관, 1958.

김영민, 『한국문학비평논쟁사』, 한길사, 1992.

김영화, 『광장과 밀실의 상실』, 국학자료원, 1992.

김윤식, 『관념의 한계-崔仁勳論』, 일지사, 1981.

김윤식·정호웅, 『한국소설사』, 문학동네, 2000.

김인호, 『"광장"의 개작에 나타난 변화의 양상들』, 문학과지성사, 2004.

박덕은, 『현대소설의 이론』, 박영사, 1987.

박연희, 『소년과 '메리'라는 개』, 문화세계, 1953.

신영덕, 『한국전쟁기 종군작가 연구』, 국학자료원, 1998.

_____, 『한국전쟁기 남북한 소설의 한국군·북한군 재현 양상』, 전쟁과소설, 2007.

안병욱, 『휴머니즘의 개념』, 민중서관, 1973.

안수길, 『나루터의 탈출』, 자유평론, 1954.

유학영, 『1950년대 한국 전쟁. 전후소설 연구』, 대한교과서, 2004.

이범선, 『오발탄』, 명현출판사, 2010.

이정숙, 『한국 현대소설 이주와 상처의 미학』, 푸른사상, 2012.

이철범, 『선택할 수 없는 민족적 생의 비극-최인훈의 「광장」』, 종로서적, 1988.

조남현, 『한국 현대소설 연구』, 민음사, 1987.

정병준, 『한국전쟁: 38선 충돌과 전쟁의 형성』, 돌베개, 2006.

정비석, 『서북풍』, 보문출판사, 1953.

최인훈, 『최인훈전집』(12), 문학과지성사, 1994.

_____, 『광장/구운몽』, 문학과지성사, 2008.

하정일, 『분단 자본주의 시대의 민족문학사론』, 소명출판사, 2012.

홍성원, 『남과 북』, 문학과지성사, 2000.

2) 연구논문

구장률, 「휴머니즘론의 사적(史的) 전개 과정 연구」, 연세대학교 석사논문, 2001.

김일산, 「한국전쟁기 한·중 종군소설 비교연구」, 청주대학교 박사논문, 2013.

김상수, 「최인훈 "광장"의 불교 정서적 상징과 구성」, 『동아시아불교문화』 13, 2013.

사순옥, 「독일과 한국의 전후문학 연구: 하인리히 뵐과 이범선의 소설을 중심으로」, 『독일어문학』 8, 1998.

서동수, 「1950년대 소설에 나타난 죽음 의식 연구」, 건국대학교 박사논문, 2004.

서죽청, 「한국 전후소설의 휴머니즘 연구: 손창섭 "비 오는 날" 이범선 "오발탄"을 중심으로」, 한국교통대학교 석사논문, 2015.

성동민, 「남북한 전시소설 연구」, 동국대학교 박사논문, 2003.

신영덕, 「한국전쟁기 남북한 소설과 미군, 중국군의 형상화 양상」, 『한중인문학연구』, 2003.

신철하, 「문학·이데올로기·형식: 『광장』에 접근하는 한 방식」, 『한국학논집』 34, 2000.

송수경, 「페미니즘 관점에서 본 최인훈의 「광장」 연구」, 세종대학교 석사논문, 2004.

엄미옥, 「한국전쟁기 여성 종군작가 소설 연구」, 『한국근대문학』, 2010.

우림걸·왕보하, 「한국전쟁을 주제로 한·중 전쟁문학 비교연구」, 『한국현대소설』, 2012.

유학영, 「1950년대 한국 소설 연구」, 성균관대학교 박사논문, 1987.

윤의섭, 「한국과 중국 조선족의 한국 전쟁시 비교」, 한중인문학회 국제학술대회, 2007.

이영구, 「바진(巴金)과 한국전쟁문학」, 『외국문학연구』 25, 2007.

이정인, 「이범선 전후 소설 연구」, 연세대학교 석사논문, 2005.

이재선, 「전쟁체험과 50년대 소설」, 『현대문학』, 1997.

박재우, 「중국 당대 작가의 한국전쟁 제재연구」, 『중국연구』 32, 2003.

변화영, 「이범선의 "오발탄"에 나타난 월남인 연구」, 『건지인문학』 1, 2009.

배경미, 「이범선의 "오발탄"에 나타난 가족의식 연구: 가장(家長)의식을 중심으로」, 경남대학교 석사논문, 2007.

지덕상, 「"광장"의 개작에 나타난 작가 의식」, 고려대학교 석사논문, 1982.

조유미, 「최인훈의 「광장」 연구」, 청주대학교 대학원 석사논문, 2005.

차미숙, 「최인훈의 「광장」 연구: 모성회귀본능을 중심으로」, 원광대학교 석사논문, 2012.

최유진, 「최인훈의 「광장」에 관한 개작연구-초간본과 개작본 간의 거리 양상을 중심으로」, 동덕여자대학교 석사논문, 2000.

홍순애, 「최인훈 「광장」의 법의식과 시민적 윤리」, 『현대소설연구』 67, 2017.

홍정완, 「전후 재건과 지식인층의 '道義' 담론」, 『역사비평』, 2008.

2. 국외문헌

1) 단행본

古立高, 『不可阻當的鐵流』, 平民出版社, 1952.

克揚基, 『連心鎖』, 山西人民出版社, 1962.

路　翎, 『戰爭,爲了和平』, 中國文聯出版公司, 1985.

老　舍, 『無名高地有了名』, 人民文學出版社, 1955.

馬　加, 『在祖國的東方』, 作家出版社, 1955.

馬雲鵬, 『夜奔長白山』, 中國靑年出版社, 1959.

孟偉哉, 『昨天的戰爭』(上,中,下), 人民文學出版社, 1983.

謝雪疇, 『團指揮員』, 中國靑年出版社, 1954.

王世閣, 『火網』, 解放軍文藝出版社, 1976.

王慧芹, 『永遠向前』, 北京出版社, 1965.

楊　朔, 『三千里江山』, 人民文學出版社, 1953.

劉大爲, 『在藍色的天空上』, 北京出版社, 1959.

＿＿＿, 『在一個臨時病院裏』, 長江文藝出版社, 1979.

劉白羽, 『戰斗的幸福』(短篇小說集), 新華出版社, 1954.

陸住國, 『風雪東線』, 人民文學出版社, 1952.

＿＿＿, 『上甘嶺』, 人名文學出版社, 1953.

魏　巍,『东方』, 中国文学出版社, 1985.

魏巍·白艾,『長空怒風』, 中國靑年出版社, 1953.

張廣平,『雲嶺之戰』, 甘肅人民出版社, 1977.

鄭　直,『戰無名川』, 人民文學出版社, 1972.

巴　金,『英雄的故事』(短篇小說集), 平明出版社, 1953.

＿＿＿,『巴金散文精选』, 长江文艺出版社, 2017.

菡　子,『從上甘嶺來』, 江蘇人民出版社, 1978.

寒　風,『東線』, 人民文學出版社, 1955.

海　默,『突破臨津江』, 作家出版社, 1954.

和谷巖,『楓』(短篇小說集), 百花文藝出版社, 1954.

＿＿＿,『三八線上的凱歌』, 人民文學出版社, 1956.

2) 연구논문

姜艷秀,「論魏巍抗美援朝作品中的朝鮮形象」, 延邊大學 석사논문, 2009.

郭龍俊,「抗美援朝小说研究」, 贵州师范大学 석사논문, 2014.

雷岩岭·黄蕾,「温柔的光影:抗美援朝文学中的女性形象解析」,『名作欣赏』3, 2013.

廖四平,「魏巍"東方"綜論」,『渤海大學學報』3(哲學社會科學版), 2011.

薛玉琪,「抗美援朝文學英雄叙事研究--以「谁是最可爱的人」,『远东: 朝鲜战争』
　　　等个案为例」, 河北大学 석사논문, 2012.

閆麗娜,「抗美援朝文學研究-以1950年代"解放军文艺"为个案」, 河北大学 석사
　　　논문, 2011.

孫曉燕,「論路翎50年代的浪漫悲情戰爭小說」,『當代文壇』4, 2011.

牛林傑,「中韩当代文学中的朝鲜战争记忆」, 第十五届中国韩国学国际研讨会论
　　　文集, 2014.

李偉光,「論楊朔抗美援朝文學作品中的朝鮮形象」, 延邊大學 석사논문, 2009.

李宗剛,「巴金五十年代英雄敍事再解讀」,『東方論壇』1, 2005.

李宗剛,「抗美援朝战争文学中的英雄叙事分析」,『商丘师范学院学报』11, 2007.

張自春,「"革命英雄主義"與時代寫真一重評魏巍"東方"兼及作品獲"茅獎"後的修
　　　改問題」,『文藝理論與批評』3, 2016.

田　怡,「談魏巍的"東方"」,『語文學刊』9, 1985.

胡 繩, 「評路翎的短篇小說」, 『大衆文藝叢刊批評論文選集』, 新中華書局, 1949.

3. 항미원조 문학 기존 연구 및 작품 리스트

1) 기존 연구

姜艷秀, 「論魏巍抗美援朝作品中的朝鮮形象」, 延邊大學 석사논문, 2009.

郭龍俊, 「人性深處的探索——重讀路翎的'窪地上的"戰役"'」, 『周口師範學院學報』 30(06), 2013.

郭龍俊, 「抗美援朝小说研究」, 贵州师范大学 석사논문, 2014.

郭志剛·丁偉, 「"抗美援朝戰爭史"評說」, 『軍事歷史』 6, 2001.

杜國景, 「評常彬的抗美援朝文學研究」, 『粤海風』 4, 2014.

常 彬, 「抗美援朝文學敘事中的政治與人性」, 『文學評論』, 2007.

_____, 「抗美援朝文學中的域外風情敘事」, 『文學評論』 4, 2009.

_____, 「地緣政治下的災難敘事-抗美援朝文學論」, 『貴州作家』 9·10, 2010.

_____, 「異國錦繡河山與人文之美的故園情結—抗美援朝文學論」, 『河北大學學報』 35, 2010.

_____, 「北朝鮮作家筆下的朝鮮戰爭—1950年代中國報刊刊載一瞥」, 『河北大學學報』 6, 2012.

_____, 「面影模糊的"老戰友"—抗美援朝文學的"友軍"敘事」, 『華夏文化論壇』 2, 2012.

_____, 「敘事同構的中朝軍民關係—抗美援朝文學論」, 『河北學刊』 33, 2013.

_____, 「戰爭中的女人與女人的戰爭—抗美援朝文學論」, 『河北大學學報』 39, 2014.

常 彬·楊義, 「百年中國文學的朝鮮敘事」, 『中國社會科學』 2, 2010.

徐肖楠, 「解放的抗美援朝敘事精神」, 『理論與當代』 4, 2014.

薛玉琪, 「抗美援朝文學英雄敘事研究」, 『河北大學學報』, 2012.

孫海龍, 「域外戰爭中的"她者"—50年代中國抗美援朝文學中的朝鮮半島女性敘事」, 『東疆學刊』, 2014.

宋玉書, 「用感情與責任寫出的系列報道—「尋找抗美援朝烈士親人」評析」, 『記者搖籃』 11, 2011.

閆麗娜, 「抗美援朝文學中的"朝鮮戰地快板詩"」, 『大衆文藝』 8, 2010.

_____, 「抗美援朝文學硏究」, 『河北大學學報』, 2011.

牛林傑·劉霞, 「中韓當代文學中的朝鮮戰爭記憶」, 浙江大學韓國硏究所,第十五屆中國韓國學國際硏討會論文集·現代卷(韓國硏究叢書之六十), 浙江大學韓國硏究所: 浙江大學韓國硏究所, 2014.

姚康康, 「"組織寫作"與當代文學的"一體化"進程」, 『西北師範大學學報』, 2012.

_____, 「魏巍"誰是最可愛的人"的經典化道路」, 『鐘山風雨』 5, 2014.

柳　穎, 「戰爭中人道, 人情, 人性的多重探索─以王樹增"遠東:朝鮮戰爭"爲例」, 『才智』 18, 2014.

劉　宇, 「論路翎抗美援朝文學作品中的朝鮮形象」, 『延邊大學』, 2012.

劉　雲, 「抗美援朝文學的歷史功績」, 『軍事歷史硏究』 27, 2013.

陸文虎, 「60年非虛構戰爭文學的新標杆─讀王樹增"朝鮮戰爭", "長征"和"解放戰爭"」, 『解放軍藝術學院學報』 2, 2010.

李公昭, 「朝鮮戰爭:被遺忘的戰爭與未被遺忘的文學」, 『外國文學』 1, 2008.

李偉光, 「論楊朔抗美援朝文學作品中的朝鮮形象」, 『延邊大學學報』, 2009.

李宗剛, 「抗美援朝戰爭文學中的英雄敘事分析」, 『商丘師範學院學報』 11, 2007.

張　金, 「同場戰爭的"異質"書寫─中國"抗美援朝"小說與韓國"戰後"小說創作比較硏究」, 『河北大學學報』, 2017.

張自春, 「魏巍的"抗美援朝文學"創作」, 《文藝報》, 2015(5.22).

_____, 「深情禮讚"最可愛的人"」, 《太原日報》, 2016(7.20).

肖　鵬, 「抗美援朝輿論宣傳硏究綜述」, 『福建黨史月刊』 18, 2014.

崔銀姬, 「中美朝鮮戰爭小說中的英雄形象比較硏究」, 『延邊大學學報』, 2010.

韓　旭, 「中國當代小說中的美國軍人形象硏究」, 『湖南大學學報』, 2013.

侯松濤, 「抗美援朝運動中的詩歌─歷史視角下的品評與考察」, 『文化硏究』 1, 2016.

惠雁冰, 「複合視角·女性鏡像·道德偏向─論抗美援朝文學中的"朝鮮敘事"」, 『人文雜誌』 4, 2007.

2) 문학 작품

關　捷·關霄漢, 『鐵血軍魂108師在朝鮮』, 現代出版社, 2015.

江擁輝, 『三十八軍在朝鮮』, 遼寧人民出版社, 1996.

無記名, 『丹東市抗美援朝文學作品選』, 羣衆藝術出版社, 2010.

無記名, 『人民志願軍戰史簡編』, 解放軍出版社, 1986.

_____, 『抗美援朝戰爭史』, 軍事科學出版社, 2014.

孟偉哉, 『昨天的戰爭』, 人民文學出版社, 1976.

常　彬, 『抗美援朝文學敍事及史料整理』, 文學出版社, 2015.

王樹增, 『遠東-朝鮮戰爭』, 解放軍文藝出版社, 1999.

吳信泉, 『朝鮮戰場1000天』, 遼寧人民出版社, 1996.

楊得志, 『爲了和平』, 長征出版社, 1987.

徐　焰, 『第一次較量—抗美援朝戰爭的歷史回顧與反思』, 中國廣播電視出版社, 1990.

徐　焰·吳少京, 『抗美援朝戰爭畵卷』, 中央文獻出版社, 2000.

徐一朋, 『錯覺—108師朝鮮受挫記』, 江蘇人民出版社, 1996.

柴成文·趙勇田, 『板門店談判』, 解放軍出版社, 1989.

沈志華, 『毛澤東, 斯大林和朝鮮戰爭』, 廣東人民出版社, 2013.

沈志華, 『朝鮮戰爭: 俄國檔案文件』, 九州出版社, 2013.

葉雨蒙, 『朝鮮戰爭全景紀實』, 白山出版社, 2013.

李奇微, 『朝鮮戰爭—李奇微回憶錄』, 軍事科學出版社, 1983.

魏　巍, 『誰是最可愛的人』, 《人民日報》, 1951.

張嵩山, 『攤牌-爭奪上甘嶺紀實』, 江蘇人民出版社, 1998.

解力夫, 『朝鮮戰爭』(上下), 藍天出版社, 2015.

부록

「단원(團圓)」 역문과 원문

작품 「단원(團圓)」(巴金, 『上海文學』8, 1961.)은 항미원조전쟁의 종군작가 바진(巴金)의 작품으로 항미원조전쟁을 영웅주의 서사 방식과 영웅주의 휴머니즘 서사 방식으로 그려내고 있다. 「단원」은 출판된 후 인민들의 큰 반응을 얻고 결국 1963년 중앙영화국의 촬영계획서에 포함되고 영화로 만들어지게 된다. 본고는 중국의 항미원조전쟁 소설의 인물 형상화를 연구하면서 한·중 양국의 전문가, 교수님들의 의견을 종합하였고, 중국 내 인지도 및 소설의 특징을 면밀히 살펴본 결과 작품 「단원」이 본 연구에 가장 적합한 작품이라는 결론을 내렸다. 최근까지 국내에서 중국 소설에 대한 연구가 이루어졌지만 작품 「단원」에 대한 연구는 미비한 실정이다. 따라서 기존연구의 한계를 극복하고 향 후 중국소설, 중국 전쟁소설 연구 및 관련 연구의 발전을 위해 단원의 전체 번역본을 게재한다.

단원(團圓)

바진(巴金)

나는 왕 주임의 방에서 나왔는데 눈이 벌써 멎었다. 산비탈은 온통 새하얗다. 돌로 쌓은 산길이 일렬로 아래로 뻗어 내려갔다. 왕 주임은 산허리에서 산다. 나의 거처는 산 아래 있다. 나는 여기 군 정치부를 온지 이미 일주일이 지났다. 저녁 식사 후에 나는 주임과 산골짜기로 산책을 하곤 한다. 때로는 전투 이야기를 들으려고 그의 집에 가기도 한다. 왕 주임은 겨우 40대 초반으로 나보다 젊지만 그가 알고 있는 일들은 매우 많다. 그는 사람과 대화 나누는 것을 좋아한다. 신이 나면 두 시간을 단숨에 이야기할 수 있고 다른 사람의 말은 끼지도 못하게 한다. 나와 그는 일견여고라고 할 수 있다. 나는 병단 정치부의 소대장 계급장을 가지고 이곳에 그를 찾아왔는데 첫 대면에 열 마디도 안하고 그는 나를 '라오리 동지(老李同志)'[117]라고 불렀다. 그는 나를 나의 임시 숙소까지 바래다주고 작별할 때도 나를 '라오리'라고 간단히 불렀다. 나는 그와 함께 있는 것이 조금도 어색하지 않다. 내가 할 말이 있으면 솔직하게 말하고 잘못 말하면 그는 바로 나를 바로잡아 주었다. 내가 그에게 가르침을 청하면 그는 무조건 승낙한다. 만약 그가 시간을 낼 수 없다면 그는 그냥 나에게 시간이 없다고 말할 것이다. 내가 막 도착

---

117 '老'는 나이 많은 분의 성씨 앞에 부쳐 친한 호칭이다. '李'는 성이고, '同志'는 그 당시 사회에 사람 간에 상호 부르는 호칭이다.

했을 때 그는 통신원 한 명을 보내 나를 돌보게 하였다. 그도 나 혼자서 마음대로 여기저기 다니는 것을 허락해주었다. 그래서 나는 눈이 내린 이 밤에 그의 방에서 나왔는데 아무도 나를 집으로 돌려보내지 않았다. 그는 본래 그의 통신원에게 나의 하산을 돕도록 시켰는데 나는 혼자서 천천히 눈길을 걷는 것을 좋아한다고 말하고 그의 이번 호의를 사절했다. 그도 고집불통은 아니었다.

눈이 나의 그 육중한 가죽 부츠 밑에서 삐걱삐걱 소리를 냈다. 나는 거리가 멀지 않은 돌계단에 한 쌍의 발자국을 남겼다. 나는 좌우로 돌면서 온몸이 화끈거렸다. 방금 들은 지원군의 영웅 이야기를 떠올리고 너무 기뻐서 눈앞의 물건을 신경 쓰지 않게 되었다. 내가 막 걸을 때 신이 나서 나무에 부딪혔다. 실은 부딪혔다고 할 수도 없고 단지 오른팔이 나무에 기대서 나뭇가지에 앉은 눈이 약간 떨어져 내 얼굴에 묻어 있었다. 나는 고개를 들어 위를 올려 보았으나 발은 여전히 아래로 움직였다. 나는 눈이 닿은 언덕 위에 발을 디디면 몸이 불안정할 거라고 예상하지 못했다. 내가 급히 옆의 낮은 나무의 가지를 잡지 않았다면 아마도 아래로 굴러 떨어졌을 것이다.

내가 자리를 잡은 후 자신의 부주의를 자책하면서 손수건을 꺼내 얼굴의 땀방울을 닦아 내었더니 갑자기 "동지, 괜찮아요? 어디 다친 데 없나요?"라는 소리가 들렸다. 알고 보니 한 여자동지가 내 뒤에서 말하고 있었다. 나는 고개를 돌리지 않고 바로 "괜찮다오. 한 발 미끄러졌어요. 안 넘어졌어요."라고 대답했다.

뒤에서 "리린(李林) 동지였구나! 샤오류(小劉)는 오지 않았어요?"라고 물었다. 왕 주임이 나에게 보낸 통신원은 샤오류(유 씨라는 뜻)라고 부른다.

나는 이 여자 동지가 왕팡(王芳)이라고 부르는 것을 안다. 바로 그저께 오후 그녀가 업무를 보고하러 왕 주임 방에 가는데 마침 나도 거기에 있었다. 왕 주임이 나에게 그녀가 신문사에서 일하고 있다고 소개하며 통신 보도를 잘 쓴다고 했다. 그녀가 나를 알아봤으니 난 그저 "샤오류는 이 밑에서 날 기다리고 있다오. 난 지금 바로 들어가요"라고 대답했다.

그녀는 내게 손을 흔들어 "리린 동지, 여기 와서 좀 쉬세요."라고 친절히 말했다. 나는 그제야 그녀가 한 조수의 문 앞에 서 있는 것을 보았는데 이 음침한 집은 대부분 산 속에 숨겨져 있었고 방 안의 불빛은 검게 가렸다. 이 산비탈에는 이런 방이 아주 많은데 낮에는 한눈에 보이지만 밤에는 그다지 쉽게 분별하지 못한다.

"왕팡 동지, 감사해요. 그냥 들어갈게요. 다음에 다시 올게요." 나는 웃음을 머금고 대답했다. 그녀를 보지도 않았고 내 발은 다시 아래로 움직였다.

"잠깐만 기다려주세요. 제가 바래다드릴게요." 그녀는 말을 하다가 바로 언덕 아래로 뛰어 내려갔다. 나는 눈으로 덮은 하얀 돌계단을 내려다보고 있는데 그녀의 발자국 소리를 들었다. 나는 그녀가 나를 배웅하는 것을 원하지 않지만 그녀를 막을 수 없었다. 그녀는 이미 내 등 뒤로 걸어내려 오고 있었다.

"리린 동지, 나이가 적지 않으시니 앞으로 밤에는 꼭 통신원을 데리고 다니세요." 그녀는 관심 있게 말했다. 나는 그녀가 나를 집까지 데려다 주는 게 싫었고 그녀의 이러한 말투도 싫었다. 하지만 어린 소녀의 얼굴에 방금 페인트를 칠한 듯 눈동자와 군모 아래로 보이는 두 가닥의 까만 머리카락이 보이는 어린 소녀가 나한테 그런 말을 한다고 생각하니 좀 웃기기도 한다. 나는 다만 "필요 없다오. 금방 도착할 거라오." 다른 말은 하지 않았다. 산길은 그리 멀지 않았다. 그러나 나는 산기슭을 따라 한길을 가야만 비로소 나의 그 숙소에 도착할 수 있다. 나는 속도를 좀 올렸다. 나는 빨리 산비탈을 내려가서 돌아서서 그녀를 향해 "안녕히"라고 손짓을 했다. 그녀가 나를 위해 더 먼 길을 가지 않도록 할 생각이다. 그러나 그녀도 걸음을 재촉하여 따라 내려갔다. 그녀는 또 "리린 동지, 천천히 걸으세요." 그녀는 나를 보더니 마치 내 마음을 알아차린 듯 또 "내가 꼭 당신을 데려다 드리겠습니다"라고 말했다. 그녀는 이 말을 하고서 가벼운 미소를 지으면서 "당신은 우리 군의 손님이신데요."라고 설명을 덧붙였다.

내가 산 밑에 도착하자 그녀도 산 아래로 내려왔다. 나는 웃음을 머금고 그녀에게 "왕팡 농지, 감사하오. 이만 들어가요."라고 말했다. 그녀는 나를 보고 웃으며 "숙소까지 바래다드릴게요." 말했다. 나는 어쩔 수 없이 그녀와 같이 앞으로 걸었다.

우리는 불빛을 볼 수 없는 눈 쌓인 길을 걷고 있다. 나는 그녀가 끈질기게 나를 데려다 조고 있어서 따로 그녀와 말을 하지 않았다. 그녀는 웃으면서 "당신은 너무 정중하시군요. 눈이 얼어서 걷기가 힘들어요. 우리는 습관이 되었어도 가끔은 넘어져요. 우리는 괜찮지만 나이가 있으신 동지는 꼭 조심하셔야 돼요."라고 말했다.

나는 그녀의 호의에 감사하고 그녀에게 나의 습관을 자세히 설명했다. 우리는 이렇게 이야기를 나누면서 걸었다. 어느 새 내 숙소 입구에 도착했다. 통신원 샤오류는 온돌에 따뜻하게 불을 때서 나를 기다리다가 우리의 발자국 소리를 듣고는 얼른 밖으로 나와 나를 맞이했다.

나는 왕팡을 나의 방에 초대했지만 그녀는 들어오려 하지 않았다.

나는 샤오류를 보고 왕팡을 데려다 주라고 했지만 그녀도 사절했다. 그녀는 또 "리린 동지, 여기가 조용하군요. 여기 산 주변은 모두 아군인데 제가 무엇을 두려워하겠어요? 내일 뵙겠습니다!" 나한테 경례를 하고 말했다. 그리고 샤오류한테 "꼬맹아, 리린 동지 잘 돌봐라!" 하고는 몸을 돌려 가버렸다. 돌아가는 그녀의 발걸음은 경쾌했다. 그녀는 면 군복을 입었는데 결코 어리숙하거나 어색해 보이지 않았다.

"왕팡은 춤도 노래도 잘해서 동지들은 그녀의 다재다능함을 칭찬해요!" 샤오류는 입구에 서서 말했다. 이어서 "꼬맹이라니? 너도 나랑 나이가 똑같잖아!"라고 중얼거렸다. 그런 후에 그는 방수포 문발을 걷어 올리고 널빤지를 밀어 넣고 안으로 들어가 불을 붙였다. 난 뒤따라 들어갔다. 나는 샤오류가 아직 10대라고 말했던 것을 기억한다.

"그녀가 춤을 추는 것을 본 적이 있니?" 나는 입에서 나오는 대로 한마디 물었다.

"그가 예전에 문공단(文工團) 소속으로 공연을 할 때마다 절대 그녀를 빼놓지 않아요. 신장(新疆, 지역명)춤과 북을 치면 노래를 하는 것과 '왕아줌마 평화를 원한다'를 잘해요." 샤오류는 마치 무대 아래에서 열렬히 박수를 칠 때로 돌아간 것 같이 흥분하면서 말했다.

난 이상해서 샤오류에게 "그런데 왜 문공단에서 나갔어?"라고 물었다.

"수장님 모르세요?" 샤오류는 의아하게 되물었다. 이 활달한 젊은이가 내 이름을 부르는 것은 익숙하지 않았지만 나를 '수장'이라고 부르는 것을 나는 좋아한다. 나는 이 호칭을 위해서 그에게 몇 차례 의견을 제시한 적이 있다. 그러나 그는 단호하게 거절하고 고치지 않으니 나는 그를 더 이상 난처하게 할 수 없다. 그의 동글동글한 얼굴에 웃음을 못 볼 때가 한 번도 없다. 그래서 나는 못 들은 척해서 놔두었다.

"내가 당연히 모르지. 알면 왜 너한테 물어보냐?" 나는 입에서 나오는 대로 대답하였다.

"그녀가 넘어지면서 상처가 나서 한참 동안에 귀국했었어요. 돌아와서 바로 신문사에 가서 일하게 되었어요." 샤오류는 단지 간단히 두 마디 말을 하였다. 이번에 그는 웃지 않았지만 두 눈동자는 여전히 데굴데굴 회전하고 있다. 그는 구들 가에 앉아서 심하게 떨리는 촛불빛을 그의 동글란 얼굴에 계속 쏠어 버렸다.

나는 그의 말을 기다리고 있다. 그가 가만히 촛불을 바라보며 두툼한 입술을 다물었다. 나는 이 갱도 안에 유일한 의자에 앉아서 오른쪽 팔을 탁자의 한쪽 모퉁이를 눌렀는데 아무것도 생각지 않고 단지 소리를 내서 그에게 "계속 말해봐"라고 재촉했다.

"정말 대단해요. 넘어져 다리가 부서지고 피가 줄줄 흘렀지만 앓는 소리 한 번도 내지 않았어요. 당초에 그녀를 귀국시킬 때 우리 모두는 매우 괴로워하며 그가 다시 오지 않을 줄 알았어요. 3개월도 지나지 않아 그녀가 돌아왔어요. 누구도 상상하지 못했어요." 샤오류는 말을 더듬는다. 웃음이 순식간에 그의 동글란 얼굴로 돌아왔다. "그날 저는 그녀가 돌아왔다는 말을 듣고 도랑 입구에서 그녀를 기다렸는데 차가 한밤중이 되어서야 도착했어요. 문공단의 여러 동지도 입구에서 기다리고 있었어요. 차가 막 멈추자 그녀가 차에서 내리려고 하자 여자 동지들이 우르르 몰려가 그녀를 껴안았어요. 그녀들은 울고 또 웃었어요. 나는 그녀의 배낭을 받아서 문공단에 보냈어요. 나중에 그녀를 감싸 안았던 사람들이 흩어지자 그녀는 비로소 나를 보고서 나의 손을 꼭 잡으며 "꼬맹이야, 너 여전히 이렇게 뚱뚱해"라고 말했어요. 나는 그녀가 조금도 변하지 않는 것을 보고 마음이 매우 기뻤는데 그에게

"왕팡 동지, 계속 우리에게 노래를 불러주실 겁니까?"라고 물었어요. 그녀는 싱글벙글 웃기 시작했어요. 그는 "내가 왜 안 부르지? 나는 많은 신곡을 배웠어. 내가 꼭 여러분들에게 노래를 불어드릴거야"라는 말을 남겼어요. 이틀이 지난 후 우리 군대는 야회를 열어 조국에서 온 수장들을 환영하고 새로운 프로그램을 추가했는데 바로 그녀가 〈천안문 앞에서 만나자〉를 불렀어요. 다들 기를 쓰고 열심히 박수를 쳐서 손이 빨갛게 변했어요. 샤오류는 간절히 나를 바라보고 "수장님, 제가 그녀를 대신해 그녀를 선전하는 것이 아닙니다. 정말 노래를 잘 하니 귀담아 들어주세요."라고 말했다.

"그래" 나는 고개를 끄덕이며 웃으며 말했다. 사실 나는 그가 나에게 홍보를 한다고 생각했다. 나는 "그녀가 문공단을 떠났잖아?"냐고 다시 물었다. 그가 대답하기 전에 나는 또 "그녀가 어떻게 넘어져 다쳤는지 아직 말하지 안았다."라고 덧붙였다.

"그녀는 전선의 갱도로 위문하러 갔잖아요?" 샤오류가 갑자기 큰 소리로 말했다. "문공단은 늘 전투부대에 가요. 때로는 갱도로 가서 병사들에게 노래를 불러 주기도 해요. 여동지가 부대에 도착하면 늘 병사들의 옷을 빨거나 수선하고 이불을 뜯어 빨 것을 도와줘요. 누구도 그녀들에게 이런 일을 하지 말라고 막을 수 없습니다. 설령 옷을 숨겨도 그들이 꼭 찾아낼 수 있어요. 제가 그때 제5중대에 통신원으로 있었는데 왕팡이 우리 중대에 와서 공연했습니다. 우리가 갱도에 들어간 지 석 달 동안 문공단의 공연을 보지 못해 병사들은 매우 흥분했어요. 작은 갱도에서 춤을 출 수 없으니 그들은 노래를 부르며 재담을 해주었어요. 갱도 안에 등불을 켜고 또 촛불을 켰는데 열 여 명 병사들이 온돌 위에 몰려 있어서 아무 소리도 나지 않아요. 문공단에 온 사람은 많지 않지만 프로그램은 정말 많습니다. 남자동지가 속판을 부르고 재담을 하고 여자동지가 노래를 부르니 프로그램마다 모두 흥미진진합니다. 그러나 병사들은 시간이 너무 빨리 지나가서 금방 끝날 것 같다는 생각을 해요. 여러분은 늘 '하나 더! 하나 더!'를 외치며 요구했어요. 병사들이 요구하면 바로 프로그램을 하나 추가하고 목이 쉬었으면 쉰 목소리로 계속 노래를 불러줍니다. 나중에 여자동지의 목이 다 나갔는데 왕팡만 목이 아직 멀쩡해서 마지막에 우리에게 큰 북소리인 〈신면복(新綿衣)〉을 불러주었어요. 우리는 막 조국에서 보내준 솜옷을 입었어요. 그녀가 조국의 가족들이 솜을 꿰매고 솜옷을 보내는 마음을 한 마디 한 마디 담아 우리에게 말했고 우리는 감동을 받았어요. 노래를 부르니 우리의 마음이 정말 따뜻해졌어요. 그녀가 노래를 잘한다고 칭찬하지 않은 사람이 한 명도 없어요! 문공단이 우리 중대에서 며칠 묵었는데 모든 병사들은 거의 다 노래를 들었습니다. 왕팡의 목소리는 노래할수록 더 좋아요. 그녀는 초소에 있는 병사들이 아직 노래를 듣지 못했다는 말을 듣고 바로 그 사람들을 찾아 뛰어나가 직접 노래를 불러 그들에게 들려주었습니다. 처음에는 제가 제2소대 병사인 샤오차오(小曹, 병사의 이름)한테서 들었는데 저는 그를 믿지 않았어요." 샤오류가 여기까지 말하고서는 스스로 참지 못하고 먼저 웃었다. "수장님, 저는 그때까지 이렇게 노래 부르는 것을 듣지 못했어요. 제가 생각나면 너무 웃겨요. 그러나 샤오차오는 아주 진지하게 계속 말했습니다. '그날 하늘이 어두워지자 보초를 서고 있었고 문공단의 그 여동지가 와서 "동지, 수고했어요! 저는 군 문공단원입니다. 군 수뇌부가 저희를 보내 당신들을 위문합니다. 당신이 당신의 임무를 수행하고 나는 당신을 방해하지 않을 거예요. 노래 한

곡 불러줄게요. 바로 옆에서 부릅니다. 당신만 들을 수 있을 겁니다." 그녀는 정말 작은 소리로 노래를 불렀는데 한 곡 부르고 한 곡 더 불렀어. 날이 어두워지자 그녀는 비로소 걸음을 돌렸어.' 샤오차오는 또 '나는 산머리에 서 있는데 온몸이 훈훈하고 온몸이 나른해져 밤새도록 듣기 좋은 노래가 들리는 것 같아'라고 말했습니다. 적들이 몰래 뛰어올 수 있으면 좋겠다. 그럼 내가 포로 한두 명을 잡아 군 수뇌부의 관심에 보답하기를 바란다.'고 말했습니다."

샤오류가 갑자기 멈추었다. 나는 다시는 그를 재촉하지 않겠다. 나는 이미 그의 마음을 알아차렸다. 그는 평상시에는 말이 많지 않지만 감정이 격해질 때는 반드시 마음속의 말을 전부 털어내야 한다. 그가 무슨 말을 마음속에 담아두면 밤에는 잠꼬대를 할 것이다. 내가 있는 동굴에는 온돌 위에 네 사람이 자도 된다. 내가 아침에 그에게 물어보자 그는 곧 솔직하게 나에게 그의 아버지가 형과 싸우고 잘 지내지 못한다고 말했다. 형은 촌 간부로 일을 매우 열심히 한다. 아버지 생각은 안중에도 없고 하루 종일 개인의 이익만 챙기고 매사에 다른 사람의 배려를 요구하며 늘 형에게 트집을 잡는다.

"그는 늘 '나는 군인 가족이야. 우리 정청이 뭐 때문에 조선으로 가는데? 뭐 때문에!' 제가 조선에 온 것은 우리 집을 위한 것도 아니고, 저 양근쓰(楊根思)가 폭약을 들고 적과 함께 죽었는데 눈썹도 한 번 찡그리지 않는데 제가 뭔데요? 군인 가족은 솔선수범해야 마땅합니다! 본인은 힘이 있고 걸을 수 있고 일할 수 있는데 잘 돌봐달라는 말에 창피하지도 않습니까?"

이번에 그와 많이 얘기했다. 그는 집에서 온 편지를 받고 마음이 언짢아 말하지도 못하고 이상한 꿈을 꾸었다. 나는 "네가 편지를 써서 집으로 보내. 자네 아버님을 설득해봐. 도리를 많이 얘기해 주면 그도 알게 될 거야." 그는 결국 나의 말을 듣고 그의 아버지께 편지를 써주었다. 그리고 편지를 나에게 읽어주었다. 농촌에서 온 이 젊은이는 문화 수준이 결코 낮지 않다. 그는 그가 막 입대했을 때 겨우 7, 8백 자를 알았다고 말했다. 그가 부대에 도착한 후 많은 발전이 있었음을 알 수 있다.

양초가 거의 다 타니 심지를 비스듬히 드리우고 촛농이 아래로 흘러내리기 시작했다. 샤오류는 급히 일어나 손가락으로 그 뜨거운 촛농을 당겨 땅에 버렸고 눈썹 한 번도 찡그리지 않았다. 그는 탁자 앞에 서 있다가 중단한 얘기에 이어서 "우리 중대의 제1소대가 전선 맨 앞에 주둔하여 문공단 동지는 꼭 그곳에 가서 공연을 하려고 합니다. 지도원이 나에게 그들을 데리고 가라고 했어요. 이 구간을 걷는 것은 결코 쉽지 않아요. 그들은 막 도착해서 쉬지도 않고 노래를 불렀어요. 그곳의 동굴 안에는 아주 낮아서 여자 동지는 온돌에서 꿇어앉아 노래하고 있었어요. 만담하는 사람이 온돌 위에 쪼그리고 앉아 연출했어요. 온돌이 안 되면 미끄러우면서도 습한 바닥에서 공연합니다. 왕팡이 공연하는데 북 받침대를 펼치지 못하면 남자동지에게 북을 받쳐 달라고 부탁했어요. 최전선에 가서 왕팡은 적진 앞에서 노래를 불렀는데 병사들이 모두 만족할 정도로 노래를 불렀습니다. 모두들 '동지여, 노래하나 더 하세요. 강 저쪽의 적도 좀 들려주자고 말합니다. 두 번째 노래를 아직 다 부르지 못했는데 적의 포탄이 날아와서 갱도가 계속 흔들렸어요. 그러나 왕팡은 눈썹도 찡그리지 않고 노래를 더욱 신나게 불러주었어요. 우리는 몇 개 소대에서 하루를 머무르다가 날이 어두워지자 비로소 중대로 돌아갔어요. 병사들은 문공단 동지의 손을 꼭 잡고서 놓으려 하지 않았어요. 우리는 멀리 가지 못해 가랑비가 내렸어요. 산길은 더욱 걷기가 어려웠습니다. 도중에 적들이 연이어 포탄을 몇 발 쏘자 매우 심하게 흔들렸어요. 왕팡의 북이 받침대와 같이 산 아래로 떨어졌어요. 그녀는 급한 김에 북소리를 따라 찾으러 내려갔어요. 저는 앞에서 길을 안내하고 있는데 다른 사람이 왕팡에게 내려가지 말라고 하는 것을 듣고 얼른 돌아서서 그녀를 찾고 있었습니다. 근데 이미 늦었어요. 그녀는 엉덩방아를 찧어 아래로 떨어졌어요. 나는 그녀의 외치는 소리를 듣지 못했고 단지 다른 사람의 외치는 소리만 들었어요. 우리는 그녀가 어떻게 떨어졌는지 분명하게 말할 수 없어요. 내가 내려가서 그녀를 찾았는데 그녀의 왼쪽 다리가 바위에 부딪쳐 부상을 입었어요. 그녀가 나한테 업히지 않으려고 하다가 나를 의지를 꺾을 수 없어서 비로소 나에게 업혔어요. 단숨에 그녀를 중대까지 업어가서 위생원과 함께 그날 밤 의료소로 갔어요. 나는 지도원한테 '저보고 그들을 돌봐주라고 지시했는데 제가 부상자를 업고 돌아와서 임무를 완성하지 못했습니다.'라고 반성했어요. 전사들은 왕팡이 넘어져 상처를 입었다는 소식을 듣고 잇달아 대표를 파견하여 위로의 편지를 보냈으며 모두들 그녀를 대신해서 복수를 다짐하였어요. 지도원이 저의 요구에 동의해서 저를 보고 의료소에 가서 그녀를 병문안하러 가도록 했어요. 저는 제 형수님이 제게 꿰매준 위문주머니[118]도 가지고 갔어요. 그녀는 병상에서 누워있는데 안색도 좋지 않고 사람도 말랐어요. 옆에 또 다른 문공단의 여자 동지가 있어서 저는 웃을 수도 없고 말할 수도 없었어요. 저는 위로 편지를

---

118 위문품이 들어있는 주머니나 봉투를 가리킴.

건네주고 위문 봉투를 그녀에게 주면서 자신도 모르게 눈물이 흘러내렸어요. 저는 몸을 돌려 가려고 하는데 도리어 그녀가 저를 불렀어요. 그는 '꼬맹이, 왜? 멀리서 뛰어와도 말 한마디 안 하고 있는데 그게 무슨 뜻이냐'고 말했다. 저는 그녀 앞에서 눈물을 닦고 반성하기 시작했어요. 제가 막 시작하자 그녀는 웃으며 제 말을 끊었어요. 그녀는 '동지야, 당신이 나를 저 멀리서 업고 왔는데 난 아직 감사하다는 말도 못하고, 당신 여기 와서 나에게 반성하라고 하는거야? 그럴 리가 있겠어요? 돌아가서 동지들에게 내가 괜찮다고, 다 회복하면 계속 동지들에게 노래를 불러 드릴 거라고 말을 좀 전해주세요.'라고 말했어요. 제가 떠나려고 할 때 그녀는 저 보고 좀 가까이 서라고 했는데 그녀는 노래로 저에게 감사한다고 했어요. 저도 그 여자 동지도 그녀에게 노래하지 말라고 권했지만 그녀는 '내 다리는 다쳤는데 목은 다치지 않잖아요. 작은 소리로 조금 부르면 괜찮겠죠.'고 했어요. 저는 침대 끝까지 걸어갈 수밖에 없었어요. 그녀는 정말 작은 소리로 노래하기 시작했어요. 그녀가 부르는 것은 '조국을 노래하라'인데요. 그녀가 곧 노래를 다 부르려고 하자 여자 동지는 저에게 입을 삐죽거렸어요. 그녀의 노래가 멈추자 저는 작별을 하고 갔어요. 제가 안 가면 그녀는 계속 노래 불러줄 것 같아요. 그녀가 노래를 하니 신나하고 얼굴도 혈색이 좋아지는 걸 나는 봤는데 노래를 부르니 힘들어 보여요"고 말했다.

샤오류의 이런 설명에 대해서 나는 큰 흥미를 느꼈다. 나는 이야기가 길어서 싫지는 않지만 무슨 다른 일이 생겨서 그의 말을 끊을까봐 걱정된다. 갑자기 우리 머리 위에서 큰 천둥이 치는 소리가 나더니 동굴은 누군가 밀고 당기는 듯이 계속 몇 번 휘청거렸다. 탁자 위에 있는 반 토막의 촛불이 넘어졌는데 나는 얼른 일으켜 세워 촛농으로 그것을 고정시켰다. 적들이 또 불의의 공격을 가하고 있다. 샤오류는 문 앞에 가서 문을 꼭 닫은 후 온돌에 앉았다. 그는 내가 재촉하지 않았지만 계속해서 말했다.

"얼마 지나지 않아 저는 군으로 전입되어 왔어요. 저는 그녀가 치료를 받기 위해 귀국한다는 말을 들었어요. 저는 정말 그녀를 걱정했어요. 저는 여전히 내가 그날 그녀를 잘 보살펴 주지 않았다고 자책해요. 저는 문공단에 그녀가 탄 차가 출발할 시간을 알아봤어요. 5번 수장님이 그녀를 배웅하러 갈 줄은 생각지도 못하고 저는 따라갔어요. 그녀는 사람들을 차에 오르게 했어요. 문공단의 많은 동지들이 모두 현장에 있어요. 그녀는 들것에 누워 5번 수장님이 오는 것을 보고 매우 기뻐했어요. 5번 수장님은 그녀에게 안심하고 병을 치료하라고 얘기했어요. 그녀는 '5번 수장님, 제가 완치되면 돌아올 수 있게 허락해주신 것 맞죠?' 저는 꼭 돌아오겠습니다!'고 연거푸 말했어요. 5호 수장님은 그녀의 손을 잡으며 "꼬맹이야, 우리는 모두 너를 기다릴 거야"고 말했어요. 그녀는 평소에 저를 '꼬맹이'라고 불렀는데 지금은 어떤 사람이 그녀를 '꼬맹이'라고 불렀어요. 정말 웃겨요. 5번 수장님은 여러 번 '꼬맹이'라고 불렀어요. 그녀는 저를 보고 '꼬맹이'라고 부르자 자신도 참지 못하고 웃었어요. 그녀를 보내는 사람이 적지 않은데 저에게 단지 두, 세 마디의 말을 했어요. 그는 '꼬맹이야, 안녕. 다시 돌아오겠다. 나는 네가 공을 세웠다는 소식을 기다릴게'라고 말했어요. 그녀는 고통이 하나도 없어 보여요. 그러나 저는 그녀가 너무 아파서 늘 꿈에서 깼다는 이야기를 들었어요. 문공단 동지들은 그녀와 더욱 다정하게 작별 인사를 했어요. 차가 막 출발하려고 할 때 그녀는 큰소리로 '조국을 노래하라'를 불렀고 동지들은 그녀를 따라 노래를 불렀는데 모두가 신나게 노래를 잘 부르고 있을 때 차가 덜컹거렸어요. 우리는 노래를 부르면서 손을 흔들었어요. 노래가 끝나자 차가 이미 멀리 가서 사라졌죠. 어떤 여자 동지들이 눈을 비비고 있어요. 5호 수장님은 한마디도 하지 않다가 모두 뿔뿔이 흩어지고 나서야 천천히 돌아갔어요."

나는 샤오류가 왕 주임을 이야기하는 것을 듣고 마치 짙은 눈썹과 큰 눈을 가지고 수염이 온 볼에 있는 넓은 얼굴을 본 것처럼 한다. 그가 입을 굳게 다물고 있는 표정을 상상하기 어려웠다. 그날 나는 그의 방에서 왕팡을 만났는데 그는 나에게 "그녀가 매우 좋고, 좋은 동지야"라고 소개하였다. 그는 한 번만 그녀를 '꼬맹이'라고 부르는 것에 그치지 않는다. 그에 대한 그녀의 태도를 나는 기억했다. 비록 그녀가 먼저 숙소 밖에서 "보고"라고 부른 후에 들어와서 경례를 하는데도 불구하고 대화중에 줄곧 그를 "5호"라고 불렀다.

"다음 날 문공단의 어느 동지가 저에게 물건 가져왔어요." 샤오류의 목소리가 나의 사색을 끊고 내 마음을 끌어당겼다. "그 물건을 받고 봤더니 제가 왕팡에게 준 위문 봉투인데 바로 제 형수님이 제게 꿰매 준 위문 주머니였어요. 그리고 왕팡이 쓴 편지 한 통이 있어요. 편지에 담긴 말은 많지 않았어요. 이것은 그녀가 나에게 준 기념품으로 이 봉투보다 더 좋은 선물을 찾을 수 없다고 말했어요. 저한테 그녀는 걱정 말라고 꼭 돌아온다는 말이었어요. 그녀가 이렇게 빨리 돌아오는 것을 누구도 상상하지 못했어요. 그녀는 여전히 그렇게 노래를 잘 부르고 하루 종일 기뻐했어요." 샤오류는 여기까지 이야기하며 유쾌한 웃음을 터뜨렸고 나는 그가 웃는 얼굴을 보니 분명 가장 신이 난 장면을 상상하고 있을 것이다. 나는 끼어들고 싶지 않았다. 그가 많이 얘기를 했으니 좀 쉬어야 한다.

다음 날 오후 왕 주임을 만났다. 나를 보자마자 "라오리, 앞으로 꼭 조심하오. 넘어져 다쳤는데 어떡하지?"라고 했다. 난 그저 웃고 있을 뿐이다. 그는 또 "내가 샤오류에게 어딜 가든지 당신을 따라가라고 명령을 내릴 거야."라고 했다. 나는 대답하지 않고 그를 바라보며 "왕팡의 입은 정말 가볍다"고 말했다. 그는 갑자기 하하 웃었다. 그는 아주 재밌게 웃었다. 마치 얼굴에 수없이 많은 수염도 피부에 따라 춤춘 듯 웃었다.

"꼬맹이가 나한테 진지하게 의견을 말할 줄은 생각지도 못했지. 당신이 어디를 다쳤으면 내가 정말 꼬맹이에게 반성해야겠다." 왕 주임은 웃음을 참으며 내게 말했다. 그가 왕팡을 지칭하는 것을 알고 바로 샤오류의 이야기가 떠올랐다. 나는 화제를 왕팡으로 돌렸다.

"왕팡이 노래를 잘 불렀다면서?"

"모두들 이렇게 말해. 나도 듣기를 좋아해. 당신은?"

그는 내가 왕팡을 두 번만 만나던 것을 잊어버렸다. 그녀가 노래하는 것은 커녕 그냥 흥얼거리는 것도 들을 기회가 없었다. 그러나 나는 이 사실을 언급하지 않고 이 기회를 타서 "그런데 왜 그녀를 문공단으로 보내지 않느냐? 그녀의 목청이 다친 것도 아니고" 말했다.

왕 주임은 내 말에 경이로움을 느끼지 않고 "라오리, 당신 샤오류의 홍보한 것 때문에 그러지. 왜 왕팡 본인에게 묻지 않느냐?" 웃으면서 말했다.

그의 이 말은 나의 입을 막았다. 나는 웃을 수밖에 없었다. "당신은 수장이잖아. 당연히 당신한테 물어봐야지" 말을 덧붙였다.

그는 나를 보다가 내 말을 알아듣지 못한 듯 갑자기 입구로 가서 절반의 종이창이 있는 널빤지를 밀치고 "우리 내려가서 산책을 좀 하자"고 했다. 나는 그를 따라 산중턱에 숨겨 있는 이 방에서 나왔다. 내가 오늘 산을 오르는 시간은 어제와 비슷하지만 하산한 시간은 어제보다 좀 일렀다. 아직 날이 어둡지 않고 산비탈은 여전히 온통 새하얗고 구불구불한 산길만이 검게 보이다. 돌계단 위의 눈 더미는 이미 치웠다. 관목 가지 위에 쌓인 눈도 다 흩어졌다. 나는 왕 주임의 뒤에서 질척질척한 산길을 따라가다가 한 계단씩 아래로 내려갔다. 찬바람이 나의 얼굴을 콕콕 찌르니 나도 미간을 찌푸렸다. 그러나 왕 주임은 내 앞에서 노래를 흥얼거리기 시작했다. 그가 작은 소리로 "조국을 노래하라"를 부르는 것을 단번에 알아챘다. "왕팡이 즐겨 부르는 노래 아닌가요?" 나는 막 "왕 주임…"이라는 세 글자를 말하려고 했는데 내 오른손에 갑자기 늘어진 나뭇가지가 잡혀서 급히 서 있었다. 그는 고개를 돌려 "라오리, 왜 그래?"라고 놀랍게 물었다.

"바로 여기야. 나는 어제 여기에서 넘어질 뻔했어."라고 내가 이렇게 그에게 대답했다. 그가 단지 "아~" 하고 말했을 뿐이다. 우리 두 사람은 약속이나 한 듯 가볍게 고개를 들어 위에 멀지 않은 방을 보았다. 문과 창문만 보이는 그 집이 바로 신문사이다. 방수포를 내려주지도 않고 널빤지도 채우지 않아 사람들이 그곳에서 일하고 있다.

"라오리, 방심하면 안 된다. 저 꼬맹이 같은 민첩한 사람도 다쳤는데. 당신은 막 조국에서 왔는데 넘어 다치면 내가 어떻게 조국 국민들을 대할 수 있겠느냐"고 왕 주임은 갑자기 엄숙하게 말했다. 나는 오로지 입으로만 응대하면서 한편으로는 조심스럽게 발걸음을 돌리면서 (내가 넘어질까 봐) 나에게 대답해 주기를 기다렸다(그의 말을 끊고 싶지 않다). 그러나 우리는 산 아래까지 걸어왔고 그는 아무것도 말하지 않았다.

우리는 도랑 입구로 가고 있는데 나의 숙소로 가는 방향이 아니다. 길에 쌓인지 이틀 된 눈이 이미 얼었다. 사람들의 신발로 미끈미끈하게 깎이었다. 나는 이런 '유리길'에 익숙하지 않아 느리고 힘겹게 걷고 있다. 왕 주임은 걸음이 빠르고 매우 침착하다. 그는 내가 뒤떨어질 것을 알아차리고 그만 멈춰 서서 "내가 여러 번 조심하라고 했지만 이렇게 안 좋은 길로 안내했다. 당신의 숙소로 가는 길은 이렇지 않아. 샤오류가 이미 다 치웠어." 그는 손으로 앞에 있는 '항미정(抗美亭)'를 가리키면서 "거기까지 가자. 오늘 도랑 입구에 가지 말자"고 말했다. 나는 정치부에 온지 얼마 안 돼 그의 안내로 거기에 가서 구경해 본 적 있다. 우리 두 사람은 병사들이 만든 간단한 나무 의자에 앉아서 맞은편의 산을 바라보며 "괜찮지? 여기는 우리의 관경지다. 봄에는 꽃을 구경하고 가을에는 단풍을 구경하며 겨울에는 눈을 구경해. 조국의 쑤저우(蘇州)와 항저우(杭州)보다 못하지만 여기는 전쟁터잖나"라고 말했다.

나는 그를 따라 돌계단을 올라가 항미정에 들어갔다. 초가처마 밑에 있는 가로된 목판에 쓰인 세 글자가 바로 그가 쓴 것이다. 여기는 원래 한 농부의 집이었는데 적의 포탄에 맞아서 망가졌다. 부대가 이 산골짜기에 살게 되자 바로 이런 정자로 만들었다. 나는 걸상에 앉아 오른 팔로 탁자를 누르고 맞은편 산에 흰 바탕에 푸른 꽃 모양인 융단을 바라보던 중 갑자기 비행기 소리가 들렸다. 나는 눈길을 돌려 적기를 찾아보았는데 한 대도 찾지 못했다.

"라오리" 왕 주임은 친절하게 나를 불렀다. 나는 한마디 대답을 하

고 바로 얼굴을 돌려 그를 봤다. "당신은 정말 호기심 많아. 업무변경
도 잦은 일이잖아……" 그는 갑자기 억양을 바꿔 큰 소리고 "꼬맹이,
어딜 가다왔어?"

나는 놀라서 그의 눈빛을 따라가다가 왕팡이 아래에 서 있고 양쪽
뺨이 빨갛게 얼어있는 것을 봤다. 그녀가 도랑 방향에서 걸어왔다. 그는
고개를 들어 "저는 원고를 찾으러 문공단에 가다왔어요." 이어서 웃음
을 지며 "5호, 여기서 설경을 감상하고 계세요? 풍경이 대단하군요."

"꼬맹이야, 내가 라오리에게 네 얘기를 하고 있어." 왕 주임이 장난
으로 말했다. "네가 직접 와서 얘기할래?"

왕팡은 고개를 저으며 두 변발도 머리를 따라 흔들었다. 그녀는 빙
그레 웃으며 "전 안가요 전 얘기할 게 없어요. 5호가 나를 명령한다면
저는 반성하는 말 밖에 없습니다."

"그래. 반성이라도 해봐. 나도 좀 듣게" 왕 주임은 계속 장난을 쳤다.
그의 목소리와 표정을 통해 부성애 같은 감정을 알아차렸다.

"5호, 다음에요. 저는 즉시 신문사로 돌아가야 해요. 그들이 아직
저를 기다리고 있어요. 왕팡은 웃으며 대답했다. 그녀가 손에 쥐고
있는 원고를 머리 위로 올려 흔들었고 몸을 돌려 우리가 온 방향으로
갔다. 그의 걸음이 그리 느리지 않다. 두 변발이 등 뒤에서 가볍게
휘둘렀다. 나는 그녀의 왼쪽 다리가 다쳤던 상처를 알아채지 못했다.

왕 주임은 웃음을 머금은 채 그녀의 뒷모습을 바라보며 정이 들게
"꼬맹이는 결국 꼬맹이다"라고 중얼거렸다.

나는 그 말의 뜻을 이해하지 못하고 그에게 "왕팡을 이야기하는
거느냐"고 물었다.

그는 고개를 끄덕이며 "그래"하고 얼굴을 돌려 나를 바라보니 마치

내 마음을 뚫어지게 쳐다보는 것 같았다. 그는 갑자기 "라오리, 꼬맹이
가 누구를 닮았지?"라고 물었다.

나는 그의 물음에 막혔다. 어떻게 생각해도 도저히 왕팡과 생김새
가 비슷한 사람을 찾을 수 없었다.

"꼬맹이는 그의 어머니와 똑같아."라고 그는 나의 대답을 기다리지
않고 계속해서 말했다.

"당신이 어떻게 알아?" 나는 이 말을 꺼내려고 하다가 결코 말을
하지 않았다. 하지만 나는 "그러면 그녀의 어머니를 본 적이 있느냐?"
고 물었다.

"당연히 봤었지. 그녀의 어머니는 바로 내 마누라다. 왕 주임이 서
슴없이 말했다. 그는 얼굴을 돌려 천천히 그의 수염을 긁었다. 또 맞은
편의 산 경치를 바라보며 무슨 걱정거리를 생각하고 있는 것 같다.

나는 멍해 있다가 몇 분 지나서야 "그러면 그녀는 당신의 딸이냐"고
물었다.

그는 그 빛나는 새하얀 산꼭대기를 바라보며 내 물음 소리를 듣고
나에게 "그녀는 아직 모르는 거야"라고 얼굴을 나에게 돌려 대답했다.

나는 이해가 되지 않으니 다시 물었다. "왜 그녀에게 알려주지 않으냐?"

그는 미소 지으며 조용히 말했다. "날 위해 조급해 하지 마라. 때가
되면 자연히 알거야."

"그녀의 어머니는? 어머니도 모르나?"

나는 그가 웃음을 거두는 것을 보았다. 그가 힘주어 수염뿌리를 긁
었다. 양쪽 뺨을 모두 붉혔다. 그는 두 눈썹을 찡그리고 갑자기 "라오
리"라고 불렀다. 내가 막 응답하자 그는 이어서 "당신은 무조건 끝까
지 묻겠다는 것 알지만 내 입을 다물지도 못하고. 지난 일을 다시

얘기하면 언제나 즐겁지는 않아. 벌써 20년이 다 되어가."라고 말했다. 근데 그냥 어제 발생한 일인 것 같아. 나와 꼬맹이의 어머니는 북방에서 상하이로 막 도착했는데 어떤 사람의 소개로 내가 한 인쇄공장에 가서 일하게 되었어. 우리는 다락방에 살고 고생한 것은 말할 필요도 없고 곳곳에서 수모를 겪었어. 그때 상하이는 돈 많은 사람들의 세계였으며 제국주의자들과 순경 그리고 건달들이 여기저기 날뛰었다. 꼬맹이가 거기서 태어났어. 그녀의 어머니는 몸이 좋지 않았다. 아이를 돌보느라 잘 자지도 못하고 잘 먹지도 못해서 점점 마르고 있지만 큰 병은 없었다. 내 마누라도 오늘까지 살아올 수 있는데 그날이 아니었으면……" 그가 갑자기 일어났다. 난 그가 여기를 떠날 줄알고 그를 따라 일어섰다. 그런데 그가 기침을 하며(목소리가 아주 요란하다!) 아래 도로를 휙 둘러보고 다시 앉았다.

  "어느 날 밤 그녀는 거리에서 물건 사고 있다. 바로 북사천(北四川) 길에서 그녀는 인도를 잘 걷고 있지. 외국 수병 몇 명이 술에 취해 술병을 들고 다니면서 떠들고 있었다. 수병들이 싸우기 시작했고 술병을 던져 버렸다. 한 술병이 내 마누라의 가슴에 맞아서 그녀가 땅에 쓰러졌다. 한 수병이 발로 그녀를 찼다. 다행이 어느 두 행인이 그녀를 부축하고 노란 수레를 불러서 집으로 보내 주었다. 그 이후로 그녀는 다시 일어나지 못했었다. 두 달도 못 되서 그만 죽었어. 나 혼자서 낮에 출근해야 하고 한 살도 안 된 딸을 데리고 있으니 정말 힘들었어. 뒷집에는 닝보(寧波)에서 온 왕 씨 가족 있는데 부부 둘이 아들 한명을 데리고 살아. 남편은 40대이고 공장에서 일을 하는데 아내는 서른 몇 살이고 아들은 열 몇 살인데 초등학교를 다니다가 인쇄공장에 가서 견습공으로 일했다. 이 가족은 나와 친한 사이도 아닌데 그들은 사람을 열정적으로 상대하여 내가 불행한 일을 당하는 것을 보고 자발적으로 나를 도와주었다. 이렇게 해서 나는 어려움을 극복해 나갈 수 있었다. 그러나 꼬맹이가 아직 세 살이 되지 않아 나는 체포당했다. 처음에 제람교(提籃橋)에 갇혔다가 나중에 쑤저우 감옥에 갇혔어. 내가 제람교에 있을 때 돈을 써서 사람을 시켜 뒷동의 그 왕 씨에게 편지를 보내 내 딸을 돌보게 부탁을 했다. 내가 만약 나갈 수 있다면 당연히 그에게 모든 비용을 지불할 거라고 했지. 만약 오랫동안 내 소식이 없다면 내 딸은 그들에게 주고 그들이 처리하도록 맡겼어. 그 왕 씨는 뜻밖에도 감옥에 나를 만나러 왔다. 그는 나보고 안심하라고 하고 내 딸을 자신들의 아이로 키워주고 절대 내 딸을 푸대접하지 않겠다고 했어. 내가 출소하면 언제든지 아이를 돌려보내준다고 했어. 내가 쑤저우에 줄곧 항일 전쟁 발발 때까지 있었는데 쑤저우가 거의 함락되려고 하니 국민당 반동파(反動派)가 나를 풀어 주었다. 그러나 상하이로 가는 길은 이미 끊어졌다. 나는 그 후에 군대에 입대해 유격전을 했었고 다시는 상하이에 못 갔지. 나중에 사람을 부탁해 상하이에 가서 주소대로 찾아보라고 했지만 그 근처의 집은 다 타버렸다고 들었고 아무 것도 알아보지 못했다. 내 마음도 그저 죽었지."라고 말했다.

왕 주임은 또 멈췄다. 그는 얼굴을 붉다가 고개를 들어 "이런 일은 절대 다시는 없을 거야"라고 목소리를 높였다.

나는 그 이후에 발생한 것 대해 매우 궁금하지만 또 그에게 아픈 기억을 떠오르게 할 권리가 없다고 생각했다. 게다가 그가 말할 때 우리 주위는 점점 어두워졌다. 나의 눈도 약간 흐릿해졌다. 나는 샤오류를 보았다. 그는 아마 나를 찾아왔을 것이고 멀리서 나와 왕주임이 같이 있는 것 보고 그냥 멈춰 서 있다. 나는 묵묵히 왕 주임이 일어나기를 기다리고 있다.

"지난해 초 내가 조선에 왔는데 꿈에도 생각지 못했던 뜻밖에도 실마리를 찾았다," 왕 주임은 일어서지 않고 말투를 바꿔 가며 계속 이야기 했다. "그 때 나는 아직 사단에 있었는데 ××산 저지전투에서 가장 치열할 때 내가 ××단에 가 있었다. 이 연대는 ××산을 사수(死守)하는 명령을 받았어. 격렬한 전투를 벌였고 적의 포화도 매우 맹렬했었다. 우린 당시에 당신이 본 그런 갱도가 없었으며 다만 간단한 임시 방어공사가 있을 뿐이다. 우리는 잘 싸웠지만 사상자는 매우 많았다. 우리는 반드시 주봉을 지켜야 한다. 이것은 말할 것도 없이 어려운 임무이다. 상급 기관의 명령은 사흘을 지키는 것이고 병사들도 명령을 무조건 복종하여 완수하겠다고 했지. 적군의 공격은 갈수록 강해졌지만 오는 만큼 다 물리쳐줬다. 이튿날 밤에 진지를 두 번이나 잃어버렸으나 바로 빼앗아 돌아왔다. 사흘째 오후가 되자 상황이 더욱 심각해져 진지에 사람이 몇 명 없었다. 내가 당시에 단정위(團政委)와 같이 있어. 그는 이미 삼일 동안 잠을 자지 못했다. 전에 '우군이 제시간에 올 수 없다고', '전지에 지원이 필요하다고', '직할부대 중에서 사람을 뽑아 이미 전지로 보냈다고', '여기는 몸이 약한 동지들만이 남아있다'는 전화가 연이어 왔었다. 어떡하지? 우리는 대안을 생각하고 있는데 갑자기 우렁차게 울리는 '보고!'라는 직할부대의 동지들이 결의문을 들고 들어왔다. 다들 고개를 들고 가슴을 펴고 목소리를 높여서 전투임무를 요구했다. 모두 25명 있었는데 몇 차례나 들어왔다. 단정위는 19명이 전지에 가고 6명이 남으라는 명령을 했다. 그 6명 중의 한 사람은 남기고 싶지 않고 꼭 전지에 나가려고 거듭 요구했다. 결국 단정위도 동의하였다. 이 사람은 왕충(王成)이라고 불리는

데 나이가 30살에 불과하여 조선에 와서 수토불복하여 몸이 좋지 않다. 나는 그의 말투를 듣고 그의 용모를 보니 매우 익숙하지만 어디에서 본 적이 있는지 생각나지 않는다. 그 후 나는 갑자기 생각나서 뛰어나가 그를 찾았다. 그들 스무 명이 총을 들고 위장을 하고 막 출발하려고 하자 나는 그를 불러들여 몇 마디 물었다. 그는 뒷집 왕가네의 아들이다. 그는 내 원래 이름도 기억하고 있다. 우리는 더 많은 대화할 시간이 없지만 그가 왕팡도 입대해서 조선에 왔다고 알려줬다. 왕팡이라는 이름은 내가 지었어. 나는 드디어 내 딸의 행방을 알게 되었다. 왕층의 말이 끝나지 않았는데 적기가 갑자기 날아와 포탄을 던지자 우리는 그만 헤어졌다. 이 연대는 상부에서 준 임무를 완수하였고 우군도 마침내 도착했다. 다만 왕층은 돌아올 수 없었다. 그는 용감하게 산꼭대기에서 전사했다. 나는 이미 내 딸을 잊었는데 심지어는 그녀가 이미 세상에 없는 줄 알았다. 전쟁이 안정된 후 나는 늘 그녀가 생각났다. 그녀가 조선에서 일하고 있고 나와 가까운 것이 얼마나 좋은 일이라고 생각했다. 나는 정말 그녀를 한 번 보고 싶었어. 두 세 달 정도 지났을까. 군부에서 회의를 마치고 저녁에 문공단의 공연을 봤다. 여성 독창을 맡은 문공단원이 나오자마자 나를 매료시켰다. 완전히 내 마누라가 결혼하기 전의 그런 모습과 똑같다. 나는 내 옆에 앉은 홍보과장에게 그녀의 성명을 물었다. 그 과장이 '왕팡이라고 하고 상하이 사람이에요.'라고 했다. 의심할 필요 없고 무조건 내 딸이야. 하늘만큼 큰 행복이 이렇게 쉽게 오다니! 나는 매우 기뻤다. 공연이 끝난 후 나는 그녀와 얘기를 좀 했지. 나는 그녀가 노래를 잘 불렀다고 칭찬해 줬어. 나는 그녀에게 상하이 집에 또 어떤 사람이 있냐고 물었고 그는 부모님이 모두 계시다고 말했다. 또 그녀의 아버지에 관

해서 물었다. 그녀는 아버지가 퇴직한 공인이고 왕푸비오(王復標)라고
했다. 나는 그녀와 악수를 하고 헤어졌다. 마음속의 말은 한마디도
하지 못했다. 그러나 나는 안심했다. 그 이후 나는 그녀가 노래 부르는
것도 들었고 춤을 추는 것도 본 적이 있고 그런 기회를 난 절대 놓치지
않았다. 나는 그녀를 보고도 기쁘고 그녀와 이야기해도 기뻤다. 그러
나 나는 끝내 그녀가 내 딸임을 드러내거나 암시하지 않았다. 그녀의
아버지가 상하이에 계신데 내가 무슨 증거로 내가 그녀의 아버지를
증명하겠는가? 그리고 내 이름도 바뀌었잖아. 만약 왕충이 그날 희생
되지 않았다면 그는 아마 그녀에게 진실한 상황을 알려 주었을 것이
다. 단지 상하이의 왕푸비오에게 편지를 써서 도움을 청할 수밖에 없
었다. 그러나 나는 이렇게 하고 싶지 않아. 솔직히 말하자면 처음에
나도 왕팡에게 누가 그녀의 아버지인지 확실히 알려주고 싶었지만
나중에 나는 이 계획을 포기했다. 나는 그녀가 얼마나 그녀의 아버지
를 사랑했는지 알아냈다. 나중에 나는 군부에 와서 정치부주임을 맡고
자주 그녀를 만났다. 그녀도 나에게 잘해줬다. 단지 내가 그녀의 아버
지라는 사실은 몰랐을 뿐이지. 나도 알리지 않기로 결심했다. 그녀가
노래로 환영을 받고 업무도 적극적이며 생활태도도 좋고 기분도 좋은
것을 보고 그저 기쁨만 하고 더 이상 다른 요구가 없다"고 말했다.

　왕 주임이 갑자기 일어나 내 옆을 향해 다가와서 가볍게 내 어깨를
두드렸다 난 그의 웃는 소리 또 들었다. "라오리, 내 얘기를 했으니
만족하겠지? 근데 이런 이야기들은 절대 쓰면 안 된다."

　나도 일어나서 그의 손을 꼭 잡는 상황을 간단한 언어로 표현할
수 없는 복잡한 감정을 나타냈다. 날은 벌써 어두웠다. 그러나 정자
바깥에는 어디나 옅은 흰 빛이 번쩍이고 하늘도 회백색이고 길은 우리

의 아래로 밝게 펼쳐있다. 나는 왕 주임을 따라 아래의 길로 갔다. 나는 벌써부터 샤오류가 아직 멀지 않은 곳에서 나를 기다리고 있는 것을 알아냈다. 나는 왕 주임과 헤어지기 전에 내 의문들에 대해 모두 만족스러운 해답을 얻었다고 생각했다. 나중에 왕 주임은 오르막길을 올라가고 나는 숙소로 돌아가면서 샤오류가 얘기하는 것을 들었을 때 왕 주임이 내 질문을 대답하지 않았다는 것이 생각났다. '그녀가 왜 문공단에 돌아가지 않느냐' 이 물음이다. 그러나 나도 그런 것을 따지는 스타일이 아니다. 나는 영웅인물에 익숙하고 영웅사적을 알아내기 위해 왔는데 왕 주임이 나에게 준 많은 서류를 내던지고 작은 일 하나에 그와 조바심을 낼 수 없다. 그래서 나는 앞으로 다시는 그에게 그러한 문제를 제기하지 않기로 했다.

　이틀 후에 아침밥을 먹고 나는 전쟁 일등공신인 영웅 중대장을 인터뷰하러 갔다. 이것은 왕 주임이 나에게 그 일정을 짜줬다. 샤오류가 나를 오솔길로 안내했지만 잠깐 사이에 중대에 도착했다. 나는 왕팡이 이미 거기에 가 있는 것을 예상하지 못했다. 그녀는 나와 조 중대장의 대화에 참여했는데 메모도 적었을 뿐만 아니라 시사적 질문도 좀 제기했다. 우리는 중대에서 저녁을 먹고 그녀와 돌아왔다. 우리 세 사람은 역시 오솔길을 걷고 있고 길에는 아직 흙탕물이 조금 남아 있지만 그다지 미끄럽지 않다. 양쪽에 낮은 소나무가 많이 있다. 샤오류가 앞장서고 내가 마지막에서 가고 있다. 걸으면서 얘기도 좀 했다. 처음에 조 중대장에 관한 얘기를 하다가 점점 다른 몇 명의 영웅사적을 언급했다. 물론 두 '꼬맹이'의 말이 제일 많았다. 샤오류는 갑자기 화제를 왕팡에게 돌려 노래를 잘 불렀다고 열렬히 칭찬하였다. 왕팡은 "이미 업무가 바뀌었는데 아직도 나를 홍보하고 다니니?"라고 대답했다. 나는 왕 주임의 말을 생각했지만 여전히 조용히 그들의 대화를 듣고 싶었다. 샤오류는 "업무가 바뀌는지 안 바뀌는지 상관없이 군중들이 당신을 원한다면 당신도 불러줘야죠"라고 말했다. 왕팡은 씩 웃었다. "꼬맹이, 네가 정말 홍보팀에 가야겠다. 내가 무슨 유명한 가수인 것 같다. 내가 한 것 그게 무슨 노래야. 내가 단지 흥얼거리는 것을 좋아할 뿐이다. 다들 나더러 노래를 부르라고 하는데 나는 여태껏 '아니다'를 말한 적이 없다." 샤오류는 "당신을 믿어요. 그리고 당신한테 많이 배워야 해요. 그러나 난 당신이 업무를 바꾸지 않기를 바래요. 왜 문공단에 돌아가지 않는지 모르겠어요."라고 말했다. 내가 주의 깊게 왕팡의 대답을 기다리고 있는데 그녀는 바로 대답하지도 웃지도 않고 발걸음도 전처럼 똑같다. 샤오류는 고개를 돌려 그녀를 보러 왔을 때, "꼬맹이, 특별한 이유가 없어. 내가 말하면 너는 알게 될 거야. 내 다리가 별로 좋지 않잖아 5호는 날 배려해주셔서 임시 신문사에 가서 좀 도와주라고 했어. 그리고 조금 지나면 문공단으로 돌아가라고 했다. 샤오류는 또 그의 통통한 가죽공 같은 얼굴을 돌려 웃음을 지으며 "그러면 당신은 곧 돌아갈 거예요"라고 물었다. 왕팡은 고개를 저으면서 "아니, 나 지금 신문사 일도 괜찮다. 여기서도 똑같이 일하잖아"라고 말했다. "그러나 전사들이 모두 당신의 노래를 좋아해요. 다들 당신의 노래는 사람의 마음을 감동시킬 수 있다고 했죠."라고 샤오류가 고집 세게 말했다. "왕팡은 고개를 조금 들고 웃으면서 "누가 네 말을 믿겠냐? 너 아직도 홍보하니? 조선 여자가 노래할 줄 모르는 사람 없지? 나보다 못한 사람도 없지?"라고 말했다. 샤오류는 조금 초조해서 고개를 돌려 입을 삐죽거려 단정하게 "난 장난 칠 줄 모르고 내말이 다 진실이에요. 안 믿으면 이 수장님에게 물어봐요"라고 했다.

그는 나를 가리켰고 그의 눈빛도 나를 찾고 있었다. 왕팡도 고개를 돌려 나를 보았으나 굵은 두 변발이 내 눈앞에서 흔들어서 밝은 두 눈은 의아한 눈빛을 드러내며 웃음을 띠었다. 나는 거짓말을 할 줄 몰라서 "왕팡 동지, 나는 네 노래를 들어본 적이 없지만 샤오류는 이미 나에게 몇 번이나 칭찬을 했었다"고 말했다. 샤오류는 흐뭇하게 웃었다. 왕팡은 얼굴에 웃음을 띠면서 "리린 동지, 당신은 이미 그 홍보의 영향에 받았어요"라고 말했다. 나는 즉시 "왕 주임도 이렇게 말했다"고 말했다. 그녀는 아무 소리도 하지 않았다. 샤오류는 "내 말은 홍보인데 5호 수장의 말씀은 홍보가 아니겠죠?" 의기양양하게 했다. 나는 화제를 바꾸고 싶어서 그녀에게 물었다. "왕팡 동지, 다리가 이제 괜찮지?" 그녀는 고개를 돌려 웃으며 "제가 잘 걷고 있잖아요?"라고 말했다. 나는 인정한 듯이 고개를 끄덕이었다. 샤오류는 앞에서 "어떨 때는 좀 벅차요. 내가 알아차릴 수 있어야죠."다고 말했다. 왕팡은 "그래 네 눈이 날카롭다. 됐지?"라며 언짢게 야단을 쳤다. 샤오류는 앞에서도 "많이 조심해야죠" 혼잣말했다. 왕팡은 일부러 그를 무시하다가 내게 "다리가 막 회복했는데 관절염이 또 도졌어요. 운동하고 있어요. 한두 달 지나 날씨가 따뜻해지면 좋아질 거예요. 지금도 불편한 것 없어요"라고 말했다. 그의 대답은 아주 솔직하고 진지해서 나로 하여금 다른 질문이 생각났다."넌 지난 번에 귀국하고 나서 상항이의 집에 돌아갔었니?" "저도 돌아가고 싶었어요. 5호도 제가 집에 가는 것을 동의하셨어요. 하지만 전 퇴원하자마자 바로 귀대했어요. 부대에서 오래 살았으니 마음도 여기 남아있어요. 하루라도 빨리 조선으로 돌아오고 싶지 않은 사람은 어디 있어요?"라고 말했다. 나는 그녀의 목소리를 듣고 사람을 감동시킬 수 있는 열정을 느꼈으며 모든 말들이 매우 친절해 보였다. "그러면 너는 집에 안 가고 싶니?"라고 다시 물었다. 그가 웃었다. 나에게 "리린(李林)동지, 당신은 집을 안 가고 싶어요?"라고 되물었다. 나는 "당연히 가고 싶지"다고 시원스럽게 대답했다. 그녀가 이어서 "나도 가고 싶죠. 아빠 엄마도 나를 보고 싶어 하시지만 나는 조선에 여행하러 온 게 아니라 전쟁이 끝나지 않으면 집에 돌아와서도 가만히 있지 못해요"다고 말했다. 나는 또 "가족들이 다 잘 계시냐"고 물었다. 그녀는 "다 잘 있어요. 우리 부모님 외에 남동생이 하나 있는데 고등학교를 다니고 있어요. 오빠가 있는데 지난해 조선에서 희생됐습니다"고 말했다. 그녀의 마지막 한마디는 우리는 더 이상 말하기 불편했다. 위로나 동정 같은 말은 모두 쓸데없는 것이다…… 다행히 우리는 정치부까지 거의 다왔다. 앞은 바로 도랑 입구이다. 나는 그녀가 더 이상 말을 하지 않을 줄 알았는데 그녀는 "솔직히 제가 처음에 소식을 듣고 나서 몰래 많이 울었어요. 그 때 정말 슬펐어요. 우리 남매는 감정이 매우 풍부해요. 저는 막 해방되어 학당을 떠나 입대했어요. 오빠는 처음으로 항미원조에 참가 신청을 했어요. 그는 당시에 ××연대에 있고 5호는 그가 전선으로 나가는 것을 직접 봤어요. 다들 오빠가 아주 용감하다고 말했어요. …… 나는 정말 쓸 모가 없다. 조선 여자들이 얼마나 많은 가족을 잃었는데 한 번도 울지 않았다. 오히려 고개를 더 높게 들어 발걸음도 더욱 단단해졌어요. 예전과 똑같이 노래도 하고 춤도 추고 웃고 떠들어요."라고 했다. 샤오류는 갑자기 앞에서 말껴서 "내가 보기에 당신도 낙천적이에요."라고 말했다. 이 말은 그녀를 웃겼다. 그는 "꼬맹아, 나를 칭찬하지 마라. 조선 여자야말로 낙천적이다. 거기를 봐!" 그녀는 앞으로 가리켰다. 나는 도랑 밖에 큰 나무 밑에 초라한 초가집 두 채를 보았다.

그녀가 유 할머니의 외손녀를 가리킨 것을 안다. 외손녀는 올해 18살인데 몇 달 전에 어머니를 따라 외할머니를 뵈러 오다가 길에서 어머니가 적 포탄에 맞아 죽음을 당하였다. 그녀는 직접 어머니를 묻고 홀로 외할머니 집으로 왔다. 외할머니와 함께 생활하며 낮에는 밖에서 야채를 재배하고 밤에는 집에서 실을 꿰매며 일을 한다. 마침 이때 그 아가씨가 물동이를 이고 정원에서 나와 즐겁게 조선 노래를 부르고 있다. 그녀는 왕팡을 보고 멀리서 웃음을 머금고 인사를 했다. 왕팡이 웃으면서 조선말을 두 마디 하자 아가씨도 몇 마디 대답하였다. 왕팡은 나에게 "그녀는 나의 선생님이다. 그녀에게 조선노래를 많이 배웠어요"고 말했다. 나중에 샤오류는 그 처녀에게 조선노래 뿐만 아니라 조선말과 조선여자의 행동도 배웠다고 말했다. ……

　우리가 산골짜기에 들어가 길을 걸어가다가 누군가가 '왕팡'이라고 부르는 소리를 들었다. 문공단의 진 단장(團長)은 산비탈에 서 있다. 왕팡은 저쪽으로 향해 고개를 끄덕이며 우리를 떠나 산에 올라갔다. 그녀가 의기양양하게 말한 것인 "소재가 다 준비됐어요."를 내가 다 들었다. 산비탈은 가파르지 않지만 그녀의 발걸음도 느리지 않다. 나는 그녀의 뒷모습을 보았으나 그녀의 다리에 무슨 불편한 점이 있는지 보이지 않았다. 나는 얼굴을 돌려 걸어가고 있는데 갑자기 샤오류가 비명을 지르는 것을 들었다. 목소리가 그리 크지 않았다. 샤오류는 이때 앞에서 길을 안내하지 않았는데 그는 내 옆에 있었고 또 한두 걸음 뒤떨어졌다. 나는 급히 고개를 들어 보았다. 나는 문공단장이 왕팡의 팔을 끼고 있는 것을 보았다. 그가 말을 하고 있는데 왕팡이 웃고 있다. 나는 급하게 샤오류에게 "얘가 넘어졌냐?"고 물었다. 샤오류는 한숨을 내쉬며 "다행이다. 진 단장에게 들러붙었어요." 말했다.

나는 "그녀가 앞으로 더 주의를 기울여야 하지"라고 말했다. 샤오류는 입을 삐죽거리며 "그녀가 늘 이래요. 다른 사람한테만 신경을 써요. 자기 자신에 대해 무관심해요"라고 말했다. 나는 이 단어를 잘못 사용했다고 생각하자, "그녀는 자신에 대해 무관심한 것이 아니다"라고 말했다." 샤오류가 삐치면서 "수장님, 무관심이 아니면 뭐예요?" 나한테 물었다.

이 묻는 말에 어떻게 대답해야 하는지를 나보다 그는 분명히 알고 있었기 때문에 내가 더 이상 말을 하지 않았다.

이날 밤 나는 숙소에서 메모를 정리하며 왕팡을 자주 생각나는데 그녀의 다리가 또 상처가 날까봐 걱정된다. 다음 날 아침 식사 후 나는 숙소 앞에서 샤오류와 이야기를 하고 있었는데 갑자기 왕팡이 우리를 향해 걸어오는 것을 봤다. 그녀의 발걸음이 경쾌하고 얼굴에 웃음을 가득 띠더니 멀리서 "리린 동지, 안녕들 하세요?"를 외쳤다. 그녀의 다리는 아무 문제가 없는 것을 보니 나는 정말 기뻐서 곧바로 그녀에게 가서 그녀를 맞이했다.

그녀는 내 앞으로 걸어와서 내 손을 잡더니 "리린 동지, 꼭 저를 도와주세요."라고 원고지를 내 손 안에 밀어 넣었다. "제가 쓴 북가사인데 한번 봐주십시오. 꼭 잘 수정해 주십시오." 그녀는 얼마나 천진난만한 웃음을 지었는가. 나는 원고지를 열었는데 제목 '맹호중대장 자오승구이'를 보고 그녀가 "제가 가겠습니다. 오후에 와서 찾겠습니다. 잘 못 썼는데 열심히 고쳐주세요."라고 말한 것 들었다. 그녀가 몸을 돌려가면서 나는 미처 만류할 겨를이 없었다. 나는 할 수 없이 뒤에서 큰소리로 "조심히 다녀라"고 말했다.

"그녀가 이런 성격이니 다른 사람의 의견을 듣지 않잖아요." 샤오류가 옆에서 혼잣말했다. 그의 고무공 얼굴에는 매우 재미있는 웃음이 있다. 나는 원고지를 들고 숙소로 들어갔다

원고지에 글자가 분명하고 글도 좋아서 나는 단숨에 두 번 읽어 보니 글을 잘 읽어 내려간다. 조 중대장의 영웅적인 사적은 모두 쓰였고 또한 매우 생동적이었다. 우리는 어제 같이 영웅을 인터뷰했다. 나는 방금 메모를 다 정리했는데 그녀는 이미 북 가사를 다 썼다. 나는 읽을수록 만족스럽다. 마침내 글자 몇 개를 없애고 또 몇 가지 의견을 적었다. 그녀가 나를 찾아오기 전에 먼저 그녀에게 갖다 주기로 했다.

신문사에는 세 사람이 작업하고 있다. 사장도 잘 아는 사람이다. 왕팡이 교정쇄를 보고 있다. 나는 나의 의견을 그녀에게 이야기했다. 신문사는 작지 않은 갱도 안에 있다. 이 갱도는 천연동굴을 파서 형성된다. 낮에는 전등을 쓰지 않는다. 그녀는 작은 나무 탁자 앞에 앉아있는데 내가 들어가는 것을 보고 급히 미안한 마음으로 나에게 자기의 업무가 거의 다 완성해서 바로 원고를 찾으러 나한테 가려고 했다고 해명을 했다. 나의 그러한 작은 의견이 그녀로 하여금 만족하게 했다. 나는 이 임무를 완수하고 또 사장과 얘기를 좀 나누고 작별하고 나왔다. 내가 동굴을 나서자 "왕팡, 교정쇄를 나한테 넘겨주고 얼른 가봐." 사장이 큰 소리로 한 말을 들었다. 나는 그들이 무슨 얘기를 하고 있는지 모르지만 내가 막 산 아래 다다르자 왕팡은 따라왔다. 그녀는 싱글벙글 웃으며 "리린 동지, 감사합니다"라고 말했다.

"왕팡 동지, 어디로 가나?" 내가 물었다.

"문공단에 가서 공연 연습을 해요" 그녀는 손에 든 원고지를 들어올려 짧게 대답했다.

나는 여기서 그녀와 헤어졌다. 나는 왕팡의 노래를 들을 수 있는

기회가 왔다며 기쁨을 감추지 못했다. 왕 주임은 1주일 내에 중대에 갈 것을 이미 나한테 전달해 주었다. 나는 아마 내 스케줄을 늦출 필요가 없을 것이다.

과연 하루가 지났는데 샤오류는 나에게 저녁을 갖다 주면서 흥분하면서 "수장님, 오늘 저녁 공연이 있는데 드디어 왔습니다"라고 말했다. 그의 포동포동한 얼굴은 웃음을 참지 못하면 터지는 것 같았다. 이어 왕 주임도 사람을 보내서 저녁 5시 전에 와서 나랑 같이 공연을 보러 가자고 나에게 통지를 했다.

저녁 공연은 사령부의 한 지하 강당에서 거행된다. 우리는 정치부에서 거기까지 한 언덕을 넘어야 한다. 산길이 좁지 않고 걸으면서 이야기를 나누다가 어느새 거기까지 왔다. 강당에는 의자가 없고 나지막한 무대 아래에는 10여 개의 둥근 나무들이 간격을 두고 가로놓였는데 그 위에는 이미 사람이 가득 찼다. 우리가 방금 앞줄에 틈을 내서 앉았을 때 공연은 시작되었다.

왕팡의 경운대고(京韻大鼓, 북노래의 한 종류)는 3번째 등장한다. 가사는 내가 이미 몇 번이나 읽었는데 지금은 그녀의 입으로 들으니 더 많은 광채가 난다. 나는 왕 주임(그는 내 왼쪽에 앉아 있다)처럼 넋을 잃고 들을 수 없지만 나는 그녀의 노래로 매료되었다. 내가 이틀 전에 본 조 중대장이 또 내 눈앞에 떠올랐다. 그는 마치 무대 위에서 적들의 공격을 물리치는 것을 지휘하는 것 같았다. 무기를 다 썼지만 총알이 다 떨어지면 돌로 쳐버린다. 그들은 꼬박 6일을 지켜 겨우 16명의 사상자를 냈지만 오히려 700명의 적을 섬멸했다. 결국 조 중대장은 진지를 우군에게 맡기고 스스로 다친 발을 끌고 나뭇가지를 잡고 비틀거리며 산 위로 기어올랐다.

전사들은 "중대장, 산이 이렇게 높고 부상도 당했는데 어떻게 갑니까? 업어 줄게요"라고 말했다. 그는 "나의 발에는 단 한 개의 구멍만 났을 뿐 산이 아무리 높아도 내 공산당원의 결심보다 높지 않다"고 말했다. 그는 마침내 고봉을 넘어서 산 뒤쪽에 도달했다. 해가 뜨면서 그의 자줏빛 얼굴을 환하게 비추고 칠흑 같은 눈에서 승리의 기쁨이 언뜻 드러났다. 그는 그에게 다가오는 교도관을 보고 경례를 한 뒤 교도관의 손을 꼭 잡는다. 가장 사랑하는 사람의 손을 꼭 잡은 것처럼……

왕팡은 무대 뒤에 들어갔다. 모두들 여전히 열렬하게 박수를 치고 있다. 왕 주임은 내 귓가에 연속해서 "괜찮지? 내가 스스로 편집한 것이야"를 말했다. 나는 머리를 옆으로 돌려 보다가 한눈에 샤오류를 찾았다. 그는 구석에 쪼그리고 앉아서 통통한 얼굴로 어린아이처럼 웃고 있다. 나는 왕 주임에게 진실을 말하지 않을 수 없었다. "그녀는 정말 재주가 많다. 잘 키워야지"

"알겠어." 왕 주임은 만족스럽게 나의 어깨를 툭 쳤다.

저녁 공연이 끝난 후 샤오류는 손전등을 들고 나에게 길을 비쳐주고 왔던 길로 되돌아갔다. 비탈을 건널 때 먼 곳의 밝은 등불들이 단번에 모두 꺼졌다. 샤오류가 멈춰서 귀를 기울여 듣고 나서 "괜찮습니다"고 하고 또 앞으로 나아갔다. 돌아가는 길에 내가 매우 흥분했다. 왕팡의 노래뿐 아니라 모든 프로그램이 나를 흥분시켰다. 나는 그렇게 풍부한 정신적 면모와 넓은 마음을 접하게 되었다. 나한테 아주 새로운 것은 샤오류는 벌써부터 익숙해진 줄 알았는데 그러나 그는 나보다 더 흥분한 것 같다. 그는 밤 내내 잠꼬대를 했다. 나는 "내가 마음을 먹었어. 내 심장까지도 파낼 수 있다."는 두 마디를 들었다. 나는 이것이 무슨 뜻인지 모르겠다.

내가 군 정치부를 떠나던 날에 왕 주임 숙소에 가서 작별인사를 하고 돌아오자 샤오류는 내 이불을 정리하고 침실에서 나를 기다렸다. 그가 원래의 있던 중대로 돌아가려고 하는데 5호 수장은 이미 승낙을 했다. 다른 통신원을 보내 와서 나를 안내해준다. 그는 나에게 미안함을 표했다. 그는 중대로 돌아가는 것에 기쁘지만 그의 말과 행동은 모두 섭섭한 감정을 나타냈다. 나도 이렇게 급히 그와 헤어지고 싶지 않다. 마지막으로 나는 그와 두 달 후에 그 중대에 가서 그를 보러 가기로 약속했다.

나는 결코 신용을 잃지 않았다. 그러나 내가 가기에는 좀 늦었고 벌써 몇 개월이 지났다. 그 동안에 나는 몇 개 부대에 갔었는데 왕 주임을 몇 번 만났고 왕팡의 노래를 몇 번이나 들었는데 그녀가 이미 문공단으로 돌아간 것도 알고 있었다. 나는 항상 샤오류가 그립다. 나는 줄곧 그의 소식을 듣지 못했기 때문이다. 나중에 나는 갑자기 샤오류가 있던 연대가 승전하였다는 말을 듣고 적을 점령한 무명고지를 빼왔다. 그동안 건국 3주년 국경절을 맞이하고 제2회 조국인민위문단을 환영하기 위해 전방 각 부대가 승전하고 있는데 "공을 세워서 가족을 맞이하자"는 말이 여기저기서 들려왔다. 나는 많은 승전 보고를 들은 후에 그 중대의 승리 소식을 얻게 되며 샤오류를 만나고 싶은 욕망을 억제하기 어려웠다. 국경절이 자나 나는 그 중대로 출발했다.

나는 비가 오는 날에 출발했다. 이런 날에 적의 포병교정기가 거의 출동하지 않고 포탄도 좀 적게 쏘기 때문이다. 통신원 샤오우(小吳)는 나의 짐을 등에 지고 있었다. 나는 우비 한 벌을 입고 그도 한 벌의 우비를 걸치고 우리는 안전하게 제5연대 지휘부에 도착했다. 우리는 갱도 안에서 중대장을 만났다. 중대장은 이미 통지전문(通知電文)을 받았고 친절하게 나를 맞이했다. 나는 그와 30분 동안 이야기하고 나서 샤오류의 이름을 언급하고 또 나는 샤오류를 만나고 싶다고 말했다.

"그래요. 류증치잉(劉正淸), 그는 좋은 전사야!" 중대장이 고개를 끄덕이다.

나는 급히 류증치잉과 아주 잘 아는 사이라는 것을 설명했고 또 그때 헤어진 상황도 설명했다.

"어쩔 수 없이 그가 귀국했습니다." 중대장은 눈썹을 약간 찡그리면서 말했다.

나는 "뭘 하러 귀국했습니까?" 의아하게 물었다. 나는 곧바로 "국경절 행사에 참석해요?" 흥분한 채로 말을 이어갔다.

중대장은 고개를 가로저으며 "그는 부상을 입어서 돌려보냈습니다."고 말했다.

"부상을 입었어요? 심한가요?" 나는 어안이 벙벙해서 물었다

중대장은 나를 한번 보고 나지막한 목소리로 "두 다리가 다 부러졌습니다."고 대답했다.

나는 안색이 변했다. "그가…… 목숨이 위태롭지 않나요?" 중대장은 고개를 들고 "이 녀석이 다시 조선에 와서 미국 놈을 때려 부수겠다."고 했습니다.

"그가 돌아올 수 있을까?" 나는 입에서 나온 대로 한 말이 불필요한 말 이라는 것을 알았다.

중대장은 나를 보고 "그의 말을 정말 따랐다면 그는 틀림없이 돌아올 것입니다. 이 젊은 청년들은 모두 활력이 넘쳐 정말 그들은 어떻게 해서든지 방법이 없습니다. 그가 이렇게 부상을 당했어요. 그는 그날

나를 따라 올라가서 끝까지 싸웠는데 주봉 위에 적의 요새가 있어 공격을 할 수 없을 정도로 화력이 셌어요. 여러 명 동지가 희생했어요. 나는 매우 초조해서 카트리지를 들고 올라가서 그 요새를 폭파하려고 했어요. 류증치잉은 뒤에서 내 옷을 잡아채고 임무를 그에게 넘겨달라고 요구했어요. 그는 올라가서 딱 한 번에 요새를 해결했어요. 그러나 그는 피투성이가 되어 두 다리가 다 끊어요. 구호대가 그를 들으러 오자 그는 '나는 버틸 수 있다. 내가 싸워야 한다.'고 했어요. 나중에 내가 그를 병문안하러 갔는데 그가 눈살을 찌푸리고 얼굴에 핏기가 조금도 없지만 흥얼거리는 소리를 들을 수 없었어요. 나는 그에게 공을 청하겠다고 알려줬어요. 그는 임무를 제대로 완수하지 못했으니 마땅히 반성해야 한다고 말했어요.. 정말 재미있는 청년이다. 전투가 막 끝나자마자 군문공단 동지가 와서 우리들에게 위로를 했어요. 류증치잉에게 두 번이나 헌혈한 여자 동지가 있는데……"라고 말했다.

"그 여자 동지는 왕팡이라고 부르죠?"나는 갑자기 그의 말을 끊고 물었다. 실은 내 추측에도 그다지 근거가 없다.

"맞아요, 왕팡이에요! 다들 그녀의 노래를 좋아하더라고요"라고 중대장이 고개를 끄덕이어 웃으며 대답했다. 나는 중대장의 표정을 통해 왕팡이 헌혈하는 것을 내가 어떻게 알았는지를 그는 궁금하기도 하고 또 내가 이 사실을 알기 때문에 만족스러워 같기는 것을 알 수 있다.

중대장이 단숨에 내게 많은 일을 알려주었다. 모두 내가 알고 싶은 것이다. 나는 잠시 동안 더 많은 문의를 할 수 없었다. 샤오류가 비록 귀국했지만 나는 마침내 약속을 이행하여 이 중대에 묵었다.

내가 여기에서 자던 온돌은 두 통신원이 내놓은 자리다. 그 자리는 무조건 샤오류가 자던 온돌이었다. 처음 이삼일에 나는 한밤중에 샤오류가 잠꼬대를 하는 것을 들은 것 같은데 사실 이번에 나랑 같이 온 통신원 샤오우(小吳)는 침대에 올라가자마자 조용히 새벽까지 잤었다. 전부 내가 꿈을 꾸고 있던 것이었다.

나는 본래 여기에서 좀 더 묵으려 했으나 일주일이 안 되어서 갑자기 왕 주임의 전화를 받고 조국에서 온 위문단이 곧 온다고 해서 나보고 군정치부로 즉시 돌아가라고 했다.

나는 정치부에 도착해서 여전히 전에 있던 숙소에 입주한다. 나는 몇 달 동안 오지 않은 산골짜기에도 많은 변화가 생겼다. 사람도 많아지고 길도 넓어지며 집도 늘어나고 나무도 무성해졌다. 골짜기에 소나무 가지로 패루를 만들었는데 위에는 '조국인민위문단을 환영한다(歡迎祖國人民慰問團)'는 아홉 글자가 있다. 나는 여기저기 걸어 다니면서 아는 사람을 많이 만났고 또 문공단 동지들의 노랫소리를 어렴풋이 들었다. 나는 짐을 놓고 나서 바로 왕 주임을 만나러 갔다.

왕 주임은 방에서 왕팡과 이야기를 하면서 손에 쥐고 있는 원고지를 보고 있다. 내가 들어오는 것을 보고 기뻐하며 큰 소리로 웃으면서 "라오리, 잘 왔다. 마침 도움을 요청하려는 참인데. 이것 먼저 봐봐" 말했다. 그는 나와 손을 맞잡고 원고지를 내 손에 쥐어주었다.

나도 왕팡과 악수를 하고 나서 원고지를 펼쳐 보니 위문단을 환영하는 '헌시(獻詩)'였다. 필적이 매우 익숙하다. 내가 왕팡을 보니 그녀는 웃었다. 나는 시를 누가 썼는지 아니까 그냥 그 자리에서 작은 소리로 두 번이나 읽었는데 괜찮은 것 같았다. 나는 왕 주임이 수정한 문장을 보았다. 나는 구체적인 의견을 제출하지 않고 다만 "좋아"는 몇 마디만 하고 시 원고를 왕 주임에게 돌려주었다.

그러나 내가 작별하고 나서 자신의 주소로 들어와 앉자마자 왕팡이 들어왔다. 그녀는 손에 시 원고를 들고 웃으면서 리린 동지, 이것은 환영회에서 낭송할 것이라 꼭 잘 좀 지적해 주세요. 말했다. 그녀는 또 시 원고를 나에게 건네주었다. 그녀의 표정을 보니 그녀는 결코 나에게 부탁하는 것이 아니다. 나는 어쩔 수 없이 다만 시 원고를 다시 받아 열심히 다시 한 번 읽어 보았다.

그녀는 내가 어떤 의견도 제기하지 않는 것을 보자 자신이 그다지 타당하지 않다고 생각하는 몇 개의 문장을 골라서 수정하라고 했다. 이번에 나는 그녀에게 약간의 도움을 주었다. 그녀는 만족스럽게 시 원고를 가지고 나와 작별 했다. 나는 그녀를 만류했는데 그가 "공연을 준비해야 하니 돌아가지 않으면 진 단장이 급해 죽겠습니다. 다음번 에요."라고 했다.

난 "그럼 내가 바래다줄게."라고 말하니 그녀는 또 사양하려고 한 다. 나는 그녀를 따라 동굴에서 걸어 나왔다.

나와서 나는 첫 얘기로 바로 그녀가 샤오류에게 헌혈한 일을 꺼냈다. 그녀는 샤오류의 이름을 듣자 샤오류의 이름을 듣고 즉시 "꼬맹이가 나보고 전해드리라는 물건이 있는데."를 말했다. 나는 급히 "뭔데?"라 고 물었다. 그녀는 고개를 돌려 나를 보더니 얼굴빛이 곧 변하여 목소리 를 낮추며 "필기장이에요."라고 말했다. 꼬맹이가 말하는데…….

"그가 뭐라고 했나?"나는 그녀의 말을 끊었다.

"그는 당신을 몇 달이나 기다렸는데 귀국한 줄 알았어요." 그녀는 고개를 파묻고 가더라도 다시는 나를 보지 않았다.

나는 한참이 지나서야 다시 그에게 "그의 상처가 어떻게 됐소?" 물 었다. 나는 기분이 언짢고 또 샤오류의 고무공 같은 얼굴을 본 듯이 그가 기뻐서 말했다. "당신을 기다리겠습니다."

왕팡은 걸어가면서 "꼬맹이가 의료소에서 차를 타고 귀국할 때 두 다리가 다 끊어졌어요. 그는 '조국을 노래하라'를 흥얼거리고 의족을 장착하고 나서 전선으로 돌아오겠다고 했어요. 그는 나보다 훨씬 강하다. 내가 지난번에 귀국했을 때 그가 나를 배웅했어요. 그녀의 목소리가 매었다. 입도 다물었다.

그녀가 줄곧 말을 하지 않았다. 나는 정말 참지 못하고 다시 "그가 위험하지 않지?"라고 물었다.

그녀는 갑자기 고개를 들어 목소리를 높이며 "그는 반드시 살 것이에요. 우리보다 더 오래 살아나갈 겁니다. 그는 다리가 없어도 아주 많은 일을 할 수 있다"고 말했다. 그녀는 매우 흥분하였으나 목소리는 매우 단호했다. 그러나 이번에 그녀는 다시 입을 다물었다.

우리는 묵묵히 문공단의 숙소로 갔다. 나는 노트를 받아서 바로 뒤적여 보게 되는데 첫 페이지에서 나는 샤오류가 친필로 쓴 네 줄의 글자를 보았다!

연대에 충성하다
　　나는 자신의 일에 충실하겠다.
조국을 사랑하다
　　우리 동지들을 사랑해야 한다.

왕팡은 내 옆에 서서 두 마디를 속삭이었다. "꼬맹이가 앞으로 다시 당신을 만날 수 없을 수도 있을 것 같다고 해서 이것을 기념으로 받으시라고 했어요. 이건 그가 입단(入團, 공청단에 가입한다)할 때 쓴 글이에요."

나는 정중히 공책을 집어놓았다가 왕팡과 손을 꽉 잡고 악수한 후 나와 버리고 말았다. 나는 겉으로는 아무것도 드러내지 않고 그녀로 하여금 마음을 분산시키고 싶지 않다.

나 혼자서 천천히 되돌아가다. 길에는 머리를 숙여 샤오류의 생각만 했다. 어디까지 갔는지도 몰랐다. 갑자기 한 손으로 나의 왼쪽 팔을 꽉 잡았다. 나는 깜짝 놀라 고개를 들어 왕 주임의 웃는 눈과 수염이 거의 가려질 얼굴을 보았다.

"라오리, 왜 그래? 내가 맞은편에서 오는데도 날 보이지도 않고 불러서 대답도 안하고!" 그는 큰소리로 웃으며 물었다. 이마에 김이 나서 그는 군모를 위로 밀어 올렸다. 나는 가까스로 웃고 그에게 내가 생각하고 있는 것을 솔직히 말했다. 또 샤오류의 필기장을 꺼내서 그에게 보여 주려고 했다. 그러나 그는 내 말을 귀담아듣지 않고 눈을 깜박이며 "라오리, 좋은 소식이야. 꼬맹이의 아버지가 가 오신다."며 웃었다.

꼬맹이 아버지… 바로 당신이잖아? 나는 의아해하며 말했다. 나는 그의 뜻을 이해하지 못해 아직도 샤오류를 생각하고 있다.

"당신 왜 이래? 상하이에 있는 아버지 왕푸비오란 말이야. 이번에 위문단에 참가해서 내일 바로 도착할거야." 그가 웃었다.

나는 이제 완전히 알게 되었는데 갑자기 기분이 좋아졌다. "왕팡은 무조건 기쁠 거야. 그녀도 아느냐"고 물었다.

"나도 전화를 받은 지 얼마 안 됐어. 그녀에게 알려주러 가는 길이야. 그리고 공연이 얼마나 준비되는지도 좀 확인하려고" 그가 대답하다.

나는 그가 매우 흥분하는 것을 알 수 있었다. 나는 또 다른 생각이 떠올라서 "그가 어떻게 당신을 알았느냐. 거의 20년이 다 됐는데. 만나도 알아보지 못할 수도 있잖아" 물었다. 그는 갑자기 웃음을 거두고 목소리를 낮추며 "내일 만날 때 내가 누군 인지를 알려줄까 생각 중이야"라고 엄숙하게 말했다. 그는 손으로 오른쪽 뺨을 긁었다가 또 왼쪽 귀퉁이를 긁고 있다.

나는 "왜 그에게 안 알려주느냐"고 그의 말을 끊었다.

"그래, 나도 그와 이야기를 좀 나누고 싶었어. 내가 살아있다는 것을 알았다면 기뻐했을 거야"라고 말했다. 왕 주임은 별 생각 없이 대답하더니 얼굴에 또 웃음기가 보였다. "근데 그가 꼬맹이를 내게 돌려주면 어떻겠느냐"고 했다.

"그렇다면 당신 부녀는 육친이 모이게 되지" 내가 이렇게 말하는데 단지 내가 잠시 뭘 말해야 하는지 모르기 때문이다.

"우리 부녀가 이미 모였잖아. 나는 꼬맹이를 좋아하지만 왕푸비오를 슬프게 만들어주고 싶지도 않아."

"그럼 당……" 나는 이 세 글자로 말에 끼려다가 그가 중단시켰다.

"내가 누군가를 알아보지 못하게 하려고 했다. 그녀가 나보고 아빠라고 부르든 5번 수장을 부르든 똑같지 않냐"고 했다. 그는 내가 말을 하지 않는 것을 보자 덧붙이며 "왕푸비오한테 그게 아니야. 그는 가난한 가운데서 꼬맹이가 하루하루 자라는 것을 지켜봤지. 나는 그가 꼬맹이에게 '나는 너의 아버지가 아니다'라고 강요할 수 없다. 나는 그한테서 꼬맹이를 빼앗아 갈 수 없다."

그는 이야기만 집중하다 보니 어느새 나를 나의 숙소 입구에까지 데려다 주었다. 내가 멈추고 그도 서 있다. 그는 문공단에 간다고 했다. 내가 그를 붙잡지 못한 것 보니 "왕푸비오가 딸을 돌려줄 마음이 있다면 어떻게 하겠느냐"고 말했다.

그는 어안이 벙벙해서 뺨을 긁다가 갑자기 빙긋 웃고는 "내가 자세히 생각해 볼게"라고 대답하고 돌아서 가버렸다. 나는 그의 뒷모습을 바라보고 있다. 그가 머리를 쳐들고 가슴을 펴고 큰 걸음을 내딛으며 '조국을 노래하라'를 흥얼거렸다.

그의 기쁨이 나에게 전염되었다. 내가 숙소에 돌아와서 샤오류의 공책을 뒤적였는데 첫 페이지의 그 네 줄 외에도 또 '유정청, 1952년 8월'이라는 열 글자가 앞 속표지 쓰여 있었다. 이 공책은 새로 사온 것인데 샤오류는 아직 위에 어떤 내용을 기록할 겨를이 없었다. 나는 그가 쓴 그 글자들을 여러 번 반복해서 읽고 공책을 덮고 그의 생각이 떠올랐다. 그러나 어떻게 생각해도 그의 웃음을 감추지 못한 통통한 얼굴이 떠오르지 않는다. 나는 심지어 그가 정말로 의족을 장착해서 웃음을 지으며 걸어오는 것을 생각하였다. 나는 펜을 들고 그에게 위로, 감사와 격려의 편지를 썼다.

저녁 식사 후에 나는 편지를 들고 나가서 보냈고 돌아와 문공단을 지나 왕팡을 만나러 갔다. 문공단의 동굴은 매우 번화하다. 사람들은 모두 위문단을 환영하는 새로운 연출을 열심히 연습하고 있다. 왕팡의 경운대고인 '조국에서 온 친인을 환영한다(歡迎祖國來的人)'가 막 시작하여 나는 옆에 서서 그 노래 다 들었다. 그녀의 얼굴빛과 목소리가 나에게 한 가지를 알려 주었다. 그녀는 기분이 상쾌하다. 나는 그녀가 정말로 감정에 호소한 것을 알아차렸다. 가사가 소박하고 생동적이고 나는 그녀가 쓴 것이라고 생각했는데 나에게 문공단 진 단장의 창작품이라고 소개하였다. 이어 그녀는 나에게 "우리 아버지가 내일 오실 거예요"라고 기뻐하며 말했다. 나는 즉시 "난 벌써부터 알았어." 그는

"5번 수장님이 알려주셨죠?"웃으며 말했다. 나는 그녀의 아이처럼 의기양양한 표정을 보고 고개를 끄덕이는 것이 내 대답이긴 하며 다시 그녀에게 "기쁘냐"고 물었다. 그녀는 웃으며 "당연히 기쁘죠. 저는 아버지와 헤어진 지 3년 남짓 되었다. 아버지가 올 수 있는 것을 전혀 생각하지 못했다"고 말했다. 내 생각엔 네가 생각지도 못한 일이 아직 많아!

나는 그녀가 아직 할 일이 있는 것을 보고 계속 물어보지 않았다. 나는 여기에서 한참을 있었다가 그녀가 바쁠 때를 틈타 조용히 혼자서 걸어 나왔다. 길에서 만난 사람들은 모두 위문단의 일을 이야기하고 있다. 나도 위문단에 관한 것을 생각하고 있지만 내 생각에는 전부 왕 주임과 왕팡과 관련된 일이다. 나는 한참을 생각했지만 결과를 생각해 내지 못했다.

이날 나는 왕 주임의 숙소에 가 보았지만 그가 사령부에 갔다고 들었다. 이튿날 나는 그를 세 번이나 찾아갔지만 끝내 만나지 못했다. 삼일 째 되는 날 그가 나를 찾아왔다.

"라오리, 어제 어디 갔어? 내가 전화를 했는데 다들 당신이 어딜 갔는지 모른다고 했지. 우리 공연을 좀 봐달라고 부탁하러 왔어" 그는 들어오자마자 큰소리로 떠들어 댔다.

나는 처음에는 크게 놀랐다. 나는 분명히 여기에 있었는데 그는 오히려 찾을 수 없다고 했어. 나중에 알아보니 어제 저녁 식사 후에 조 중대장이 나를 보러 왔었고(그는 환영 위문단 행사에 참석하러 왔다), 그와 잠시 이야기를 나누었다는 생각이 났다. 그가 떠날 때 나는 그를 내보내고 또 그를 한참 바래다주었다. 나는 사실대로 대답하였다.

"이건 내 탓이다. 일찍 당신에게 고지해야 하는 것 깜빡했다." 왕 주임은 웃음을 머금고 해명했다. "'헌시(獻詩)'의 효과는 나쁘지 않다. 당신도 많이 봐줬다는 것 들었으니 고맙게 생각한다."고 말했다.

"어디가 내 몫인가. 모두 당신의 꼬맹이의 공로다"라고 나는 왕팡이 낭송한 효과가 나쁘지 않다는 말을 듣고 기쁘게 말했다.

그는 만족스럽게 웃으며 "쓸데없는 말을 하지 말고 나와 함께 사령부에 가서 위문단을 환영하는 연회에 참가하자고 요청하러 왔어"고 말했다.

"위문단이 도착했어? 그럼 왕팡의 아버지를 만났어! 나는 다급하게 물었다.

"만났다. 예전의 그 모습이 별로 안 변했는데 머리가 희끗희끗했다". "우린 어제 밤 1시에 그들을 데려왔다. 모두 매우 즐겁다 나는 그를 껴안기도 했다. 왕팡도 가서 꽃다발을 드렸다"고 그는 얼굴에 또 유쾌한 미소가 떠올리며 대답했다.

"그럼 당신들이 확실히 얘기를 나눴어?" 나는 급히 물었다.

그는 하하 웃었다. "내가 아무것도 얘기 안했다. 그도 기뻐하고 나도 기뻤다. 나는 꼬맹이가 그에게 꽃다발을 바치는 것 배치했다. 꼬맹이는 아버지의 팔을 잡고 숙박소까지 끊임없이 얘기를 하면서 안내해 드렸다. 그 둘은 모두 매우 기뻐했다. 내가 또 무엇을 말해야 하는가?" 라고 물었다.

"그와 껴안았잖아? 그래도 당신을 알아보지 못했느냐"고 나는 다시 물었다.

그는 여전히 즐겁게 웃으며 "그는 내가 조국에서 온 친인(親人)을 안은 줄 알았지. 결코 이곳에 그의 옛 친구가 있다는 것을 생각하지 못하지"라고 말했다.

나는 고개를 가로저으며 정색을 하고 말했다. "당신들은 20년 만에 만났는데 적어도 당신이 누구인지 알게 해야 한다."

그는 나의 의견을 고려하지 않고 여전히 웃으면서 나를 비판하며 "라오리, 당신 왜 이렇게 입씨름을 하느냐. 다시는 쓸데없는 말을 하지 마라. 우리 그만 가자"고 했다.

나는 이상하게 그의 표정을 보고 있다. 그의 수염질 한 얼굴에는 조금의 불쾌한 표정도 없다. 나는 입을 다물고 그를 따라 사령부에 갔다.

사령부가 새로 지은 예당은 산중턱의 수풀 속에 있다. 오래된 지하 예당보다 훨씬 더 밝아졌다. 홀에는 나무 사각 탁자 14개를 놓고 위에 많은 수저를 놓았다. 벽에 위문단을 환영하는 빨간 글씨 표어(標語)가 여러 장 붙어 있다. 무대 위는 조용하고 무대 입구에 붉은 천을 깐 탁자가 있었다. 우리가 들어갔을 때 몇 명의 간부가 안에 좌석을 배치하고 있었다. 그들은 왕 주임을 보자 곧 와서 그에게 지시를 청했다. 나는 홀 안에 잠시 서 있었고 자신이 어떤 탁자에 앉아 있어야 하는지 알고는 조용히 다른 문으로 나갔다. 나는 문 앞에 서서 산경을 바라보았다. 맞은편에도 산이다. 나무가 매우 많은데 약간의 화초와 붉은 잎이 있고 새가 지저귀는 소리가 있어서 전쟁터로 보이지 않는다. 나는 갑자기 사람 소리가 들려서 알고 보니 위문단의 동지들이 도착했다. 그들이 위에서 내려왔다. 나는 그 일행의 얼굴을 보았다. 왕팡은 한 어른의 팔을 잡고 말을 하면서 걸었다. 묻지 않아도 그 어른이 왕푸비오라는 것을 알 수 있다. 나는 그들이 가까이 올 때까지 기다리다가 왕팡과 이야기할 생각이다. 왕팡은 이미 나를 보았다. 그녀는 내가 입을 열기도 전에 어른을 모시고 나한테 왔다. 그녀는 매우 기뻐하고 웃으며 "리린 동지, 우리 아버지가 왔어요." 그녀는 어른에게 내 이름을 말했다. 어른은 얼굴이 빨개지고 눈이 크지 않아 광대뼈가 조금 높다. 깨끗한 새 남색 중산복(中山服)[119]을 입고서 웃으면서 두 손으로 내 오른손을 꽉 쥐어 "동지, 수고했어요."라고 말했다. 그가 말하는 것은 닝보(寧波, 도시 이름) 억양이 좀 있는 표준어이다. 나는 정중하게 몇 마디 대답하고 그들을 따라 들어갔다.

군단장과 정위는 이미 안에 들어와 있다. 그들은 다른 쪽 문으로 들어와서 손님들을 친절하게 맞이하고 있다. 손님들이 연이어 들어왔다. 상하이 서커스단의 동지들도 왔다. 모두 자리를 잡았다. 내가 마침 왕푸비오 부녀와 한 식탁이었다. 이것은 당연히 왕 주임이 배정한 것이다. 왕 주임도 이 테이블에 앉았다. 그와 왕푸비오는 한 면에 앉아서 왕푸비오의 오른쪽에 있고 그의 오른쪽에는 말을 별로 하지 않는 농민 대표이다. 그는 기뻐하게 왕푸비오 부녀와 얘기를 나누었다. 군단장과 위문단 부단장이 연이어 일어나 인사말을 할 때 어른은 늘 왕 주임의 왼쪽 얼굴을 눈을 돌려서 보았다. 나는 그들 맞은편에 앉아서 또 그들의 일을 생각하고 있기 때문에 이런 동작조차도 주의를 기울였다.

주객 쌍방이 인사말을 한 후 모두들 일어나서 잔을 들어 건배를 청했다. 온 홀 안이 웃음 띤 말소리로 가득 찼다. 왕 주임은 술이 담긴 법랑 머그잔을 들고 먼저 왕푸비오의 잔과 '짠', '짠' 소리 나게 부딪었다. 왕 주임은 이 테이블의 모든 사람과 술잔을 부딪쳤다. 그는 왕팡과 술잔을 부딪칠 때 "꼬맹이야, 너는 아버지랑 육친이 모여서 오늘 많이 마셔라"라고 했다. 왕팡은 작은 머그잔을 들고 고개를 끄덕이며 "네,

---

119 손중산(손문)이 제창한 옷이다.

네"를 말했다. 그녀는 매우 기뻐하며 왕푸비오를 보고 나서 술 한 모금을 마셨다. 그녀는 왕푸비오 왼쪽에 앉았고 이어서 또 잔을 들고 왕푸비오에게 술을 올린다. 왕푸비오은 다시 웃음을 지으며 "주임한테 올려라"고 말하고 자신이 만족스럽게 반잔의 포도주를 다 마셨다. 왕팡은 또 미소를 머금고 고개를 끄덕이며 "올리려고 했어요."라고 말했다.

　왕팡이 왕 주임과 건배할 때 왕푸비오가 교대로 그들 둘을 보고 얼굴에 웃음꽃이 활짝 피며 무엇을 생각하고 있는 모양이다. 왕 주임은 아주 기쁘고 관심 있게 "꼬맹이야, 난 괜찮지만 네가 저녁에 공연이 있으니 많이 마시면 안 되네."라고 했다. 왕팡은 "5번 수장님, 오늘 이상하시네요? 방금 나보고 많이 마시라고 했는데 지금은 또 적게 마시라고 하네요."라고 말했다. 그녀는 왕 주임의 대답을 기다리지 않고 또 잔을 들고 나에게 술을 권했다. 그녀가 진심으로 지은 기쁜 표정을 보고 나도 매우 기뻤다. 그녀의 행복을 위해 나는 한 잔을 다 마셨다. 한 테이블에 그녀를 사랑해주는 아버지가 두 명이 있는 사람이 그녀 말고 또 누가 있는가?

　"네가 물었다. 네가 아버지와 만나는 것은 큰 경사이니 너는 확실히 너의 아버지하고 술을 더 마셔야 한다. 그런데 이제 생각나는데 저녁에 공연이 있어서 쉬하면 어떠하지?" 왕 주임은 얼굴을 붉히고 해명했다. 나는 그의 눈빛을 안다. 그것은 아버지의 자애로운 눈빛이었고 그는 단지 딸의 행복만을 생각하는 것 같았다. 그는 "아버지가 많이 드시도록 모셔야지"라고 덧붙였다. 곧 얼굴을 돌려 왕푸비오한테 왕팡을 많이 칭찬하였다. 이때 그는 매우 흥분되어서 목소리도 약간 변했다.

　왕푸비오은 정신이 번쩍 들도록 들더니 계속 고개를 끄덕이고 웃었

다. 그는 술을 마셔서 얼굴이 더 빨개지고 눈은 더 작아졌다. 그가
여전히 왕 주임의 왼쪽 뺨을 응시하고 있는 것이 분명이다. 그의 눈빛
도 왕팡의 빛나는 눈을 향해 옮겨질 때도 있었다. 왕팡은 고개를 갸우
뚱거리며 웃으면서 왕 주임을 보다가 왕푸비오를 보다가 "아빠, 주임
님이 나를 칭찬하지만 다 믿으면 안 돼요."라고 같은 말을 두 번이나
했다. 왕 주임은 도리어 계속 얘기만 한다.

사람들이 계속 술을 마시고 요리도 좀 먹더니 모두들 매우 즐겁게
이야기를 나누었다. 왕푸비오는 갑자기 웃음을 거두더니 왕 주임에게
물었다.

"주임님, 한 사람을 아는지를 모르겠네요?"

"누군데요?" 왕 주임은 경악해서 반문하였다.

"그게 바로 당신의 동향인데 그는 왕동(王東)이라고 부르고 동서남
북의 동인데요. 주임님이 그 사람을 알죠." 왕푸비오는 눈을 부릅뜨고
주의 깊게 왕 주임을 바라보며 말했다.

왕 주임은 자신의 뺨을 살살 긁으며 "맞습니다. 그런 사람 있어요."
라고 어름어름 말했다.

왕푸비오는 급히 다시 한번 "주임님!"을 불렀다. 왕 주임은 얼굴을
돌려 그를 쳐다본다. 왕푸비오는 왕 주임의 귓전에 대고 "주임님, 당신
이 왕동이에요. 내가 당신을 알아요. 당신 왼쪽 귀 밑에 그 점이 아직도
보여요." 그의 목소리가 떨리고 오른손을 왕 주임의 왼쪽 팔에 놓았다.

왕 주임은 연속 두 번이나 고개를 끄덕이고 술잔을 대신한 작은
머그잔을 들고 얼굴이 벌겋게 달아오른 채 일어나서 왕푸비오과 잔을
부딪쳤는데 흥분스럽고 감동하며 웃음을 지으면서 왕푸비오를 바라
보며 "푸비오(復標) 동지, 나의 옛 친구야, 바로 나야. 여기서 너를 만

날 줄은 생각지도 못했다. 이 잔을 비우자. 정말 고맙다야." 그는 한 모금으로 술을 마시자 왕푸비오에게 잔의 밑바닥을 보게 하였고 "나는 다 마셨어. 당신의 건강을 위하여"라고 말했다.

왕푸비오도 술을 마시고 왕 주임의 손을 꼭 잡고 하하 웃었다. "주임, 당신 정말 왕동 동지야. 난 당신을 다시 못 볼 줄은 알았지. 여기 있었구나! 해방 후 나는 여기저기 당신의 소식을 알아보았다. 드디어 당신을 찾았다! 자. 술 마시자! 건배하자! 그는 얼마나 유쾌하게 웃는가!

그들은 술을 마시고, 또 이야기하고, 웃고, 마치 이 탁자 위에 그들 둘만 있는 것 같았다. 다른 사람들은 모두 의아하게 그들을 바라보고 있다. 왕팡도 그들이 무슨 말을 하고 있는지 알지 못한다. 그녀는 그렇게 관심 있게 그들을 보았으나 몇 차례 말을 끼려고 해도 낄 수 없었다.

그들이 하는 말마다 나는 모두 이해한다. 내가 늘 관심을 가지고 해결하고 싶은 문제가 자연스레 해결되고 내 소원에 부합한다. 나는 매우 홀가분하고 즐겁다. 동시에 나는 또 그들의 행동을 주의 깊게 관찰해서 그들의 이야기를 듣고 있다.

왕푸비오는 갑자기 얼굴을 돌려 왕팡을 보고 그녀를 가리키며 왕 주임에게 "그녀를 아느냐"고 말했다.

왕 주임은 두 눈을 반짝이며 "내가 알아. 안다." 고개를 끄덕였다. 그는 만족해서 웃고 있는 것 이외에 다른 행동도 없다.

왕팡은 다시 멍해 있다가 손을 내밀며 "아버지, 그게 무슨 뜻이요?"라고 물었다.

왕푸비오는 그녀의 멍청한 모습을 보고 웃겼다고 느꼈고 그는 "넌 아직도 무슨 뜻인지 모르겠냐? 주임이 어떤 사람인지 아느냐"고 되물었다.

왕팡이 의문의 눈초리로 왕푸비오를 보고 "그는 우리 주임이잖아요?" 웃으며 말했다.

왕푸비오는 입을 그녀의 귓가에 대고 작은 소리로 몇 마디 말했다. 왕팡은 눈이 저렇게 커다랗게 뜨고 눈망울이 그렇게 밝아 보이자 왕주임에게 "5번 수장님, 우리 아빠 말이 진짜예요?"라고 흥분하게 물었다.

나는 왕푸비오가 왕팡에게 한 말을 못 들었다. 왕 주임도 듣지 못했다고 생각한다. 그러나 왕 주임은 "진짜야"라는 세 글자를 격정적으로 대답했다. 그는 또 연속해서 머리를 몇 번 끄덕였다. 왕팡은 또 주의 깊게 왕 주임을 보고 나서 얼굴을 돌려 작은 소리로 왕푸비오에게 몇 마디 여쭈어 보았다.

바로 이 때 군단장과 정위가 와서 왕푸비오와 그 농민대표에게 술을 올렸다. 이어 위문단의 부단장도 와서 왕 주임과 다른 사람에게 술을 올렸다. 나는 왕팡이 줄곧 왕 주임을 보고 있는 것을 알아차렸다. 그녀는 얼굴에 웃음을 지고 있는 뿐만 아니라 눈까지 웃고 있다. 술을 권하는 사람이 떠나자 왕 주임은 급히 일어서서 작은 머그잔을 들고 다른 테이블에 가서 술을 권했다. 왕팡은 막 일어서서 작은 머그잔에 손을 대자마자 곧 다시 앉았다. 그녀는 또 얼굴을 왕푸비오에게 돌리고 작은 소리로 이야기하기 시작했다. 그녀는 매우 흥분되고 또한 매우 기뻤다. 그러나 그녀는 결코 조급하지 않는 것 같다. 이 짧은 시간에 나 혼자 애를 태웠다. 나는 얼마나 그 부녀간의 첫 대화를 듣고 싶겠냐! 그들은 왜 그렇게 여유가 있을까!

왕 주임은 결국 빈 잔을 들고 돌아왔다. 왕팡은 즉시 일어나서 그를 맞이했다. 그녀는 만면에 웃음을 머금고 그의 앞에 서서 머그잔을 높이 들어 술을 조금 붓고 그와 잔을 부딪치며 "아버지!"라고 다정하게 외쳤다. 목소리가 크지 않다. 그녀는 술을 다 마시고 나서 "저는 정말 조금도 몰랐습니다. …… 이보다 더 기쁜 일은 없습니다."고 말했다. 그녀는 왕 주임의 손을 꼭 쥐고 머리를 숙였다.

"꼬맹이야, 더 이상 술을 마시지 마." 왕 주임은 잔을 비우고 온화하게 말했다. 그는 그녀가 고개를 들고 눈물을 흘리는 것을 보자 "난 벌써 알았어."라고 덧붙였다.

"그렇다면 왜 진작 저한테 말하지 않았어요?" 왕팡은 자신의 눈을 비비며 원망스러운 말투로 말했다.

왕 주임은 양 볼을 살살 긁으며 "그야말로 네 아버지다. 그는 너를 이렇게 키워줬는데 내가 어떻게 그한테서 떠나라고 할 수 있느냐"고 자애롭게 말했다. 그는 빙그레 웃었다.

"나는 결코 당신들을 떠나지 않겠습니다." 왕팡은 한마디만 하고 바로 제자리로 돌아왔다. 나는 그녀의 우는 소리를 들은 것 같다. 그러나 그녀는 앉자마자 또 작은 소리로 왕푸비오과 이야기를 나눴다. 나는 왕푸비오의 새빨간 얼굴에서 다시 한 번 미소를 지은 것 봤다……

공연이 시작되자 정위가 환영사를 한 후에 바로 왕팡의 시 낭송인 '헌시'였다. 왕푸비오는 왕 주임과 나 그리고 모두 두 번째 줄에 앉았다. 왕 주임은 우리 두 사람을 그의 양쪽에 앉혔다. 누구나 왕팡이 오늘 밤 특히 기뻐하는 모습을 볼 수 있었다. 그녀의 기름 바른 듯 밝은 눈빛이 줄곧 우리들을 향해 있는 것 같다. 그녀는 그렇게 달콤하게 웃었다. 그녀의 목소리에는 감정이 가득 찼다. 그녀가 낭송하는 매 글자마다 사람들의 심금을 울린다. 그녀는 마치 자신의 마음을 열고 가족을 맞이하는 것처럼 아주 즐겁게 낭송하였다. 나는 매우 감동했지만 두 아버지의 안색을 관찰하는 것을 잊지 않았다. 둘 다 얼굴에 웃음을 머금고 고개를 끄덕여 눈도 깜짝하지 않고 왕팡을 바라보았다. 그녀가 관객에게 경례를 하고 돌아서서 무대 뒤로 들어갔을 때 그들은 남들을 따라 박수를 쳤고 누구보다 열렬했다.

"그녀에겐 더 좋은 연출이 있다" 왕 주임은 웃으면서 왕푸비오에게 알려주었다. 그는 또 얼굴을 나한테 돌려 알려주고 싶은 것이 있는 것 같다. 나는 뜻밖에 그의 두 눈가에 눈물이 흐르는 것을 발견하고는 조용히 그에게 물었다.

"왕 주임도 왜 눈물을 흘렸나?"

"나는 너무 기쁘다." 그는 감격스럽게 나의 어깨를 툭 쳤다. 그러자 그는 "이게 무슨 연출이지"며 의아하게 중얼거렸다.

나도 지금 무슨 내용인지 모르겠다. 군문공단의 진 단장은 상하이 서커스단의 정 단장하고 무대에 올라갔다. 그는 먼저 서커스단의 정 단장을 모두에게 소개한 후에 정 단장이 '헌시'를 듣고 나서 모두에게 좋은 소식을 알리려고 한다고 말했다. 이어서 정 단장은 우렁찬 목소리로 말했다.

"우리 위문단의 왕푸비오 대표가 내게 부탁해서 여러분에게 한 소식을 보고하고자 합니다. 그는 이곳에서 20년 가까이 헤어진 옛 친구인 그의 딸의 진정한 아버지를 찾았습니다. 방금 '헌시'를 낭송한 왕팡 동지는 바로 지원군 왕 주임의 친딸입니다. 내가 위문대 전체 동지를 대표하여 왕 주임 부녀 육친이 모이는 것을 축하드립니다.

"옛 친구, 어떻게 된 일이야?" 왕 주임은 좀 낭패스러워서 얼굴을 붉히며 왕푸비오의 팔을 잡고 원망하였다. 그는 두 번째 말을 할 겨를이 없이 왕푸비오는 이미 일어서서 먼저 박수를 쳤다.

한순간 모두 일어나니 왕 주임도 기립할 수밖에 없었다. 환호와 박수 소리만 들린다. 많은 사람들이 모두 왕 주임한테서 엿보았다. 군단장은 "왕팡이 어디 있나? 여기 오라고!" 큰소리고 외쳤다.

왕팡은 얼굴이 온통 빨개지고 두 눈은 빛을 띠며 첫 줄로 걸어가고 군단장에게 경례하였다. 군단장은 그녀의 손을 잡고 "동지, 축하해요. 축하합니다."를 말했다. 위문단의 주 부단장도 그녀와 악수하였다. 많은 사람들이 그녀를 둘러싸고 그녀와 악수를 하며 그녀에게 물었다.

"왕 주임님! 왕 주임님! 군단장은 갑자기 고개를 돌려 큰소리로 질렀다. 하지만 왕 주임은 벌써 자리를 비워 없어졌다. "왕 주임은요? 경호원, 빨리 5번을 모셔오라고."

나는 왕 주임이 걸어 나가는 것을 보았다. 이때 나는 또 그를 생각하여, 슬금슬금 이 사람의 시끄러운 회의장을 떠나서 우천 문발을 들어 올려 밖으로 나갔다.

회의장에 무대 위의 가스등이 눈부시게 반짝거렸다. 그러나 밖에는 불빛 하나도 보이지 않는다. 다행히도 구름에 가려진 가을 달에 희미한 잔광이 내리기에 한눈에 왕 주임 혼자 조용히 나무 밑에 서 있는 것을 보았다. 나는 그를 향해 걸어갔다. 그는 내 발자국 소리를 듣고 고개를 돌려 보니 "당신도 나왔어!"라고 말했다.

"나는 당신을 찾으러 왔다." 나는 작은 소리로 대답했다. "다들 당신을 기다리고 있어." 나는 참지 못하고 "왕 주임님, 왜 여기 숨어 있느냐"고 물었다.

그는 또 볼을 긁기 시작했다. "조용히 있고 싶어서 밖으로 나왔다. 라오리, 난 전에 일들이 생각났어…… 모든 게 결코 쉬지 않아…… 난……" 그가 갑자기 입을 다물었다. 사람 왔다. 왕팡은 이미 우리 앞에 다다랐다.

"아빠!" 왕팡은 두 손을 왕 주임의 오른손을 잡고 다정하게 말을 했다. 그녀는 한참을 멈추고 나서야 "아빠가 반드시 나에게 지난 일을 이야기해줘야 돼요. 전 아빠가 고생하셨다는 것 알아요. 그동안 아빠가 줄곧 혼자였어요." 그녀의 목소리가 변했다. 더 이상 얘기를 못하겠다.

왕 주임은 왼손을 왕팡의 손에 누르고 감동하여 "애야, 내가 꼭 들려줄 거야. 그동안 너를 기다리고 있었다. 나는 결코 헛기다리지 않았다. 그러나 나는 푸비오(復標) 동지가 이렇게 할 건지 상상도 못했다. 그는 어떻게 그가 너의 아버지가 아니라고 말할 수 있니? 그가 어떻게 말하든지 간에 너는 그의 호칭을 바꿀 수 없다. 나에 대해서는 네가 나를 5호라고 부르든 아버지를 부르든 모두 마찬가지이다. 넌 원래부터 내 딸이야"라고 말했다.

"아버지, 걱정 마세요. 제가 늘 수장님의 지식대로 하잖아요. 수장님이 여전히 제 상사입니다!" 그녀는 말을 하고 갑자기 기뻐서 웃었다.

난 부녀 두 사람 이후의 대화를 듣지 않았다. 내가 이곳에 남아 이야기를 들을 권리가 없다고 생각했기 때문이다. 그리고 내가 떠나자 군단장의 경호원이 다가가서 경리하고 큰소리로 "보고! ⋯⋯" 했다.

위문단의 동지들은 사령부에서 3일간 머물렀다. 그들이 이곳을 떠나기 전에 사령부는 그들을 위해 무도회를 열었다. 나는 사교댄스를 할 줄 모르지만 왕 주임에게 끌려갔다. 나는 벽에 기대어 놓은 긴 걸상에 앉아서 다른 사람이 춤을 추는 것을 보았다. 왕푸비오는 다른 걸상에 앉아 있다. 그가 거기에서 몇 시간을 앉았다. 왕팡은 그의 곁에 앉아서 두 사람은 줄곧 대화를 나눴다. 그녀는 여전히 그를 "아버지"라고 부르고 그는 여전히 "아팡(阿芳)"이라고 불렀다. 나는 그들이 여전히 매우 사랑하는 부녀라고 생각한다.

12시가 되자 어떤 사람은 무도회가 끝났다고 얘기했다. 나는 일어서서 막 회의장을 빠져나가려고 했다. 누구부터 시작했는지 모르지만 사람들은 갑자기 서로 껴안기 시작했다. 나는 급히 모퉁이로 숨었다. 나는 군단장과 연대장이 모두 다른 사람에게 추켜올리고 회의장에서 뱅뱅 돌았다. 왕 주임과 왕푸비오가 함께 껴안고는 것을 보았고, 왕팡과 상하이 서커스단의 한 여자동지가 함께 껴안았다. 사람들은 큰소리로 '지원군전가(志願軍戰歌)'를 부르며 열정적으로 돌려 왔다갔다. 춤추는 것도 아니고 그냥 간단히 리듬도 없이 돌다! 왕 주임과 왕팡은 한데에 부딪쳤다. 한 사람 웃으면서 "꼬맹이"라고 부르고 한 사람은 웃으면서 "5호"라고 불렀다. 그들은 이전보다 더 다정하게 불렀으나 더 자연스러웠다.

나는 모두가 이렇게 몇 분만 돌다가 끝내겠다고 생각했지만 사람들이 갈수록 열렬해지고 멈추고 싶지도 않을 거라고 생각하지 못했다. 나중에 나까지 상하이 서커스단의 정 단장에게 끌고 들어갔다. 그는 내가 군복을 입은 것을 보고 나도 지원군으로 여겼다. 나는 처음에는 약간의 무리가 있었지만 얼마 안 되어 나도 미친 듯이 돌게 되었다. 나는 단지 이상한 느낌이 든다. "나는 조국하고 같이 있다. 내 심장이 조국하고 긴밀히 붙어있다. 나는 막대한 행복감을 느꼈다. 나는 심지어 나까지 잊었고 심지어는 나와 사람들이 함께 모여서 갈라놓을 수 없다고 느꼈다."

나는 다른 사람도 이런 느낌이 있는지 모르겠다. 그러나 모두들 이렇게 열정적으로 한 시간 넘게 놀면서 여전히 헤어지고 싶지 않는다. 나와 왕 주임이 같이 정치부로 돌아갈 때는 이미 이튿날 아침 2시가 넘어서였다.

나는 흥분하기도 하고 지치기도 한다. 도중에 말이 많지 않았다. 왕 주임도 아마 이렇게 될 것이다. 우리가 한참 걸은 후에야 그는 입을 열었다. 그는 갑자기 "라오리, 우리가 꿈을 꾸고 있는 것 아니냐"고 물었다.

"너무 행복해" 그는 혼잣말을 하는 것 같다.

나도 "꿈이 아니야! 이렇게 아름다운 꿈이 어디 있어?"라고 물었다.

몇 분 후 그는 갑자기 나의 오른팔을 잡고 "라오리, 이 일을 좀 써줘. 왕푸비오의 일도 꼭 써줘. 이렇게 좋은 동지! 그를 쓰지 않으면 내 마음에 영원히 걸리겠다. 꼭 내 대신 써 줘"라고 했다.

"내가 쓸게." 나는 생각하지도 않고 시원스럽게 대답했다.

나는 위문단을 보낸 후에 바로 나의 이 약속을 이행하여 나의 이런 견문을 쓰기 시작했다. 나는 왕푸비오를 썼다고 말하지만 왕 주임과 왕팡을 더 많은 필묵으로 그렸다. 나는 2만여 자를 썼지만 왕 주임에게 바로 보이고 싶지 않다. 그가 보고 나서 불만스러워서 이 원고지를 찢어 버릴까봐.

7월 20일

團圓

巴金

我從王主任的房裏出來，雪早已住了。山坡上一片白色。石頭砌的山路一級一級蜿蜒地伸到下面去。王主任住在半山。我的住處在山下。我在這個軍的政治部作客已經一個多星期了。晚飯後我常常同主任散步到山溝口；有時我也到他的房裏坐坐，聽他談些戰鬥故事。王主任才四十出頭，比我年輕，可是他知道的事情很多。他喜歡講話，要是興奮起來一口氣講兩個鐘頭，也不讓人插嘴。我同他可以說是"一見如故"。我拿着兵團政治部的介紹信到這裏來找他，我們頭一次見面，談不上十句，他就稱我"老李同志"。等到他陪我走進我臨時的住室，跟我告別的時候，他索性簡單地叫我"老李"了。我同他在一起一點兒也不感到拘束，我有什麼話就老實地講出來，講錯了，他馬上給我糾正。我向他請教，他總是有求必應。倘使他抽不出時間，他會不客氣地告訴我他沒有空。我剛剛住下來，他就派了一個小通訊員照應我。可是他也任我一個人隨意地到處走走。因此這個落過雪的晚上我從他的房間裏出來，並沒有人送我回去。他本來叫他的通訊員送我下山，我說喜歡一個人慢慢地在雪地上走，謝絕了他這番好意。他也就不堅持了。

雪在我那雙笨重的厚皮靴下面發出吱吱的響聲。我在這些相距不很近的石級上留下了一對一對的腳印。我左彎右拐，走得渾身發熱，一面在回想剛纔聽到的志願軍的英雄故事，越想越高興，就不再注意眼前的東西。我正走得起勁，忽然撞到一棵樹上，其實也不能說是撞，只是我的右胳膊捱了挨樹幹, 壓在枝上的雪落下了一點兒, 有一片貼在我的臉上。我擡起頭往上看, 脚還在朝下移動。我沒有料到脚踏在墊了雪的土坡上身子會站不穩, 要不是我連忙抓住旁邊矮樹的樹枝, 我一定滾到下面去了。

我站定以後, 正在因爲這場虛驚暗暗責備自己的粗心, 一面掏出手帕揩去臉上的汗珠, 忽然聽見一個淸脆的聲音:"同志, 怎麼啦?摔傷沒有?"原來有一位女同志在我背後講話。我不曾回頭, 馬上答道:"不要緊, 我踩滑了, 沒有摔倒。"

後面的聲音又說:"李林同志, 原來是你!小劉沒有來?"王主任派給我的小通訊員叫小劉。

我知道這位女同志叫王芳。就在前天下午她到王主任房裏談工作, 我正在那裏, 王主任便向我介紹, 說她在報社工作, 寫些通訊報道還不錯。她現在旣然認出我來, 我只好轉過臉去向她答話:"小劉在下面等我, 我現在回去。"

她向我招了招手, 親切地說:"李林同志, 你到我們這裏來歇一會兒罷。"我這時纔看出她站在一個住室的門前, 這間黑陰陰的屋子一大半藏在山裏面, 房裏的燈光遮得嚴嚴的。這個山坡上有不少這樣的屋子, 白天我一眼就看見, 夜裏卻不大容易分辨出來。

"王芳同志, 謝謝你, 我回去了, 下回來看你。"我帶笑地答道, 便不再理她, 我的脚又往下移動了。

"請你等一等, 我送你回去。"她說着, 就跑下坡來。我正埋下眼睛看下面那些積了雪的白白的石級, 可是我聽見了她的脚步聲。我不要她送我, 卻又不能阻止她。她已經走到我背後來了。

"李林同志, 你上了年紀, 以後夜裏要帶通訊員啊。"她關心地說。我不願意她送我到住處, 也不喜歡她這種口氣, 可是想到她那張少女的瓜子臉上兩頰好像剛剛油漆過的透亮的黑珠子一樣的眼睛和棉軍帽下面兩根又黑又粗的辮子, 又覺得她小小年紀對我講這種話有點可笑。我只說: "你不要送罷, 就只有一點點路了。"並沒有講別的話。的確山路只剩了十幾級。不過我還要順着山腳走一段路才能到我那個住室。我把腳步加快了些。我打算趕快走下山坡, 轉身對她一揮手, 說聲"再見", 省得她爲我多走那麼一段路。可是她也加快腳步跟着走下來。她還着急地說: "李林同志, 你慢慢走, 看摔倒。"她看見我不停步, 似乎猜到了我的心思, 又說: "我一定要送你回去。"她說了這一句, 自己發出一聲輕微的笑, 馬上加一句解釋: "你是我們軍的客人啊。"

我到了山下, 她也下來了。我含笑對她說: "王芳同志, 謝謝你, 請回去罷。"她望着我笑了笑, 說道: "我送你到家。"我只好陪着她往前走了。

我們在這條看不見燈光的積雪的小路上走着。我因爲她堅持送我感到抱歉, 沒有講話。她卻帶笑地說: "你太客氣了。雪凍起來, 路上不好走。我們走慣了有時還要摔倒。我們是不要緊的。你上了年紀, 不能過於大意啊。"

我感謝她的好意, 便對她老老實實地解釋我的習慣。我們就這樣地談起來, 一邊談一邊走, 不知不覺地到了我的住室門口。通訊員小劉燒暖了炕等我回去, 聽見我們的腳步聲, 便出來迎接。

我邀請王芳到我的屋裏坐坐, 她不肯進去。我要小劉送她上山, 她也謝絕了。她還笑着說: "李林同志, 你別看這裏很靜。這裏滿山都是我們的人。我還怕什麼呢?明天見!"她舉起手向我敬個禮, 又對小劉說一句: "小鬼, 你好好照應李林同志啊!"轉身便走。她的腳步是那麼輕快, 半新的棉軍服穿在她的身上並不顯得臃腫。

"王芳跳舞唱歌樣樣好, 同志們哪個不誇獎她多才多藝。"小劉站在門口說; 接着他自言自語: "你叫我小鬼, 其實你不過跟我一樣的年紀。"然後他揭起雨布門簾, 推開木板門, 進去把蠟點燃, 我也跟着進去了。我聽見了小劉的話, 我記得他對我講過他今年只有十幾歲。

"你看過她跳舞?"我順口問了一句。

"她以前在文工團, 開晚會總少不了她, 跳新疆舞、唱大鼓書、唱'王大媽要和平', 樣樣好!"小劉眉飛色舞地說, 他好像回到在臺下熱烈鼓掌的時候了。

我覺得奇怪, 便問他: "那麼她爲什麼又不在文工團了?"

"首長, 你不曉得?"小劉詫異地反問道, 這個活潑的年輕人不習慣叫我的名字, 卻喜歡籠統地稱我做'首長'。我爲這個稱呼向他提過幾次意見。可是他堅決不改, 我拿他沒有辦法。他那張滾圓滾圓的胖嘟嘟臉上沒有一個時候不見笑容, 你看到他那兩顆骨碌轉個不停的烏黑眼珠, 你也不便向他板面孔。因此我只好裝作沒有聽見, 讓他叫去。

"我當然不知道。我知道了, 還用問!"我順口答道。

"她摔傷了, 回國去了一陣。回來就到報社工作了。"小劉只是簡單地答了兩句。這一次他不笑了, 不過兩顆眼珠仍然骨碌骨碌地轉動。他在炕沿上坐了下來, 讓抖得厲害的燭光在他的胖臉上不停地掃來掃去。

我等着他以後的話。誰知他靜靜地望着燭光, 閉緊了兩片厚嘴脣。我坐在這個洞子裏惟一的木凳上, 右胳膊壓住桌子的一個角, 我什麼也不想, 只是連聲催他: "往下講, 往下講。"

"人家真了不起!摔壞了腿, 血淋淋的, 哼都不哼一聲。當初送她回國的時候, 大家都很難過, 以爲她不會再來了。誰知三個月不滿, 她就跑回來了。"小劉說着。"我看得清楚, 笑容一下子又回到他的胖臉上來了。"

那天我聽說她回來了, 我在溝口等她, 車子半夜纔到, 文工團好幾個同志也在溝口老等。車子剛停, 她正下車, 那些女同志就擁上去把她抱起來。她們又哭又笑, 好親熱啊。我拿起她的揹包就走, 送到文工團。後來包圍她的人散開了, 她纔看見我, 緊緊拉住我的手, 說:"小鬼, 你還是這樣胖!"我看見她一點兒也沒有變, 心裏高興, 就問她:"王芳同志, 你還唱歌嗎?"問得她笑起來了。她說:"我爲什麼不唱呢? 我還學會了好些新歌。我一定要唱給大家聽。"過了兩天, 我們軍裏開晚會歡迎祖國來的首長, 添了一個新節目, 就是她唱'在天安門前相見'。大家拼命鼓掌把手都拍紅了。"小劉懇切地望着我:"首長, 不是我替她宣傳。她真是唱得好, 你一定愛聽。"

我點點頭笑答道:"好罷。"其實我倒真以爲他在向我宣傳了。我再問一句:"她不是離開了文工團嗎?"不等他答話, 我又加一句:"你還沒有講她是怎樣摔傷的。"

"她到前線坑道里去慰問嘛,"小劉忽然大聲說, 他這是回答我的一句話。"文工團時常下連隊, 有時候還到坑道里去演唱給戰士聽。女同志一到連隊, 總要幫助戰士們洗衣服、補衣服、拆洗鋪蓋。你沒有辦法不讓她們做這些事, 哪怕你把衣服藏好, 她們也會找出來。我那個時候, 還在五連當通訊員, 王芳他們到我們連來演出。我們進了坑道三個月沒有看到文工團的節目, 戰士們興奮得不得了。小小的坑道里沒法跳舞, 他們就唱歌、說相聲。坑道里點了燈, 又點了蠟燭, 十多個人擠在炕上, 一點兒聲息也不出。文工團來的人雖然不多, 節目可不少。男同志唱快板、說相聲, 女同志唱歌, 節目個個精彩。不過戰士們總覺得時間過得太快, 一會兒就完了。大家老是要求:"再來一個!再來一個。"戰士們要求一次, 就加一個節目, 嗓子唱啞了, 就啞聲唱。後來女同志聲音都啞了, 只有王芳一個人嗓子沒有壞, 她最後還給我們唱個大鼓書‘新棉衣’. 我們剛剛穿上祖國送來的棉軍裝, 聽她唱起祖國親人縫棉衣、寄棉衣的一番心意, 每句話都好像落在我們心上一樣. 唱得我們心裏真暖和. 哪個不誇她唱得好! 文工團在我們連裏住了幾天, 戰士們差不多全聽到演唱了. 王芳的嗓子也越唱越好. 她後來聽說崗哨還沒有聽到演唱, 她就跑出去找那些人, 親自唱給他們聽. 我起初聽見二排戰士小曹講起, “我還不相信.” 小劉說到這裏忍不住先笑了.” 首長, 我從來沒聽說有這樣的唱法. 我想起就覺得好笑. 可是小曹卻一本正經地講下去.’ …… 那天擦黑, 我正在站崗, 文工團那個女同志來了, 她過來就說: “同志, 你辛苦了! 我是軍裏的文工團員. 軍首長派我們來慰問你們. 你儘管執行你的任務, 我不會妨礙你. 我唱個歌給你聽, 我就在你耳朵跟前唱, 只有你一個人聽得見.”她真的這樣小聲唱起來, 唱完一個, 又一個.‘天黑了, 她才走開.’ 小曹還說: “我站在山頭, 不曉得從哪裏來那麼大的勁, 渾身暖得很, 滿肚皮的高興, 好像一晚上都聽見那個好聽的歌. 我真盼望敵人偷偷地跑上來, 讓我抓一兩個俘虜, 來報答軍首長的關心.’ ……”

小劉忽然停了下來. 我不再催他了. 我已經摸到了他的脾氣: 他平日講話不多, 但是動了感情的時候, 他一定要把心裏的東西全吐出來. 要是他把什麼話憋在肚子裏, 那麼晚上就會大講夢話. 我這個洞子裏一張炕上可以睡四個人. 我早晨向他談起, 他便老老實實地告訴我: “他父親跟哥哥“鬧不團結”. 哥哥是個村幹部, 工作很積極. 父親思想落後, 成天只想到個人利益, 事事要求照顧, 常常跟哥哥找麻煩.”他總說: “我是軍屬嘛, 我們正清到朝鮮去爲了啥?”爲了啥! 我到朝鮮來, 又不是爲了我們家! 人家楊根思抱起炸藥跟敵人同歸於盡, 連眉毛也不皺一下, "我算啥呢?軍屬應當起帶頭作用纔對!自己有力氣, 能走路, 能勞動, 還好意思要求照顧?"他的話講得不少。原來他得到家信, 心裏不痛快, 沒有講出來, 就做了些怪夢。我說: "你寫封信回去, 勸勸你父親罷, 多講講道理, 他也會明白的。"他果然聽我的勸, 給他父親寫了信去。他還把信給我看過, 寫得很不錯。他這個農村出來的青年, 文化水平並不低。他說, 他剛入朝的時候, 只認得七八百字。可見他到了部隊以後, 有很大的進步。

燃剩了的蠟燭芯偏垂下來, 燭油開始往下流。小劉連忙站起來, 用兩個指頭把那段發燙的燭芯拉斷, 丟在地上, 他的眉毛也不曾皺一下。他站在木板桌前, 接着中斷了的話題講下去: "我們連的一排住在最前沿, 文工團的同志堅持要到那裏去演出"。指導員教我陪他們去。走這一段路並不容易。他們剛剛走到, 不肯休息, 就演唱起來。那裏的洞很低, 女同志就跪在炕上唱歌。說相聲的就蹲在炕上說, 炕上不行, 就在又滑又溼的地上幹。王芳說書, 鼓架子支不開, 就請男同志托住鼓。他們還到了最前沿, 王芳站在射口跟前唱歌, 她唱得戰士們個個滿意。大家都說: "同志, 再唱一個, 叫河那邊的敵人也聽聽。"第二個歌還沒有唱完, 敵人的炮打過來了, 炸得坑道直搖晃。可是王芳連眉毛也不皺一下, 還是唱得很起勁……我們在一排幾個班待了一天, 天黑了才動身回連部去。戰士們緊緊地拉住文工團同志的手不肯放。我們走了不遠, 下起了小雨, 山路更不好走了。走到半路, 敵人接連打來幾炮, 震得厲害。不曉得怎樣王芳的鼓連鼓架子一起掉下去了。她着起急來, 跟着聲音下去找鼓。我正在前面帶路, 聽見別人叫王芳不要下去, 連忙轉身回去找她。已經來不及了。她摔下去了。我沒有聽見她的叫聲, 我只聽見別人的叫聲。我們都說不清楚她是怎樣摔下去的。我下去找到了她，她的左腿給岩石撞壞了。她不讓我背，我一定要揹她，我一口氣把她背到連部，讓衛生員給她包紮好，當夜就攙到醫療所去。我看見指導員，馬上檢討: 指導員叫我照應他們，我卻背了摔傷的人回來，我沒有完成任務。戰士們聽說王芳摔傷了，紛紛寫信派代表慰問她，大家還表示決心要替她報仇。指導員同意我的要求，讓我到醫療所去看她。我把我嫂嫂給我縫的慰問袋也帶去了。她睡在病牀上，臉色不好看，人也瘦了。旁邊還有個文工團的女同志。我笑不出來，也講不出話來。我把寫好的慰問信交給她，把慰問袋放在她手邊，不知不覺眼淚花滾出來了。我轉身就走，倒是她把我喚住了。她說: "小鬼，怎麼啦? 遠遠地跑來一趟，話都不說一句，你這是什麼意思?" 我只好當她的面揩幹了眼淚，向她檢討。我剛剛開個頭，她就笑了，她打斷了我的話。她說: "同志，你揹我走了那一大段路，我還沒有謝你，你倒來檢討，哪有這種道理? 你回去，請對同志們說我的傷不要緊，養好了還要唱歌給大家聽。" 我臨走，她要我站近些，她要唱個歌感謝我。我勸她不要唱，那位女同志也勸她不要唱。她卻堅持說: "我的腿摔壞了，嗓子沒有摔壞啊。小聲唱兩句是不要緊的。" 我只好走到牀頭。她真小聲唱起來。她唱的是'歌唱祖國'。她快要唱完，那位女同志就向我努了努嘴。等她剛住口，我就告辭走了。"我不走，她一定還要唱。我看見她雖然唱得高興，臉上也有了血色，可是唱了歌，也顯得累。"

　　小劉這些沒完沒了的談話使我感到很大的興趣，我不嫌話長，只擔心會有什麼意外事情打斷他。忽然在我們頭上響起了一個大雷，這個洞子好像給人推着，一推一放，來回搖晃了幾下。燃了半截的蠟燭倒在桌上，我連忙把它扶起來，又用燭油凝住了它。敵人又在放冷炮了。我朝木板門看了看，門露了一個縫，小劉走到門口，把門關緊，然後坐

到炕上。他不等我催促，又往下講:

"過了不久，我給調到軍裏來了。我一來就聽說她要回國治病。我真替她擔心。我還是怪自己那天沒有好好照應她，不然她決不會摔壞腿。我向文工團打聽到開車時間。沒有想到五號首長也去送她，我就跟去了。她是讓人擡上車的。文工團好多同志都在場。她躺在擔架上，看見五號首長來了，高興極了。五號首長教她安心治病"。她卻接連說:"五號，你答應了的: 我治好了就回來!我一定要回來!"五號首長拉住她的手說:"小鬼，我們都等着你。"她平日叫我'小鬼'，現在也有人叫她'小鬼'，我覺得好笑。五號首長叫了好幾聲'小鬼'。她看見我，也叫起'小鬼'來，她自己也忍不住笑了。送她的人不少，她跟我只講了兩三句話。她說:"小鬼，再見，我一定回來。我等着你立功的消息。"看她的樣子，她好像沒有一點兒痛苦。可是我聽見人說，她在醫療所常常在夢裏痛醒。文工團同志們跟她更親熱。快開車的時候，她大聲唱起了'歌唱祖國'，同志們跟着她唱起來，大家正唱得起勁，車子動了。我們一面唱，一面揮手。歌唱完，車子已經不見了。有些女同志在揉眼睛。五號首長一句話也不說，等到大家都散了，他才慢慢走回去。"

我聽見小劉講起王主任，就彷彿看見那張濃眉大眼、鬍根滿頰的寬大臉，我很難想象他緊閉嘴脣的表情。那天我在他房裏遇見王芳，他向我介紹她"是一個很好、很好的同志"。他不只一次叫她"小鬼"。她對他的態度我也記起來了:又尊敬、又親切，儘管她先在屋子外面叫一聲"報告"，然後走進來敬個禮，談話中一直稱他"五號"。

"第二天文工團一位同志給我捎來一樣東西，"小劉的聲音打斷了我的思路，把我的心拉回來了。"想不到就是我送給王芳的那個慰問袋，就是我嫂嫂給我縫的那個慰問袋。還有王芳寫的一封信。信上話不多。

她說，"這是她送給我的紀念品，她找不到比這個袋子更好的禮物。她教我不要替她擔心，她說她一定要回來。我們都沒有想到她這麼快就回來了。她還是唱得那樣好。她還是成天高高興興。"小劉說到這裏，發出了一陣愉快的笑聲，我看見他笑容滿臉，知道他一定在想象一些使他最高興的場面。我不想打岔他，他講了這麼多話，也應當休息了。

第二天下午我見到了王主任，他的第一句話說是："老李，你以後可要小心啊!摔傷了怎麼辦?"我只是笑笑。他又說："我得向小劉下個命令，不管你到哪裏去，都跟着你。"我並不直接回答，卻望着他說了一句："王芳的嘴真快。"他忽然哈哈地笑了，他笑得很有趣，好像臉頰上黑黑的一片數不清的鬍根都在跟着動了起來。

"你想不到小鬼居然認真提我的意見。你要是摔傷了哪裏，我可得向小鬼好好檢討了。"王主任忍住笑對我說。我知道他指的是王芳，便想到了小劉的那段談話。我順着他的口氣把話題引到王芳的身上。

"聽說王芳唱歌唱得好"我開頭說。

"大家都這樣說。我也喜歡聽。你呢?"

他忘記了我就只見過王芳兩次，不說她唱歌，連哼一句我也沒有機會聽到。可是我不提這個事實，我卻乘機發問："那麼爲什麼不讓她回到文工團去呢?她又沒有摔壞嗓子。"

王主任對我的話並不感到驚奇，他笑道："老李，你一定收到小劉的宣傳了。你問什麼不問王芳本人呢?"

這後一句話把我的嘴堵住了。我只好笑笑，又說："你是首長嘛，正應該問你。"

他看了看我，好像沒有聽懂我的話似的，忽然走到門口，推開帶半截紙窗的木板門說："我們下去走走。"我便跟着他走出這間蔽在半山裏的屋子。我上山的時間跟昨天差不遠，可是下山的時間早。天還不會黑，山坡上仍然一片白色，只有蜿蜒的山路是灰黑色的，石級上的雪堆已經鏟掉了。灌木枝上的積雪也早落散了。我緊跟在王主任的背後踏着泥濘的山路一級一級地往下走。冷風一陣一陣的刺痛我的臉，我有時也會皺一下眉頭。可是王主任卻在我面前哼起歌來。我一下就聽出他在小聲唱'歌唱祖國'。"這不是王芳喜歡唱的歌嗎？"我想起來了，正要跟他講話，剛剛說出三個字"王主任……"，我的右手忽然抓到了一根下垂的樹枝，我連忙站住。他回頭驚問道："老李，你怎麽啦？"

"就是這個地方，我昨天差一點在這裏摔倒"我這樣回答他。他只說了一聲"啊"。我們兩個人不約而同地微微擡起頭，朝上面不遠處一間屋子看了看。那間只露了門和窗的屋子就是報社，雨布還不曾放下，木板也沒有裝上，人們正在那裏面工作。

"老李，你不能大意啊。連小鬼那樣靈活的人也會摔傷的。你剛從祖國來，要是摔傷了擡回去，我怎麽對得起祖國人民呢？"王主任忽然一本正經地講起來。我口裏唯唯諾諾地應着，一面小心地下着腳步(我的確怕摔倒)，一面等着他回答我那句問話(我不想打岔他)。可是我們一直走到山下，他什麽也不說。

現在我們是朝溝口走去，不是去我的住室的那個方向。路上兩天的積雪已經凍硬了，還讓人們的鞋子磨得又滑又亮。我走不慣這種"玻璃路"，走得慢而且吃力。王主任卻走得快，又很從容。他注意到我落後了，便停下來，帶笑地責備自己："我再三叫你小心，自己卻帶你走這條路。你回家那條路上的雪給小劉鏟過了，不像這裏"，他的手朝前面一指："就到那裏爲止罷。今天不到溝口了。"他指的是前面那座"抗美亭"。我剛來政治部，他就引我到那裏去參觀過。我們兩個坐在戰士們做的簡單木凳上, 望着對面的山景, 他滿意地說:"不壞罷, 這是我們的風景區。春天看花, 秋天看紅葉, 冬天看雪景, 雖然比不上祖國的蘇杭, 可我們是在戰地啊。"

我跟着他走上幾級石階, 進了"抗美亭"。茅草檐下木板橫額上三個大字就是他寫的。這裏原是一間老鄉的茅屋, 給敵人的炮彈打壞了。部隊住到這條山溝來, 便把它改成這樣一座亭子。我坐在木凳上, 拿右胳膊壓住圓木桌, 靜靜地望着對面山上白地青花的大幅"線毯", 忽然聽見了飛機聲, 我用眼光去搜尋敵機, 卻一架也沒找到。

"老李,"王主任親切地喚我。我應了一聲, 便測過臉去看他。"我看你太好奇了, 調工作也是尋常的事情……,"他說到這裏, 忽然改換了語調提高聲音說:"小鬼, 你到哪裏去了來?"

我驚訝地跟着他的眼光望去, 看見王芳在下面站住了, 兩邊臉頰凍得通紅, 她是從溝口哪個方向走來的。她擡起頭答道:"我到文工團去取了稿子,"接着又含笑說:"五號, 你們在這裏欣賞雪景嗎?好雅興啊!"

"小鬼, 我正在跟老李談你的事情,"王主任半開玩笑地說。"你自己來講好不好?"

王芳搖搖頭, 兩根長辮子也跟着動了兩下, 她笑嘻嘻地說:"我不來, 我沒有什麼好講的。五號, 你叫我講, 我只好檢討。"

"好罷, 你就來檢討罷, 讓我也聽聽", 王主任仍然在開玩笑, 從他的聲音和臉色我好像看到一種類似父愛的感情。

"五號, 下次罷。我得馬上回報社去, 他們在等我", 王芳笑答道, "她把手裏拿的那捲稿子舉到她頭上搖了一下, 就轉過臉朝我們來的那個方向走了。"她走的並不慢, 兩根鞭子在背後微微地甩動, 我看不出來她的左腿曾經摔壞過。

王主任含笑地望着她的背影, 很有感情地在自言自語:"小鬼畢竟是小鬼啊。"

我不明白這句話的意思, 便問他:"你在講王芳嗎?"

他點點頭說:"對, 便側過臉來看我, 眼光非常深透, 彷彿要看穿我的心一樣。"他忽然問道:"老李, 你看小鬼像誰?"

我給他問住了, 我答不出來。我想來想去, 實在找不到一個面貌同王芳相似的人。

"小鬼跟她母親一模一樣","他繼續說, 他不再等我的回答了。"

我幾乎要脫口說出這句話:"你怎麼知道?"可是我並沒有說。我卻問道:"那麼你見過她的母親?"

"我怎麼沒見過!她母親就是我的老婆,"王主任毫不遲疑地說。他掉開臉慢慢地搔起他的鬚根來。他又在望對面的山景, 好像在想什麼心事。

我愣了一下, 過了幾分鐘才問道:"那麼她就是你的女兒?"

他正望着那個發光的雪白的山頂, 聽見我的問話, 便測過臉對我說:"她還不知道。"

我不大瞭解地再問:"你爲什麼不告訴她呢?"

他微微笑起來, 平靜地說:"你不用替我着急。到時候她自然會知道。"

"她母親呢?難道她母親也不知道?"

我看見他收起了笑容。我看見他用力搔鬚根, 把兩邊臉頰都搔紅了。我看見他皺起兩道濃眉。他忽然喚了一聲:"老李。"我剛剛答應, 他馬上就接下去說:"我知道你一定會問到底。"我又管不住自己這張嘴。過去的事情講起來總是不愉快的。已經快二十年了。可是好像在眼前一樣。我和小鬼的母親剛從北方到上海, 有人介紹我到一家印刷廠當個小職員。我們住在亭子間裏面, 生活苦, 不用說; 還處處受氣。那個時候上海是有錢人的世界, 帝國主義者、巡捕和流氓到處橫行。小鬼出世了。她母親一向身體差, 自己帶孩子睡得不好, 吃得不好, 人越來越瘦, 不過也沒什麼大病。我老婆本來也可能活到今天, 要不是"──"他突然站起來, 我以爲他要離開這裏, 便跟着他起立。可是他咳了一聲嗽(聲音眞響!), 往下面路上掃了一眼, 又坐下來了。

"有天晚上她上街買東西。就在北四川路, 她好好地走在人行道上, 幾個外國水兵喝醉了, 拿着酒瓶一邊走一邊鬧, 不知道爲什麼爭吵起來了, 就扔酒瓶。一個酒瓶打在我老婆的胸口, 把她打倒在地上。有個水兵還拿腳踢她。幸好有兩個行人攙起她來僱黃包車送她回家。從此她就不曾起牀, 病了不到兩個月就死了。我一個人白天又要工作, 帶一個不滿一歲的女兒, 實在不容易。後樓有一家寧波人也姓王, 只有兩夫婦和一個兒子, 男的四十多歲, 在工廠裏做工, 女的只有三十幾, 兒子十多歲了, 念小學, 後來到印刷廠去當學徒。這家人跟我非親非故, 可是他們對人熱情, 看見我遇到不幸的事, 自動地出來給我幫忙。我這樣也能對付過去了。可是小鬼還不到三歲, 我就被捕。起初關在提籃橋, 後來關到蘇州監獄裏。我在提籃橋的時候, 花了錢找人帶信給後樓那位姓王的, 託他照顧我的女兒。我說, 我要是能出來當然還給他一切的費用; 要是日久沒有消息, 那麼女兒就歸他們, 由他們處置。那位姓王的居然到牢裏來看過我。他敎我芳心, 他說他們夫婦把我女兒當做自己的孩子, 決不虧待她。我哪天出來, 就哪天送還給我。我在蘇州一直住到抗日戰爭爆發, 蘇州快要淪陷了, 國民黨反動派才把我放出來。可是去上海的路已經斷了。我後來參加了部隊打游擊, 一直沒有去過上海。雖然曾經託人到上海照地址去打聽, 可是聽說那一帶房子燒光了, 什麼都問不出來。我也就死了心。"

王主任又停下來。他搔了搔臉頰忽然擡起頭, 提高聲音說:"像這樣的事情永遠不會再有了。"

我很想知道以後的事, 可是我又覺得我沒有權利給他喚起那些痛苦的回憶。而且在他講話的時候, 我們的四周漸漸地暗下去了。我的眼睛也有點模糊了, 我看見了小劉的身形。他大概是來找我的, 遠遠地望見王主任和我都在這裏, 就站住了。我默默地等待着王主任的起立。

"去年年初我來到朝鮮, 做夢也想不到居然找着了線索", 王主任並不站起來, "卻改變了語調繼續講他的事情。"當時我還在師裏, 在那次××山阻擊戰中, 在最緊張的時候, 我到了×××團。這個團奉命堅守××山。仗打得激烈, 敵人的炮火厲害, 我們當時還沒有你看見的那種坑道, 只有些簡單的臨時工事。我們雖然打得好, 可是傷亡很大。我們必須守住主峯。不用說這是個艱鉅的任務。上級的命令是堅守三天, 我們的戰士說一是一, 決不講價錢。敵人進攻越來越猛, 人越來越多, 可是都給打下去了。第二天晚上陣地失掉過兩次, 但馬上就奪回來了。到第三天下午情況更加嚴重, 陣地上沒有多少人了。我當時在團政委那裏, 他已經三天三夜沒有睡覺了。前面接連來了幾次電話。友軍來不及趕到。需要人!已經從直屬隊中抽出一批送上去了。這裏只剩下一些身體弱的同志。怎麼辦?我們正在考慮, 忽然聽見響亮的一聲'報告!'直屬隊的同志們拿着決心書走進來了, 一個個昂起頭挺起胸膛, 聲音堅決地要求戰斗的任務。一共二十五個人, 是分幾次進來的。團政委批准了十九個, 留下了六個。六箇中間有一個人不肯留下, 他一再要求到前面去, 最後團政委也同意了。這個人叫王成, 年紀不過三十多點, 來到朝鮮, 水土不服, 身體不好。我聽他口音, 看他相貌, 覺得很熟, 卻想不起來在什麼地方見過。後來我忽然記起來了, 就跑出去找他。他們二十個人拿起槍做好僞裝正要出發，我喚住他，問了兩句話。他果然是後樓王家的兒子。他還記得我原來的名字。我們雖然沒有談話的時間，不過他還是講了一件事情: 王芳也參了軍來到朝鮮。王芳這個名字是我起的。我總算知道我女兒的下落了。王城的話並沒有講完，敵機忽然飛來投彈，我們就分開了。這個團完成了上級給它的任務，友軍也終於趕到了。只是王成沒有能回來，他勇敢地在山頭犧牲了。我本來早已忘記了我的女兒，我甚至以爲她已經不在人世。戰事穩定以後，我卻常常想起她來。我知道她在朝鮮工作，跟我離得近，這是多麼好的事情。我真想見她一面。大概過了兩三個月罷，我在軍裏開會，晚上文工團給我們表演節目，擔任女聲獨唱的文工團員一出來就把我吸引住了。完全是我老婆結婚前的那個樣子。我向坐在我旁邊的宣傳科長問她的姓名。科長說: ‘她叫王芳，你聽不出她還是上海人呢’用不着懷疑了。明明是我的女兒。天大的幸福來得這麼容易!我高興極了。晚會結束，我看見她跟她講了幾句話。我稱讚她唱得好。我問她上海家裏還有什麼人，他說父母都在。我又問起她的父親，她說父親是個退休的工人，叫王復標。我跟她拉拉手就告辭了。心裏的話一句也沒有講出來。可是我放心了。以後我還聽過她唱歌，看過她跳舞，我絕不放過這樣的機會。我高興看見她，高興跟她談話，可是我始終沒有對她講一句話，明說或暗示她是我的女兒。她的父親明明在上海，我有什麼證據證明我是她的父親呢?而且我自己的名字也改過了。 要是王成那天沒有犧牲，他也許會告訴她真實的情形。現在只有寫信到上海去找王復標幫忙。然而我不願意這樣做。說老實話，起初我也想過讓王芳弄清楚誰是她的父親。後來我自己放棄了這個打算，我看出來她多麼愛她那個父親。過了一些時候，我到軍裏來當政治部主任，經常跟她見面, 她對我很好, 只是不知道還有我這個父親, 我也下決心不讓她知道。我看見她唱歌受歡迎, 看見她工作積極, 態度好, 心情舒暢, 我只有高興。我再沒有別的要求了。"

王主任忽然站起來, 走到我身邊, 輕輕地拍我的肩頭, 我又聽到了他的笑聲: "老李, 我什麼都講了, 你該滿意了罷。可是這些話你千萬不能寫出來啊!"

我也站了起來。我緊緊地捏住他那隻手, 表示了用簡單的語言表達不出來的複雜的感情。夜早已來了。可是亭子外面到處閃着淡淡的白光, 天也是一片灰白色, 路白亮亮地橫在我們的下面。我跟着王主任走到下面的路上。我早就看出來小劉還在不遠的地方等候我。我在跟王主任分手之前, 一直以爲自己的那些疑問全得到了滿意的解答。後來我看見王主任上了坡, 自己一面往前走, 一面聽小劉講話的時候, 纔想起來王主任並不曾答覆我那句問話: 她爲什麼不回到文工團去?不過我也並非喜歡打破砂鍋問到底的人。我是來熟悉英雄人物、瞭解英雄事蹟的, 不能把王主任給我的大堆書面材料丟在一邊, 卻在一件小事情上跟他糾纏。所以我打算以後不再向他提那一類的問題了。

兩天以後, 吃過早飯, 我去訪問一位立了一等功的英雄連長, 這是王主任給我安排好的。小劉領我走一條小路, 雖然東彎西拐, 可是不到一會兒功夫就到了連部。我沒有想到王芳已經在那裏了。她參加了我和趙連長的談話, 不但記了筆記, 而且不時提出一些有啓發性的問題。我們在連部吃過了晚飯她和我一路回來。我們三個人仍然走小路, 路上還有一點泥水, 但也不怎麼滑。兩旁有不少矮鬆。小劉帶頭, 我走在最後, 我們走得慢, 一面走, 一面談, 起初談的是趙連長的事情, 從一個英雄又談到其他好幾個英雄, 三個人你一句我一句, 不用說還是兩個

"小鬼"講得多。後來小劉突然把話題轉到了王芳的身上，熱烈地稱讚她唱歌好。王芳答道："我已經改行了，還要你替我宣傳?"我想起了王主任的話，可是我仍然靜靜地聽他們講下去。小劉說："不管你改行不改行，羣衆需要你，你也得唱。"王芳噗哧笑道："小鬼，我看你真要到宣傳科去了。好像我是什麼著名歌唱家似的。我哪裏說得上唱歌?我不過喜歡哼幾下。大家叫我唱，我從沒有說個'不'字。"小劉笑道："我相信你。我真該向你學習。可是我希望你不要改行。我不明白你爲啥不迴文工團去?"我注意地等着王芳的回答。她不馬上答話，也不笑，腳步還是像先前那樣。小劉回過頭來看她，她聲音平靜地答道："小鬼，並沒有特別的原因。我講出來，你就明白了。我的腿不大好，五號照顧我要我暫時到報社幫忙。他還說，過些時候就讓我迴文工團去。"小劉又把他那張胖嘟嘟的皮球似的臉掉過來，帶笑地問道："那麼你快要回去了?"王芳搖搖頭，正經地說："不一定，我現在對報社工作也感興趣，在報社還不是一樣工作。"小劉固執地說："不過戰士們都喜歡聽你唱歌，你唱起歌來打動人的心。"王芳微微揚起頭，笑着說："誰相信你，你又在宣傳。你說，人家朝鮮婦女誰不會唱，誰又唱的比我差?"小劉有點着急了，回過頭，認真地嘟起嘴說："我不會開玩笑，我講的都是真話。你不信，你問這位首長。"他指的是我，他的眼光在找尋我。王芳也掉頭來看我，兩根粗辮子在我眼前幌了一下，兩顆明亮的眼睛露了點詫異的眼光，也帶了點笑意。我不會撒謊，我就說："王芳同志，我雖然沒有聽見你唱過，可是小劉已經對我誇獎過好幾次。"小劉滿意地笑了。王芳掉開臉笑道："李林同志，你已經受了宣傳了。"我馬上接一句："王主任也是這樣講的。"她不作聲了。小劉更加得意地說："我的話是宣傳，五號首長的話總不是宣傳罷?"我想換一個話題，便問她："王芳同志，你的腿沒有問題罷?"她又回過頭來, 微笑道: "你看我不是走得很好嗎?"
我同意地點了一下頭. 小劉卻在前面說: "有時候我看得出來, 也有點
吃力."王芳嗔怪地批評他: "小鬼, 就算你的眼睛尖!"小劉還在前面自
言自語: "也應該注意啊."王芳故意不理他, 卻對我解釋: "腿剛好, 關
節炎又發了. 我在鍛鍊. 過一兩個月天暖了就好了. 現在也沒有什麼
困難."我聽她講的坦白, 誠懇, 便想起了另一些事情, 我又問她: "你
上次回國養傷, 到上海家裏去過嗎?"她答道: "我本來也想回去看看.
五號也同意我回去. 可是我一出院, 就回到部隊來了. 在部隊裏住久
了, 心都留下來了. 誰不想早一天回到朝鮮!"我聽她的聲音, 感覺到一
種能感染人的熱情, 每句話都顯得很親切, 我忍不住再問: "那麼你不
想家嗎?"出乎我的意外, 她笑了, 接着她反問我: "李林同志, 你說你想
不想家?"我爽快地回答: "我當然想家."她接下去說: "我也想啊. 爸爸
媽媽也想我. 不過我不是到朝鮮來旅行的, 工作不結束, 就是回到家
裏也待不住."我又問: "你家里人都好嗎?"她答道: "都好. 除了我爸爸
媽媽, 還有一個弟弟, 在念高中. 我有個哥哥, 去年在朝鮮犧牲了."她
最後一句話教我們不好搭腔, 慰問, 同情一類的話在這個時候都是多
餘的……幸好我們快走到政治部, 前面就是溝口了. 我以爲她不會再
講話, 不想她又開口了: "說實話, 我當初得到消息還偷偷地哭過一場,
哭得真傷心. 我們兄妹感情好. 我是剛解放離開學堂參軍的. 他是頭
一批報名參加抗美援朝的. 他當時在×××團, 五號親眼看見他出發
上前線. 他們都說他勇敢. …… 我真不中用. 人家朝鮮婦女死了多少
親人, 從來不哭一聲, 她們反倒把頭擡得更高, 腳步也更堅定, 一天價
照樣地唱歌跳舞, 有說有笑."小劉忽然在前面插嘴道: "我看你也很樂
觀啊."這句話把她惹笑了. 她說: "小鬼, 你不要表揚我了, 人家朝鮮

婦女纔算樂觀呢!你看她!"她朝前面一指。我看見溝外大樹下兩間簡
陋的茅屋,我知道她指的是柳老大娘的外孫女。外孫女今年十八歲,幾
個月前跟着母親來看外婆,在路上母親給敵人的炮彈打死了。她親手
埋了母親,一個人走到外婆家來,就跟着外婆一塊兒生活,白天在外面
種菜,晚上在家裏紡線。正巧姑娘頂着水罐從院子李出來,高高興興
地唱着朝鮮歌。她看見王芳,遠遠地含笑招呼一聲。王芳帶笑地講了
兩句朝鮮話,姑娘也答了幾句。王芳對我說:"她是我的老師。我跟着
她學會了好些朝鮮歌。"後來小劉告訴我,她向那個姑娘學到的不僅是
朝鮮歌,還有朝鮮話和朝鮮婦女的動作……

　我們進了山溝,走了一段路,聽見有人叫"王芳"。文工團的陳團長站
在山坡上。王芳朝那裏點點頭,就離開我們上山去了。我聽見她得意
地說:"材料都有了。"山坡不陡,可是她的腳步也不慢。我望着她的背
影,卻看不出她的腿有什麼不方便。我掉開臉正往前走,忽然聽見小
劉發出一聲驚叫,聲音並不大。小劉這時不在前面帶路,他在我旁邊,
而且落後了一兩步。我連忙擡頭一望。我看見文工團團長攙着王芳的
一隻胳膊。他在講話,王芳在笑。我着急地問小劉:"她摔倒沒有?"小劉
鬆了一口氣答道:"還好。給陳團長攙住了。"我說:"她以後要多加注意
啊。"小劉嘟起嘴說:"她就是這樣,只會想到別人。對自己就胡塗了。"
我覺得這兩個字用得不對,便說:"她不是胡塗啊。"想不到小劉卻生氣
地反問我:"首長,你說不是胡塗又是啥?"

　對這句問話,我想他自己一定比我更加知道應當怎樣回答,我就不
再作聲了。

　這天晚上我在室裏整理筆記,常常想到王芳的事情,我擔心她的腿
又會出了毛病。第二天早飯以後,我正在住室前面跟小劉講話,忽然看

見王芳朝着我們走來, 腳步輕快, 滿臉笑容, 遠遠地就大聲嚷着: "李林同志, 你們好." 那麼她的腿沒有出毛病了. 我真替她高興, 便走去迎她.

她走到我面前, 拉住我的手說: "李林同志, 你一定要給我幫忙, 就把一卷稿紙塞到我的手裏來." 我寫的大鼓詞, "請你替我看看, 一定要認真地修改啊." 她笑得多天真. 我打開稿紙, 剛看到題目'猛虎連長趙生貴', 聽見她說: "我走了, 下午來取. 我寫不好, 請你認真地修改啊!" 她轉身就走, 叫我來不及挽留. 我只好在後面大聲說: "你走路要注意啊."

"她就是這個脾氣, 不接受意見嘛." 小劉在旁邊自言自語. 我看了他一眼, 他那張皮球臉上有一種非常有趣的笑容. 我便拿着稿紙走進住室裏去了.

稿紙上字跡清楚, 文字也不錯, 我一口氣唸了兩遍, 字字上口. 趙連長的英雄事蹟全寫出來了, 也很生動. 我們昨天一路去訪問英雄, 我剛剛把筆記整理好, 她卻已經寫成了鼓詞. 我越念越滿意, 最後摘出幾個不大恰當的字, 又寫了幾條意見, 不等她來找我, 我先給她送去.

報社裏有三個人工作. 社長也是熟人. 王芳正在看校樣, 我把我的意見對她講了. 報社在一個不算小的洞子裏, 是由天然洞挖大的, 白天不用電燈. 她坐在一張很小的木桌前, 看見我進去, 連忙帶着歉意向我解釋, 她的工作馬上就完了, 正要到我那裏去取稿子. 我那些小意見使她滿意. 我完成了這個任務, 又跟社長交談了幾句, 便告辭出來. 我走出洞口, 聽見社長大聲說: "王芳, 校樣交給我, 你快去罷."我不知道他們在談什麼事情, 可是我剛剛走到山下, 王芳已經趕上來了. 她笑嘻嘻地說: "李林同志, 謝謝你啊."

"王芳同志, 你到哪裏去?"我問道.

"到文工團排練節目去." 她短短地答道, 把手裏那捲稿紙舉了起來。

我就在這裏跟她分手了，我滿心高興地想：我有機會聽王芳唱歌了。王主任已經爲我安排好一個星期內到連隊去，我大概用不着推遲我的行期。

果然隔了一天，小劉給我打了晚飯來，就興奮地對我說："首長，今天有晚會，你到底等着了。"他那張胖嘟嘟的臉好像包不住笑就要綻開似的。接着王主任又差人來通知：他五點前到我這裏來陪我去參加晚會。

晚會在司令部一個地下的禮堂裏舉行。我們從政治部去要翻過一個土坡，山路不算窄，我們邊走邊談，不知不覺間就到了那裏。禮堂中沒有凳子，矮矮的舞臺下間隔着地橫放着十幾根圓圓的木頭，上面已經坐滿了人。我們剛剛在前排找個空隙坐下來，節目就開始了。

王芳的京韻大鼓排在第三。鼓詞我已經念過幾遍，現在由她口裏唱出來卻添了不少的光彩。我雖然不像王主任那樣聽得出神(他就坐在我的左邊)，可是我也讓她的演唱吸引住了。我前兩天見到的趙連長又在我的眼前出現了，他好像就在臺上指揮全連打退敵人一次又一次的進攻。什麼武器都用過了，子彈打完就用石頭打。他們整整守了六天，只傷亡十六個人，卻消滅了七百多敵人。最後趙連長把陣地交給友軍，自己拖着打傷了的腳，抓着樹枝，搖搖晃晃地往上爬。戰士們說："連長，山這麼高，你掛了花怎麼走?讓我揹你上去。"他說："我腳上只穿了一個眼，山再高也沒有我共產黨員的決心高!"他終於爬過了高峯，到了後面。太陽出來了，照亮了他的紫色臉膛，一雙漆黑的眼睛閃露出勝利的喜悅。他看見向他走過來的教導員，嚴肅地敬一個禮，然後緊緊地握着教導員的手，彷彿握着最親愛的人的手一樣……

王芳進去了。大家還在熱烈地鼓掌。王主任在我的耳邊接連說了兩

遍: "不錯罷?是她自己編的。"我掉頭往旁邊看, 我毫不費力地找到了
小劉。他蹲在一個角上, 一張胖臉笑得像孩子似的。我不能不對王主
任講真話了: "她的確有才能, 要好好地培養啊。"

"我知道。"王主任滿意地拍了拍我的肩頭。

晚會結束, 小劉打着電筒給我照路, 走原路回去。翻過土坡的時候,
我看見遠遠地有好些明亮的燈光, 一下子全滅了。小劉站住傾聽一下,
說一句: "不要緊。"又往前走了。一路上我很興奮; 不僅是王芳的演唱,
所有的節目都使我激動。我接觸到那麼豐富的精神面貌, 那麼廣闊的
心靈。我以爲在我看來是很新的東西小劉早已熟悉了。可是他似乎比
我更興奮。他一晚上都在講夢話。我偶爾也聽見了兩句: "我下決心了,
我連心也可以挖出來。"我不知道這是什麼意思。

我離開軍政治部的那天, 到王主任的房裏辭了行回來, 小劉給我打
好了鋪蓋卷, 在住室裏等我。他要回到原來那個連隊去, 五號首長已
經答應了, 要另外派一個通訊員來照應我。他向我表示了歉意。他雖
然高興回連隊, 可是他的講話和舉動都流露出依依不捨的感情。我也
不願意這麼匆匆地跟他分別。最後我同他約定, 過兩個月到那個連隊
去看他。

我並不曾失信。可是我去遲了些, 已經是好幾個月以後了。這中間
我到過幾個部隊, 也見過王主任幾面, 還聽過幾次王芳的演唱, 也知道
她已經回到文工團。我常常懷念小劉, 因爲我一直沒有得到他的消息。
我後來忽然聽說小劉在的那個連隊打了勝仗, 把敵人佔據的一個無名
高地拿下來了。這些日子爲了迎接國慶三週年, 爲了歡迎第二屆祖國
人民赴朝慰問團, 志願軍前沿各個部隊都在打勝仗, 到處都聽見這樣
的說法: "爭取立功, 迎接親人。"我聽到許多捷報以後, 再得到那個連

隊的勝利消息, 我很難制止想會見小劉的慾望. 過了國慶節, 我便動
身到那個連隊去.

我揀了個下雨天動身, 因爲在這樣的日子敵人的炮兵校正機不大出
動, 炮也打得少些. 通訊員小吳背上我那簡單的行李, 我穿一件雨衣,
他披一幅雨布, 我們安全地走到了五連連部. 我們在坑道裡見到了連
長. 他已經得到通知, 又熱情﹑又親切地接待我. 我和他交談了半個
鐘頭的光景, 便提起了小劉的名字, 還說我想見見小劉.

"對, 對, 劉正清, 是個好戰士!" 連長點點頭.

我連忙說明我跟劉正清很熟, 並且把那次分別的情景也講了.

"不湊巧, 他回國了." 連長略略皺起眉毛說.

我詫異地問道: "他回國去幹什麼呢?" 我自己馬上興奮地接下去說:
"參加國慶觀禮嗎?"

連長搖搖頭說: "他掛了花, 送回去了."

"他掛了花?傷重不重?" 我愣了一下, 驚問道.

連長看了我一眼, 聲音低沉地答道: "兩條腿都斷了."

我變了臉色. 着急地追問: "他……他沒有危險嗎?" 連長昂起頭說: "這
個小青年還嚷着要回朝鮮來打美國鬼子呢!"

"他能回來嗎?" 我順口問了這一句. 話出口我才覺察到它是多餘
的了.

連長看了我一眼, 激動地說: "要是真依他的話, 他一定會回來." 這
些小青年都有那麼一股勁, 你簡直拿他們沒有辦法. 他是這樣掛花的:
那天他跟着我上去, 打到最後, 主峯上還有個敵人的大母堡攻不下來,
火力猛得很, 我們犧牲了幾個同志. 我十分着急, 拿起一包炸藥, 打算
自己衝上去炸掉它. 劉正清在後面拉住我的衣服, 要求把任務交給他.

他一上去就把母堡解決了。可是他自己滿身是血, 兩條腿都完了。擔架員來擡他, 他還說:"我要堅持, 我要打。"我後來去看他。他皺着眉頭, 臉上沒有一點血色, 我卻聽不見他哼一聲。我告訴他要給他請功, 他還說自己沒有好好完成任務, 應當檢討。"真是個有趣的小青年。戰鬥剛結束, 軍文工團的同志就來慰問我們。有位女同志還給劉正淸輸了兩次血……"

"那位女同志是不是叫王芳?"我忽然打岔地問道, 其實我的猜想也沒有多大的根據。

"對, 就是王芳!大家都喜歡聽她唱。"連長點頭笑答道。我看他的臉色, 他好像奇怪我怎麼會知道是王芳輸的血, 他又好像因爲我知道這件事感到滿意。

連長一口氣告訴我這許多事情, 都是我所想知道的。我一時想不到更多的問話, 這天我們就談到這裏爲止。小劉雖然回國, 但是我總算踐了約, 我在這個連隊住下來了。

我在這裏睡的炕是兩個通訊員讓出來的, 不用說, 也就是小劉睡過的炕。頭兩三天我睡在炕上半夜裏好像總聽見小劉在講夢話, 其實這次跟我來的通訊員小吳一上炕就安靜地睡到天明, 全是我自己在做夢。

我本打算在這裏多住些時候, 可是不到一個星期, 我忽然接到王主任的電話, 說是祖國來的慰問團就要到了, 教我馬上回到軍政治部去。

我到了政治部, 還是住在從前住過的地方。我幾個月不來, 山溝裏也有不小的改變。人多了, 路寬了, 房屋增加了, 樹木也茂盛了。溝口用松枝搭了一個牌樓, 上面有這樣九個字:"歡迎祖國人民慰問團"。我走了一段路, 見到好些熟人, 還隱約聽見文工團同志們的歌聲。我放好行李就去見王主任。

　　王主任在房裏跟王芳講話, 一面在看手裏的幾張稿紙。他見我進去, 高興地大聲笑道:"老李, 你來得正好, 正要請你幫忙。你先看看再說。"他跟我握了手, 就把稿紙塞到我的手裏來。

　　我也跟王芳握了手, 然後攤開稿紙一看, 原來是一首歡迎慰問團的'獻詞'。筆跡很熟。我朝王芳看了一眼, 她對我笑笑。我知道詩是誰寫的了, 就站着小聲唸了兩遍, 覺得不錯。我還看到王主任修改的句子。我沒有提出什麼具體意見, 只說了幾聲"很好", 便把詩稿交還給王主任。

　　可是等我告辭出來, 在自己那個住室裏剛剛坐定, 王芳就進來了。她手裏拿着詩稿, 一邊說, 一邊笑:"李林同志, 你一定要好好給我改一下。要在歡迎會上朗誦的啊。"她又把詩稿交給我。看她那神情, 她並不是在對我講客氣話。我只得接過詩稿認真地再唸了一遍。

　　她看見我還是不提什麼意見, 便挑出幾個她自己認爲不大妥當的句子要我替她解決。這次我總算給她幫了一點忙。她滿意地拿回詩稿就向我告辭。我要留她, 她卻笑着說:"我還要準備節目, 再不回去, 我們陳團長要急死了。下次來罷。"

　　我就說:"那麼我陪你走一段罷。"她還要推辭。我卻跟着她走出了洞子。

　　出得洞來, 我一開口就提起她給小劉輸血的事情。她聽到小劉的名字, 馬上說:"小鬼有個東西要我交給你。"我連忙問:"什麼東西?"她側過頭看了我一眼, 臉色馬上變了, 壓低聲音說:"筆記本。小鬼還說……"

　　"他怎麼說?"我打斷了她的話。

　　"他說他等了你幾個月, 他還以爲你回國去了呢。"她知道, 埋下頭往前走, 也不再看我了。

我過了半晌, 纔再問一句: "他傷得怎樣?" 我心裏不好過, 我好像又看到小劉那張皮球似的臉, 他那麼高興地說: "我一定等着你!"

王芳一面走, 一面說, 好像在自言自語: "小鬼從醫療所上車回國的時候, 兩條腿都鋸掉了。他還在哼'歌唱祖國', 還說裝好假腿就回到前線來。他比我堅強多了。我上次回國, 他送我……" 她的聲音變了, 她立刻閉上了嘴。

她一直不講話, 我後來實在忍不住又問一句: "他沒有危險罷?"

她忽然擡起頭, 提高聲音說: "他一定會活下去, 比我們還活得久。他沒有腿, 也能做許多、許多好事情。" 她很激動, 不過聲音很堅決。但是這以後她又不作聲了。

我們默默地走到了文工團的住室。我拿到筆記本, 馬上打開翻看, 在第一頁上, 我看見小劉親筆寫的四行字!

忠於團
　　我要忠於自己的工作
愛祖國
　　就要愛自己的同志

王芳站在我旁邊, 低聲念出了這兩句話, 然後解釋道: "小鬼說, 他以後不一定能再見到你, 請你留下這個做紀念罷。這些字是他入團的時候寫的。"

我鄭重地放好了筆記本, 跟王芳緊緊地握一次手, 就走了出來。我表面上並不露出什麼, 我不願意使她分心。

我一個人慢慢地走回去。一路上埋着頭在想小劉的事情, 也沒有注意走到哪裏了。忽然一只有力的手抓住了我的左胳膊。我吃驚地擡起頭來, 看見王主任一對帶笑的眼睛和一張快要讓鬍鬚遮沒了的臉。

"老李, 你怎麼啦?我對面走來, 你都看不見; 叫你, 你也不應!"他大聲笑問道。額上直冒熱氣, 他把軍帽朝上面推了一下。我勉强笑了笑。我老實地告訴他在想事情, 我還想把小劉的筆記本掏出給他看。可是他並不注意聽我講話, 他眨了眨眼睛, 笑着說: "老李, 有個好消息, 小鬼的父親來了。"

"小鬼的父親……不就是你嗎?"我驚疑地說。我沒有懂他的意思, 我還在想小劉。

他笑了: "你怎麼搞的?我說的是她在上海的父親王復標, 參加慰問團, 明大就要到了。"

我現在完全明白了, 忽然高興起來: "那麼王芳一定很滿意了。她知道嗎?"

"剛剛得到電話, 正要去告訴她。我還想看看節目準備得怎樣了。"他答道。

我看得出他很興奮, 我替王芳高興, 也替他高興。我想到了另一件事情, 又問一句: "他怎麼會知道呢?快二十年了。就是見了面他也認不出你來。"他忽然收了笑容, 壓低聲音嚴肅地說: "我正在考慮, 明天見到他的時候要不要告訴他我就是某某……"他伸起手搔了搔右邊臉頰, 又在搔左邊的。

我不等他講完, 就打岔說: "爲什麼不告訴他呢?"

"是啊, 我也很想跟他談談。他要是知道我還活着, 一定很高興。"王主任不假思索地回答, 臉上又露了點笑意。"不過要是他把小鬼還給我怎麼辦?"

"那麼你們父女團圓了。"我這樣說, 只是因爲我一時找不到另外的話。

"我們父女不是已經團圓了嗎?我喜歡小鬼, 不過我不願意教王復標難過啊。"

"那麼你--"我插嘴講了這三個字, 就讓他打斷了:

"所以我打算不讓他認出我是某某人。對我來說, 她叫我五號, 叫我爸爸, 還不是一樣?"他看見我不作聲, 又加上幾句: "對王復標來說, 可不同了。" 他是看着小鬼在貧苦中一天一天長大起來的。 我不能逼着他對小鬼說: "我不是你的父親我不能把小鬼從他手裏搶走。"

他只顧談話, 不知不覺地跟着我走了一大段路, 把我送到我的住室門口了。我停下來, 他也停下來。我讓他進去坐坐。他說要到文工團去看節目, 我看見留不住他, 便對他說: "要是王復標願意把女兒交還給你, 你怎麼辦?"

他愣了一下, 搔了搔臉頰, 忽然微微一笑, 答一句: "讓我仔細想一想。"就轉身走了。我望着他的背影, 他昂起頭, 挺起胸, 邁着大步, 哼起'歌唱祖國'來。

他的高興傳染給我了。我回到住室裏翻看小劉的筆記本, 除了第一頁上那四行字之外, 還有"劉正清, 一九五二年八月"十個字寫在前面襯頁上。這個筆記本是新買來的, 小劉還來不及在上面記錄什麼。我把他寫的那些字反覆地唸了好幾遍, 闔上本子, 我又想到了小劉。然而我想來想去, 總是看見那張包不住笑的胖臉。我甚至想到他真的裝好假腳帶着笑走來了。我便拿起筆給他寫了一封慰問感謝和鼓舞的信。

晚飯後, 我拿着信出去交軍郵, 回來經過文工團, 便彎進去看王芳。

文工團的洞子裏很熱鬧。大家都在認真排練歡迎慰問團的新節目。王芳在練京韻大鼓'歡迎祖國來的親人', 剛剛開頭, 我站在旁邊聽完它。她的臉色和聲音告訴我一件事: 她心情舒暢。我也看得出來她動了真感情。鼓詞寫得樸素而生動, 我認爲是她寫的, 她卻向我介紹這是文工團陳團長的創作。接着她很高興地對我說: "我爸爸明天要來了。"我立刻接一句: "我早就知道了。"她笑道: "一定是五號告訴你的, 是不是?"我望着她那孩子似的得意神情, 點了點頭, 算是我的回答, 卻再問她: "你高興嗎?"她笑了, 爽快地答道: "我當然高興。我離開他三年多了。我完全沒有想到!"我心裏想, 你沒有想到的事情還多着呢!

我看見她還有工作, 也就不再往下問。我在這裏待了好一陣, 趁她忙着的時候, 一個人靜靜地走了出來。一路上遇見的人都在談慰問團的事情。我也在想慰問團的事, 不過我想的盡是跟王主任和王芳有關的。我想了半天, 卻想不出一個結果來。

這一天我去過王主任的住室, 可是聽說他到司令部去了。第二天我找他三次, 卻始終不曾見到。第三天倒是他來找我了。

"老李, 你昨天跑到哪裏去了?我打電話找你, 說是找不到。我想請你去看看我們的節目行不行。"他一進來就大聲說。

我起初大爲驚奇, 我明明在這裏, 他卻說找不到。後來問明白, 我纔想起昨天晚飯後趙連長來看我(他來參加歡迎慰問團的活動), 我們談了一會兒。他告辭的時候, 我送他出去, 還陪他走了一大段路。我便照事實回答了。

"這要我負責, 我忘了早通知你。"王主任帶笑解釋道, "'獻詩'的效果還不壞。聽說你也出了力, 倒要謝謝你。"

"哪裏是我出力!都是你那個小鬼的功勞。"我笑答道, 聽說王芳朗誦的效果不壞, 我自然也高興。

他滿意地笑道:"廢話不說了, 我來約你跟我一塊兒到司令部去參加歡迎慰問團的宴會。"

"慰問團來了? 那麼你見到王芳的父親了!"我急切地問道。

"見到了。還是從前那個相貌, 變得不大, 就是頭髮花白了。"他答道:"我們昨天半夜一點鐘把他們接來的。大家真高興。我跟他擁抱起來了。王芳也去了。她們還獻了花。"他的臉上又現出了愉快的笑容。

"那麼你們一切都講明白了?"我連忙問道。

他哈哈笑了起來:"我什麼也沒有說。他高興, 我高興, 這就夠了。我安排好小鬼給他獻花。小鬼挽住她父親的胳膊講個不停, 一直把她父親送到招待所。他們兩個都很高興。我還要講什麼呢?"

我又問道:"你不是跟他擁抱過嗎? 難道他還認不出你來?"

他仍然愉快地笑着說:"他以爲我在擁抱祖國來的親人, 決不會想到這裏還有他的老朋友。"

我搖搖頭, 正經地說:"我不同意你的想法。你們分別二十年見一次面並不容易。你至少應當讓他知道你是誰。"

他並不考慮我的意見, 仍然笑着, 他批評我:"老李, 你怎麼這樣 口羅 嗦!不要再講廢話了。我們走罷。"

我詫異地看他的臉色。在他那張剛剛修過的臉上連一點點不愉快的表情也沒有。我便閉上嘴跟着他到司令部去了。

司令部新修的禮堂在半山上樹林中, 比舊的地下禮堂大多了, 亮多了。廳子裏擺了十四張白木方桌, 上面放好了碗筷。壁上貼了好幾張歡迎慰問團的紅字標語。臺上靜靜的, 臺口有一張鋪上紅布的桌子。我們進去的時候, 有幾個幹部在裏面安排座位。他們看見王主任, 便過來向他請示。我一個人在廳子裏站了一會兒，知道了自己應該坐哪一張桌子，便悄悄地從另一道門出去。我站在門前看山景。對面也是山，樹木很多，有一點花草，有紅葉，還有鳥叫，不大像戰地。我忽然聽見人聲，原來慰問團的同志們到了。他們是從上面走下來的。我注意地看那一行人。王芳挽住一位老人的胳膊，一邊講話，一邊走。我不用問，也知道那個老人是王復標。我等着他們走近，打算找王芳談話。王芳已經看見我了。她不等我開口，就把老人引到我跟前來。她十分歡喜地含笑說："李林同志，我爸爸來了。"她對老人講了我的名字。老人臉紅紅的，眼睛不大，顴骨顯得高些，穿着乾淨嶄新的藍布中山裝，笑容可掬地用兩隻手握住我的右手。他說："同志，你辛苦啦。"他講的是帶點寧波口音的普通話。我客氣地回答了兩句，就跟着他們進去了。

軍長和政委都已經在裏面了，他們是從另一面的門進來的，他們親切地接待客人。客人接連地來。上海雜技團的同志們也來了。後來大家都坐定了。我恰好跟王復標父女同桌，這當然是王主任安排的。王主任也坐在這一桌，他和王復標坐在一面，就在王復標的右邊；在他右面坐的是一位不大講話的農民代表。他高高興興地跟王復標父女交談。在軍長和慰問團分團副團長先後站起來致詞的時候，老人常常掉過眼光看王主任的左邊臉。我坐在他們對面，心裏又在想他們的事，所以連這樣的動作也注意到了。

在主客雙方致了詞以後，大家站起來敬酒。整個廳子裏盡是帶笑的講話聲。王主任舉起盛了酒的搪瓷茶缸，首先跟王復標碰杯，碰得小茶缸直響。王主任跟全桌人都碰了杯。他跟王芳碰杯的時候，還說："小鬼，你們父女見面，你要多喝酒啊！"王芳端起小茶缸點着頭說："我喝，我喝。"她非常高興地看了看王復標，然後喝了一小口酒。她坐在王復標的左邊，接着她又端起小茶缸向王復標敬酒。王復標笑道：“你敬主任的酒吧。”他自己滿意地把小半茶缸的葡萄酒喝完了。王芳又一次含笑點頭說：“我要敬的，我要敬的。”

我注意到王芳跟王主任碰杯的時候，王復標輪流地看他們兩個，臉上笑容淡了，他好像在想什麼心事。王主任又高興又關心地說：“小鬼，我不要緊。你晚上還有節目，不能多喝啊。”王芳卻笑起來了：“五號，你今天怎麼啦？你剛纔叫我多喝，現在又叫我少喝。” 她不等王主任答話，又端起杯子向我敬酒。我看見她那種衷心愉快的表情，我也很高興，我爲她的幸福喝幹了酒：誰能夠像她這樣在一張飯桌上有兩個真心愛她的父親呢？

“你問得好。你們父女見面是樁大喜事，你的確應陪你父親多喝幾杯。可是我現在想起來了，晚會上你還有重要的節目，你醉了怎麼辦？”王主任紅着臉解釋道。我懂得他的眼光，那是父親的慈愛的眼光，他好像只想到女兒的幸福。他接下去補一句：“你要照顧你父親吃菜啊？”馬上轉過臉對王復標講話，大大地誇獎王芳。這些時候他一直很興奮，講話的聲音也有點變了。

王復標聽得出神，不住地微微點頭，笑容又出現了。他喝了酒，臉更紅了，眼睛更小了。我看得出來他仍然在注視王主任的左邊臉頰，有時他的眼光也會移到王芳那對閃閃發光的眼睛上。王芳微微搖頭，微微笑着，她看看王主任，也看王復標，同樣的話她說過兩次：“阿爸，主任在表揚我，你不要全相信啊。”王主任卻只管講下去。

衆人又喝了一陣酒，吃了一些菜，大家談得十分高興。王復標忽然收起笑容，沒頭沒腦地向王主任問道：

“主任，有個人你認得不認得？”

"誰?"王主任驚愕地反問道。

"就是你們同鄉, 他叫王東, 東南西北的東。主任, 你一定認得他。"王復標睜大眼睛, 注意地望着王主任說。

王主任輕輕搔着自己的臉頰, 遲疑地說: "對, 有--這麼一個人。"

王復標連忙激動地再喚一聲: "主任!"王主任掉過臉去看他。王復標就在王主任的耳邊說: "主任, 你就是王東罷, 我認得。你左耳下面那顆痣還在。"他的聲音在發抖, 他把右手放在王主任的左胳膊上面。

王主任接連點了兩下頭, 就端起代替酒杯的小茶缸, 滿臉通紅地站起來, 把茶缸送過去跟王復標碰了杯, 又興奮, 又感動, 帶笑地望着王復標, 熱情地說: "復標同志, 我的老朋友, 的確是我。想不到會在這裏見到你。喝幹這杯酒罷, 我真要感謝你。"他大口喝幹了酒, 讓干復標看見了茶缸底, 還說了一句: "我幹了, 爲你的健康。"

王復標也喝了酒, 緊緊握着王主任的手哈哈地笑道: "主任, 你真是王東同志, 我還以爲見不到你。原來你在這裏!解放後我到處打聽你的消息。我總算找到你了!喝酒, 喝酒!我們乾杯!"他笑得多快活!

他們又喝酒, 又講話, 又笑, 彷彿這張桌上就只有他們兩個似的。別的人都詫異地望着他們, 連王芳也不明白他們在講什麼事。她那麼關心地望着他們, 她幾次想插嘴, 都插不進去。

不用說, 他們講的每一句話我都瞭解。我一直關心、一直想解決卻無法解決的問題現在很自然地解決了, 而且符合我的願望。我感到十分輕鬆、愉快。同時我又在留意他們的舉動, 聽他們的談話。

王復標忽然側過臉去看王芳, 指着她對王主任說: "你還認得她嗎?"

王主任兩眼發光地點頭說: "我知道, 我知道。"他除了滿意地、歡喜地笑着外, 再沒有其它的動作。

王芳又愣了一下, 然後伸過手去, 驚奇地問她的父親: "阿爸, 這是什麼意思?"

王復標看見她的愣相, 覺得好笑, 他反問她: "你還不明白什麼意思? 你知道主任是什麼人?"

王芳疑惑地看看王復標, 她笑答道: "他是我們的主任嘛。"

王復標把嘴伸到她的耳邊, 小聲說了幾句話。王芳的眼睛睜得那樣大, 眼珠顯得那樣亮, 她興奮地問王主任: "五號, 我爸爸的話是真的?"

我聽不見王復標對王芳講的話, 我想王主任也不會聽見的。可是王主任卻激動地答了三個字: "是真的。"他還接連點了幾次頭。王芳又注意地看了看王主任, 然後轉過臉小聲地向王復標問了幾句話。

就在這個時候, 軍長和政委過來向王復標和那位農民代表敬酒了。接着慰問團分團的副團長又過來向王主任和別的人敬了酒。我注意到王芳一直在看王主任, 不但臉在笑, 連眼睛也在笑。敬酒的人走開了, 王主任連忙站起來, 端着小茶缸到別的桌去敬酒。王芳剛剛站起, 手碰到小茶缸, 馬上又坐下了。她又把臉掉向王復標, 小聲地談起話來。她很激動, 也很高興。可是她似乎並不着急。在這個短短的時間裏倒把我一個人急壞了。我多麼不能忍耐地等着聽他們父女間的頭兩句對話!他們怎麼能夠那樣地從容!

王主任終於端着空茶缸回來了。王芳立刻站起來迎着他。她滿面含笑地站在他面前, 高高地舉起茶缸, 倒一點酒在他的茶缸裏, 然後跟他碰杯, 親熱地喚一聲: "爸爸!"聲音並不大。她喝幹了酒, 又說: "我真的一點兒也不知道……再沒有更教人高興的事了。"她緊緊捏住王主任的手, 埋下了頭。

"小鬼, 不要再喝了。"王主任乾了杯以後溫和地說。他看見她擡起頭, 眼睛裏有淚水, 便補一句: "我早就知道了。"

"那麼, 你爲什麼早不告訴我?"王芳揉了揉自己的眼睛, 帶點埋怨的口氣說。

王主任輕輕地搔了搔兩邊臉頰, 慈愛地說: "他纔是你的父親。他把你養到這樣大, 而且敎育得這樣好。我怎麼能敎你離開他呢?"他微微地笑了。

"我決不離開你們。"王芳只說了一句話, 就回到座位上了。我彷彿聽見她的帶哭的聲音。可是她剛剛坐下, 又在小聲跟王復標談話了。我看見王復標紅紅的臉上又出現了滿心的笑容……

晚會開始, 政委致歡迎詞以後, 便是王芳朗誦的'獻詩'。王復標、王主任和我都坐在第二排。王主任讓我們兩個坐在他的兩邊。誰都看得出來王芳今天晚上特別高興。我卻覺得她那對像擦過油似的亮眼睛一直朝着我們這一排。她笑得那麼甜。她的聲音裏充滿了感情。她朗誦的每一個字都進了人們的心。她那麼愉快地, 那麼熱情地朗誦下去, 好像她打開了自己的心在迎接親人一樣。我很感動, 可是我並不曾忘記觀察那兩位父親的臉色, 他們兩位都是一樣。臉上帶笑、時時點頭, 不轉睛地望着王芳, 一直到她向觀衆敬了禮, 轉身走進後臺的時候, 他們纔跟着別人鼓掌, 而且比任何人熱烈。

"她還有個更好的節目。"王主任笑着告訴了王復標。他又掉過臉來看我, 好像也要我知道一樣。我意外地發現他兩隻眼角上有淚珠, 便輕輕地問他:

"王主任, 你怎麼也流了淚?"我的聲音並不是平靜的, 我也動了感情了。

"我太高興了." 他激動地說, 拍了一下我的肩頭. 但是他馬上詫異地自言自語: "這是什麽節目?"

我也不知道現在是什麽節目. 原來軍文工團的陳團長陪着上海雜技團的丁團長走到臺口來了. 他先把雜技團的丁團長介紹給大家, 然後說丁團長聽了'獻詩'以後要向大家報告一個消息. 接着丁團長用響亮的聲音說.

"我們慰問團第四分團的王復標代表委託我向同志們報告一個消息: 他在這裏找到了他分別了將近二十年的老朋友他女兒的真正父親. 剛纔朗誦'獻詩'的王芳同志就是志願軍王主任的親生女兒. 我們慰問團第四分團周副團長要我代表全團同志祝賀王主任父女團圓……"

"老朋友, 你怎麽搞的?"王主任有點狼狽, 他紅着臉抓住王復標一隻胳膊抱怨道. 他來不及說第二句話, 王復標已經站起來, 第一個鼓掌了.

一刹時大家都站起來, 王主任也只好起立. 只聽見一片歡呼和掌聲. 好多人都朝王主任這裏看. 軍長大聲在嚷: "王芳呢?叫她到這裏來!"

王芳滿臉通紅, 兩眼發光, 走到第一排, 向軍長敬了禮. 軍長拉住她的手連聲說: "同志, 給你道喜, 給你道喜啊."慰問團的周副團長也跟她握手. 好些人圍着她跟她拉手, 向她問話.

"王主任!王主任!"軍長忽然回過頭來大聲喚道. 可是王主任早已離開座位不見了. "王主任呢? 警衛員, 去請五號來……"

我是看見王主任走出去的. 這時我又想起了他, 便悄悄地離開了這個人聲嘈雜的會場, 掀起雨布門簾到外面去了.

會場裏舞臺上汽燈點得雪亮. 可是外面一點燈光也看不見. 幸好那

一輪被白雲遮盡了的秋月還灑下些朦朧的餘光, 讓我一眼就看見王主任一個人悄悄地站在樹下。我向着他走去。他聽見腳步聲, 回頭看了看, 說了一句: "你也出來了。"

"我是來找你的", 我小聲答道, "大家都等着你去。"我忍不住又問: "王主任, 你爲什麼躲在這裏?"

他又搔起臉頰來。他說: "我想安靜一會兒, 我就出來了。老李, 我想起了從前的事情……一切都來得不容易啊……我在想--"他突然閉了嘴, 有人來了。王芳已經走到了我們的面前。

"爸爸!"王芳兩隻手拉住王主任的右手親熱地喚道。她停下半晌, 才接下去說: "你一定要跟我講過去的事, 我知道你吃了不少的苦。這些年你一直是一個人--"她的聲音變了, 她講不下去了。

王主任把左手壓在王芳的手上, 感動地說: "孩子, 我一定講給你聽, 這些年我一直等着你。我並沒有白等啊!不過我想不到復標同志會來這一手。他怎麼可以說他不是你的父親呢?不管他怎樣說, 你對他可不能改變稱呼。至於我, 你叫我五號, 叫我爸爸, 都是一樣。你本來就是我的女兒。"

"爸爸, 你放心, 我一向都聽你的話。你, 你還是我的上級啊!"她說到這裏忽然高興地笑了。

父女兩人以後的談話我就沒有聽到了, 因爲我覺得自己並沒有權利留在這裏聽他們講下去, 而且我剛剛走開, 軍長的警衛員就走過去, 舉起手敬禮, 大聲說: "報告……"

慰問團的同志們在司令部一共住了三天。他們離開這裏的前夕, 司令部還爲他們舉行了舞會。我雖然不會交誼舞, 卻也讓王主任拉了去。我坐在靠牆放的長板凳上看別人跳舞。王復標坐在另一條板凳上。他在那裏坐了幾個鐘點, 王芳就坐在他的身邊, 兩個人一直講個不停。她仍然叫他"阿爸", 他仍然喚她"阿芳"。我覺得他們仍然是一對十分親愛的父女。

　到十二點鐘, 有人宣佈舞會結束了。我站起來, 正要走出會場。不知道由誰開始, 人們忽然互相擁抱起來。我連忙躲到一個角上。我看見軍長和團長都給人擡了起來, 在會場上轉來轉去。我看見王主任同王復標抱在一起, 王芳和上海雜技團的一位女同志抱在一起。人們大聲唱着'志願軍戰歌', 熱情地轉來轉去。不是跳舞, 只是簡單地、沒有節奏地打轉!王主任和王芳碰到一處了。一個笑着叫"小鬼", 一個笑着叫"五號"。他們叫得比從前更親熱, 但是也更自然。

　我還以爲大家這樣地轉個幾分鐘就夠了, 卻沒有想到人們越轉越熱烈, 不願意停下來。後來連我也讓上海雜技團的丁團長拖進圈子裏去了。他看見我穿一身軍裝, 把我也當成了志願軍。我起初還有點勉強, 可是不到一會兒功夫, 我也瘋狂地轉起來了。我只有一種奇特的感覺:我同祖國在一起, 我的心緊緊地挨着祖國。我感到莫大的幸福。我甚至忘記了自己, 我甚至覺得我跟大家合在一起分不開了。

　我不知道別人是不是也有這樣的感覺。可是大家就這樣熱情地轉了一個多鐘頭, 還不想分開。 等到我和王主任同路回政治部去的時候, 已經是第二天早晨兩點多鐘了。

　我又興奮又疲倦, 一路上講話不多。王主任大概也是這樣。我們走了一段路, 他纔開口。他突然問我:"老李, 我們是不是在做夢?"

　"太幸福了!"他好像在自言自語。

　我也感動地說:"不是夢! 夢哪裏有這樣美?"

　過了幾分鐘, 他忽然抓住我的右胳膊, 懇切地央求:"老李, 你替我寫出來, 王復標的事情你一定要寫。這樣一個好同志!不把他寫出來, 我的心永遠放不下。你一定替我寫罷。"

"我寫, 我寫!" 我不假思索、爽快地答道。

我送走了慰問團以後, 就履行我這個諾言, 開始寫下我這一些見聞。我說是寫王復標, 可是我寫得更多的卻是王主任和王芳。我寫了以上兩萬多字, 卻不想馬上送給王主任看, 我擔心他不滿意, 會把這幾十張原稿紙撕掉。

七月二十日

서동

1978년 중국 요녕성(辽宁省) 단동(丹东) 출생.
2019년 광운대학교 국어국문학 박사학위 취득.
현재 중국 요동대학교 국제교육대학 부학장으로 재직.
중국 요동대학교 한국어학과 교수
중국 요동대학교 조선반도연구소 연구원.
중국 국가민족위원회 소속 국가 및 지역연구센터 연구원.

徐桐

1978年出生于遼宁丹東, 2019年于韓国光云大学国語国文専業取得博士学位。
現任遼東学院国際教育学院副院長, 朝韓学院韓国語教師。
遼東学院朝鮮半島研究所研究員, 国家民委所属国家和区域研究中心研究員。

한·중 한국전쟁 소설의 인물형상화 비교연구

2021년 9월 30일 초판 1쇄 펴냄

지은이 서 동
발행인 김흥국
발행처 보고사

책임편집 이순민
표지디자인 손정자

등록 1990년 12월 13일 제6-0429호
주소 경기도 파주시 회동길 337-15 보고사
전화 031-955-9797(대표), 02-922-5120~1(편집), 02-922-2246(영업)
팩스 02-922-6990
메일 kanapub3@naver.com / bogosabooks@naver.com
http://www.bogosabooks.co.kr

ISBN 979-11-6587-235-9 93810
ⓒ 서동, 2021

정가 18,000원